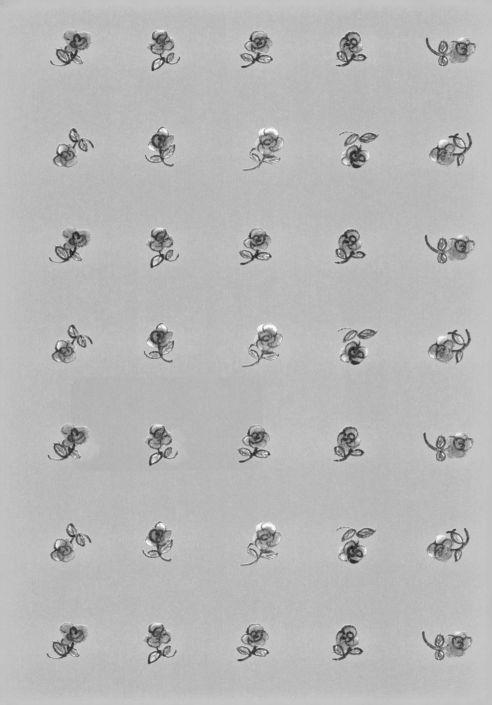

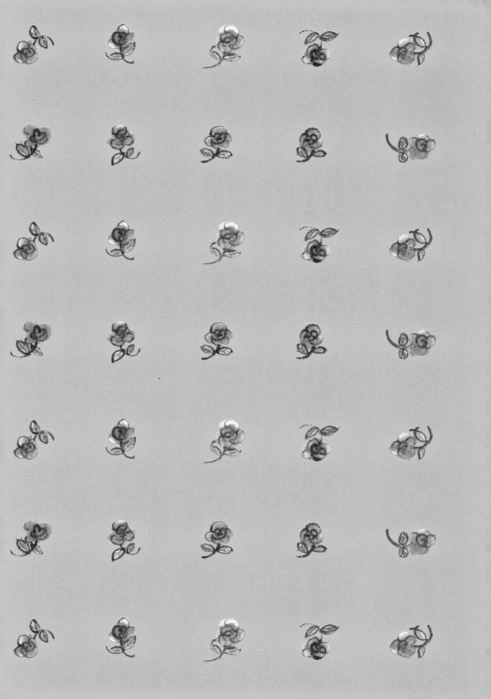

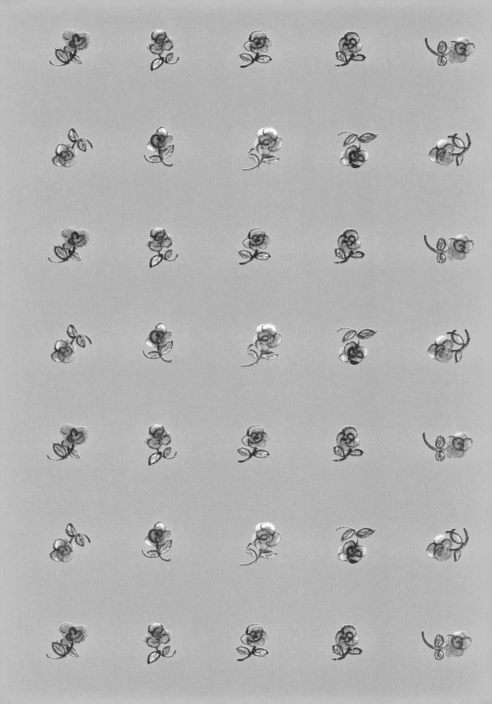

북클럽 세 번째 달

'북클럽 세 번째 달'은 2003년 회원 세 명으로 시작되어 지금은 15명에 이르렀으며, 많은 이들이 독서의 즐거움을 향유하고, 문학의 아름다움을 같이 즐겼으면 하는 바람을 갖고 활동 중이다.

회원들: 김난이(주부), 김정희(주부), 김현실(국문학 박사), 박옥희(출판사 대표), 박인자(주부), 서경혜(주부), 신은희(시인), 안은주(수학교사), 윤혜주(방송통신위원회 부이사관), 이해경(외식업), 장세란(여행가), 주수자(소설가), 최세경(사회봉사활동가), 한미희(번역작가), 한혜선(국제대학 교수)

테마가 있는 단편소설
여자

1판 1쇄 인쇄 | 2010. 11. 26
1판 1쇄 발행 | 2010. 12. 1

지 은 이 | 버지니아 울프 외 11명
옮 긴 이 | 정명환 외 10명
작품을 찾은 사람들 | 북클럽 세 번째 달
드 로 잉 | 여미경
펴 낸 이 | 박옥희
펴 낸 곳 | 도서출판 인디북

등 록 일 자 | 2000. 6. 22
등 록 번 호 | 제 10-1993호
주   소 | 서울시 마포구 용강동 469 하나빌딩 2층
전   화 | 02)3273-6895
팩   스 | 02)3273-6897
홈 페 이 지 | www.indebook.com

ISBN 978-89-5856-126-2 03890

북클럽 세 번째 달이 찾아낸
아홉 나라의 가장 재미있는 소설

여자

버지니아 울프 외 11명 지음

인디북

탁월한 문학작품을 읽는다는 것은 즐거운 일이다. 게다가 문학작품들이 만들어 낸 세계는 우리에게 세상에서 가장 중요한 보물까지 준다는 걸 감안해 본다면, 좋은 독서야말로 지루해진 일상을 조금 달라진 시선으로 바라보게 하고, 삶의 지평을 확장시켜 주고, 새로운 힘을 실어 주는 마술의 일종이 아니겠는가.

변함없는 감동을 주고 살아 숨 쉬는 수많은 작품들에서 하나의 테마를 가지고, 그것을 초점삼아 우리 자신을 한번 되돌아보고자 한 의도에서, 첫 번째 작업으로 탄생한 것이 『여자』이다. 여러 가지 테마 중에서 '여자'로 시작한 이유는 가장 근원적이면서도 변화무쌍하며 힘을 가진 테마라고 여겼기 때문이다. 수준이나 재미를 가지면서도 하나의 테마로 묶을 수 있는 작품을 찾는다는 것은 쉽지 않은 작업이었다. 다양한

5

작품이 하나의 흐름으로 모여 흘러가는 것을 따라가다 보면 그들의 삶의 결을 느끼며 공감하고 새로운 감동을 발견할 수 있으리라 본다.

우선 작가 중에서 20세기 모더니즘 문학에 변혁을 일으킨 세계적인 작가 제임스 조이스, 중단편소설에서 '최고의 거장'으로 불리기도 했던 D. H. 로렌스, 아시아인으로는 최초로 노벨문학상을 받았으며 우리에게도 익숙한 타고르, 얘기하듯 쉽게 쓴 글 속에서 훌륭한 창의력을 만들어 내며 위트와 지혜를 느끼게 하는 모파상, 특히 당대 최고의 지성들이 모인 집안에서 자라나 인간 해방으로 가는 깊이 있는 문학을 추구하고, 페미니즘 사상에 탁월함을 드러냈던 버지니아 울프의 작품을 포함시켰다.

그에 못지않은 작가들이 또 있다. 앙드레 도텔, 로베르트 무질, 셔우드 앤더슨, 다자이 오사무, 기쿠치 간 그리고 마지막으로 루쉰까지.

이제 여자가 세상을 변화시킬 여지가 많아졌다. 할 일이 많아진 여자들, 남자와 다른 색깔을 유지하는 것 이상의 일을 해야 하는 여자들에게 작품 속의 다양한 여자들은 그 시대가 요구하는 여성상을 이루기도 하고 거스르기도 하며 겪어낸 사랑과 온전한 자신, 그리고 타인들과 함께 하는 삶을 이야기해 준다. 작가들이 과거에 쓴 이야기인데도 불구하고 현대인들에게 놀라운 동질감을 느끼게 해 줄 뿐 아니라 좀 더 멀리,

좀 더 깊게 살아갈 수 있는 방법을 얻게 해 주리라 생각된다.

이 책은 '북클럽 세 번째 달'의 15명의 여자들이 직장일, 혹은 가사를 하는 틈틈이 문학을 읽으며 엮어 낸 열매이다. 삶의 서로 다른 카드를 이리저리 번갈아 잡아가며 회원들을 흔들었던 작품을 고르고 토론하여, 마침내 그들의 이름을 닮은 『여자』라는 책이 태어나게 되었다. 보이지 않는 달, 밤하늘의 달, 북클럽의 달에 이어, 독자들의 가슴에도 또 하나의 달이 탄생되기를 기원하면서, 독서라는 마술의 힘을 이 책에 담아 전한다.

각 작품의 해설은 신은희 시인이 집필해 준 것으로, 한 편 한 편마다 그의 세심한 수고와 열정이 담겨 있음에 감사 드린다.

2010년 11월
편집부

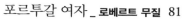

오래된 한옥인 희래당의 처마 밑에선 봄이 바빴습니다.
여러 쌍의 제비들이 집을 짓고 새끼들을 낳았고,
제비들이 드나드는 소리를 들으며
우리는 일주일에 한 번씩 만나 세상에 지어진 이야기들을 읽었습니다.

이번 '인디북' 기획진에 의해 탄생되는 여자들의 이야기는
바로 수많은 존재이면서 아무도 아닌 듯 허방 같던 우리들을
열렬하게 집중시켰던 '여자'들의 이야기입니다.
가슴 아픈 여자, 모호한 여자, 낯선 여자, 억센 여자,
바보 같은 여자, 모르고 싶은 여자…….
그녀들은 모두 누구일까요.

초가을 하늘에 달이 둥근 물통을 들고 나타났습니다.
우리는 달을 기억하면 자연스럽게 밤을 기억합니다.
달은 영원히 밤을 가진 것입니다.

여자를 기억해 낸 손끝에서 여러분 중 누군가는
영원한 이야기를 갖게 되시길 바라면서…….

북클럽 세 번째 달

일러두기

1. 「사망의 수난자(Les suppliciés de Samant)」는 1957년 잡지 《La Revue de Paris》 11월 판에 게재된 작품으로 저작권자를 찾지 못하여 부득이하게 동의를 얻지 못하고 수록하였음을 밝힙니다.

2. '원주(原註)'라고 표시하지 않은 주석은 역자와 편집자가 독자의 이해를 돕기 위해 단 것입니다.

뷔용의 아내

다자이 오사무

다자이 오사무
太宰治, 1909-1948

일본 아오모리 현 카나기무라
(現 고쇼가와라 시 카나기마
치) 출생. 본명은 스지마 슈지
(津島修治). 도쿄대학교 불문과
중퇴. 대학 재학 중 비합법운동에 잠시 몸담은 후 탈퇴하
였고, 그 후 접대부 여성과 동반자살을 기도했으나 혼자만
살아남았다. 1935년 「역행」이 아쿠다가와상에 입선, 이듬
해 첫 창작집 『만년』을 출간하였다. 진통제인 파비날 중독
으로 고생하다 1939년 동료인 이부세 마스지의 소개로 이
시하라 미치코와 결혼해 안정을 찾으며 다수의 작품을 집
필, 「황금풍경」(1939)이 국민신문에 당선되었다. 전후, 『사
양』(1947)으로 일약 베스트셀러 작가의 반열에 올랐으나
계속되는 불면증과 피곤에 시달리다 『인간실격』(1948)을
마지막으로 남긴 채 전쟁미망인 야마자키 토미에와 강에
투신하여 39세의 짧은 삶을 마감하였다.
1947년 발표된 「뷔용의 아내」를 통해 전후 새로운 정신을
갈망하며 탐구하고자 천착했던 불운한 작가의 문학세계를
엿볼 수 있다.

옮긴이 정윤아

경희대학교 일어일문학과 졸업. 광고계, 강사 등을 거쳐 1998년부터
십여 년간 저작권 에이전시 액세스 코리아에서 일본어권 에이전트
와 전문 번역가, 기획자로 활동했다. 현재 액세스 코리아 저작권 수
출업무와 개인 사업체를 운영 중이다. 주요 번역서로는 『데즈카 오
사무 일대기』『나우시카를 읽는다』, 무라카미 류의 『레플즈 호텔』,
미나모토 다카시의 『대정전의 밤에』 등이 있으며 2006년과 2007년
에 각각 오사카와 홍콩여행 가이드북을 집필한 바 있다.

1

요란하게 현관문이 열리는 소리에 퍼뜩 눈을 떴습니다. 그 소리는 만취한 남편의 귀가를 알리는 신호라는 것을 잘 알고 있었기 때문에 저는 잠자코 잠을 청했습니다. 남편은 옆방 전등을 켜더니 하악하악 거칠게 숨을 몰아쉬며 책상과 책장 서랍을 모조리 열었다 닫았다 하며 무언가 찾고 있는 눈치였습니다. 잠시 후 다다미방 바닥에 무언가 묵직한 것이 떨어지는 소리가 들리더니 그 후로는 씩씩거리는 숨소리만 들렸습니다. 저는 누운 채로 말했습니다.

"다녀오셨어요? 저녁 식사는요? 부엌 선반에 주먹밥을 만들어 두었는데."

"어, 고마워." 의외로 대답이 빨리 돌아왔습니다.

"아이는 어때? 열은 좀 내렸나?"

이런 질문을 하다니, 좀처럼 없던 일이었습니다. 내년에 네 살이 되는 아들애는 영양부족 때문인지 아니면 태아 때 얻은 남편의 주독酒毒 탓인지 걸음도 불안하고 말도 더뎌서 할 줄 아는 말이라고는 '강아지' 나 '싫어' 정도였습니다. 그래서 주변 사람들은 아이를 볼 때마다 지능이 떨어지는 것 아니냐고 묻곤 했습니다. 가끔가다 목욕탕에 데리고 가면 벌거벗은 아이의 모습이 너무 앙상해서 저도 모르게 그만 소리 내어 울기도 합니다. 노상 배앓이에 발열까지 병을 달고 살지만 남편은 거의 집에 붙어 있지 않고 아이의 상태에는 관심조차 없었습니다. "아이가 열이 난다."고 말해 보아도 "그럼 병원에 데리고 가 봐."라고 무심하게 한마디 내뱉은 뒤 쏜살같이 밖으로 나가 버립니다. 병원이란 곳에 가고 싶어도 돈이고 뭐고 가진 게 없다 보니 제가 할 수 있는 일이라고는 아이를 옆에 끼고 누워 머리를 쓰다듬는 것뿐이었습니다.

그런데, 그날 밤은 남편이 자상하게 아이의 상태가 어떤지 물어오는데, 기쁘다기보다는 불길한 예감에 등골이 오싹해졌습니다. 보통 때라면 제 말에 아무 대답도 하지 않고 거칠게 숨소리만 냈을 것입니다.

"실례합니다."

현관으로부터 카랑카랑한 여자의 목소리가 들려왔습니다. 저는 온몸에 찬물을 뒤집어쓴 것처럼 뻣뻣하게 굳어 버렸습니다.

"실례합니다. 오타니 씨."

좀 전보다 목소리에 날이 서 있었습니다. 드르륵, 현관문이 열리는 소리가 들렸습니다.

"오타니 씨! 집에 계시죠?"

화가 단단히 난 말투였습니다.

"뭡니까."

현관 쪽에서 남편의 목소리가 들렸습니다. 왠지 모르게 주저하는 기색이 역력했습니다.

"뭐냐고 물을 때가 아닐 텐데요." 여자의 목소리가 다소 누그러졌습니다.

"이렇게 번듯한 집이 있으면서 도둑질을 하다니, 어떻게 그럴 수가 있죠? 시답지 않은 농담은 집어치우고 그거나 어서 돌려주시죠. 그러지 않으면 지금 당장 경찰을 부르겠어요."

"무슨 소리야! 쓸데없는 소리 집어치우시지. 이 집은 너희들이 들어올 데가 아냐. 돌아가! 돌아가지 않으면 내가 너희들을 고발하겠어."

그때, 낯선 남자의 목소리가 들려왔습니다.

"선생, 배짱 한번 좋군. 너희가 올 곳이 아니라니, 멋진 말이야. 근데 이제 지겨울 때도 되지 않았어? 다른 것도 아니고 남의 집 돈을 말이야. 당신, 농담도 정도껏 해야지. 이제까지 우리 부부가 당신 때문에 얼마나 고생했는지 모를 거야. 그런 주제에 이렇게 섭섭하게 굴다니……. 선생, 나를 너무 얕잡아 봤어."

"협박하는 건가?"

남편의 굵은 목소리가 가늘게 떨리고 있었습니다.

"공갈 협박이라면 돌아가시지! 할 말이 있으면 내일 듣겠어."

"너무하는군. 선생, 완전히 악당이 따로 없구먼. 정 그렇다면야 경찰에 의뢰하는 수밖에."

그 말 속에는 소름이 돋을 정도의 증오심이 담겨 있었습니다.

"마음대로 하시지!"

호통 치는 남편의 음성은 허공에서 흩어져 어쩐지 공허한 느낌이었습니다.

저는 몸을 일으켜 잠옷 위에 솜을 둔 겉옷을 걸친 다음, 현관으로 나가 두 사람에게 인사했습니다.

"안녕하세요."

"오, 사모님 되십니까."

무릎길이 정도의 외투를 입은 오십 대 전후의 둥근 얼굴의 남자가 웃음기 전혀 없는 표정으로 내게 다가와 가볍게 고개를 끄덕였습니다.

사십 대 정도로 보이는 여자는 마르고 키가 작았지만 몸가짐이 야무져 보였습니다.

"이 밤에 찾아와서……."

역시 굳은 표정으로 걸치고 있던 숄을 벗고 내게 인사했습니다.

바로 그때, 남편이 갑자기 나막신을 신더니 밖으로 튀어 나가려고 했습니다.

"엇, 저 녀석을 잡아라!"

남자가 남편의 팔을 낚아채자 눈 깜짝할 사이에 두 사람은 엎치락뒤치락 몸싸움을 벌였습니다.

"이거 놔! 찌를 테다!"

남편의 오른손에서 잭나이프가 반짝거리고 있었습니다. 그 칼은 남편의 애장품으로 이런 일이 벌어질 것을 미리 예상하고 외출에서 돌아왔을 때 책상 서랍을 뒤진 것이었습니다.

남자가 몸을 빼는 틈을 타 남편은 까마귀처럼 두루마기 소매를 휙 뒤집더니 밖으로 달아났습니다.

"도둑이야!"

고래고래 소리를 지르면서 따라 나가려는 남자를, 저는 두 팔로 끌어안듯이 붙잡아 세웠습니다.

"좀 봐주십시오. 어느 쪽이든 다치는 것은 원치 않습니다. 나중에 사정을 듣고 제가 해결하겠습니다."

그러자 옆에 서 있던 사십 대 여자도 거들고 나섰습니다.

"그래요, 여보. 상대는 칼을 들었다고요. 무슨 짓을 할지 몰라요."

"제길! 경찰을 부르자고! 이대로 넘어갈 수 없어."

한 치 앞도 보이지 않는 어둠을 물끄러미 바라보면서, 남자는 혼잣말처럼 중얼거렸지만 이미 좀 전의 맹렬했던 기세는 한풀 꺾인 것 같았습니다.

"죄송합니다. 어서 들어오세요. 어떻게 된 일인지 제게 말씀해 주십시오."

저는 방으로 들어오도록 그들에게 손짓했습니다.

"제가 해결할 수 있는 일인지 잘 모르겠지만 일단 들어오세요. 누추한 곳이지만."

두 사람은 서로의 얼굴을 마주 보고 고개를 끄덕이더니 남자가 옷매무시를 가다듬으며 말했습니다.

"뭐라고 하셔도 저희 마음은 변하지 않습니다. 하지만 지금까지 경위는 사모님께 알려 드리겠습니다."

"아, 네. 알겠습니다. 자, 들어오세요. 들어오셔서 천천히 말씀해 주십시오."

"아뇨, 그렇게 지체할 시간은 없습니다만."

남자는 외투를 벗으려고 팔을 뺐습니다.

"외투를 입은 채로 들어오십시오. 너무 추워서요……. 정말로, 부탁드립니다. 집 안에 온기가 전혀 없습니다."

"그럼, 실례하겠습니다."

"들어오세요. 그쪽 분도."

남자가 앞장을 서고 뒤따라서 여자가 남편의 세 평 남짓한 서재에 들어왔습니다. 썩어서 퀴퀴한 냄새를 풍기는 다다미 바닥하며 너덜너덜하게 찢긴 장지문, 무너져 가는 벽, 종이가 벗겨져 뼈대가 드러난 미닫이문 그리고 텅 빈 책장과 책상……. 살풍경한 광경이 눈앞에 펼쳐지자

두 사람은 꽤나 놀란 듯 입을 쩍 벌렸습니다.

저는 솜이 밖으로 비어져 나온 낡은 방석을 그들에게 권했습니다.

"바닥이 더러우니 아쉬운 대로 깔고 앉으세요."

그러고는 다시 정식으로 인사를 했습니다.

"처음 뵙겠습니다. 바깥양반이 지금껏 폐를 끼치기만 한 것 같네요. 게다가 오늘 밤에 불미스러운 일까지……. 모두 사과드립니다. 워낙 성질이 고약한 사람이라서."

채 말을 잇지 못하고 저는 그만 눈물을 흘리고 말았습니다.

"아주머니. 실례지만 나이가 어떻게 되십니까?"

남자는 찢어진 방석이 비좁을 만큼 굵은 하반신으로 가부좌를 틀고 앉아 무릎 위에 팔꿈치를 올려 턱을 괴고 있었습니다.

"저, 말입니까?"

"남편 분은 서른 살이죠?"

"네. 저는 그보다…… 네 살 아래입니다."

"허 참, 그럼 스물여섯. 이거 너무 어리십니다. 아니지, 남편이 서른이니 당연히 그 정도일 테지. 어쨌든 놀랍군요."

"저도 예전부터." 남자의 등 뒤에서 여자가 얼굴을 내밀며 끼어들었습니다.

"기가 막히더군요. 이렇게 얌전한 부인이 계신데, 어째서 오타니 씨는 그렇게…… 안 그래요?"

"병이야, 병. 예전엔 이 정도까지는 아니었는데 점점 심해지는 것 같아."

남자는 땅이 꺼져라 한숨을 내뱉었습니다.

"사실은 말입니다, 부인." 말투가 갑자기 바뀌었습니다.

"저희 부부는 나카노 역 근처에서 작은 음식점을 경영하고 있는데, 저도 이 사람도 군마[1] 출신에 장사 쪽으로는 잔뼈가 굵은 몸입니다. 무슨 일이든지 끝을 보는 편이라 시골 촌놈들을 상대로 푼돈을 버는 일을 미련없이 버리고 이십 년 전에 아내와 함께 도쿄에 왔습니다. 맨 처음 아사쿠사에 있는 요릿집에서 함께 일했었는데 갖은 고생을 하며 돈을 모아서 1936년에 지금의 가게를 갖게 되었습니다. 세 평도 되지 않는 마당 딸린 움막 비슷한 집을 빌려 한 번에 일 엔, 이 엔씩 유흥비로 쓰는 손님들을 상대로 열심히 장사했습니다. 들어온 돈은 모조리 소주나 양주를 사들이는 데 썼습니다. 하늘이 도왔는지 얼마 후 술 부족으로 전국이 들썩였고, 저희는 가게를 운영하면서 한편으로는 다른 가게에 술을 팔았습니다. 수단이 좋다는 소문이 퍼지면서 단골손님이 팔을 걷어붙이고 도와주어 군납주까지 받아서 팔 수 있었습니다. 전쟁으로 공습이 한창일 때에도 고향으로 돌아가기보다는 '자식도 없는데 가게가 있는 한 장사를 계속하자.'고 결심했습니다. 천만다행으로 전쟁이 끝날

---

1) 일본 혼슈 중앙부에 있는 현.

때까지 집을 잃지 않아서 우리 부부는 한숨을 돌릴 수 있었습니다. 지금은 주로 암거래되고 있는 술을 팔고 있습니다. 뭐, 그런 사람입니다. 이렇게 간단히 설명드리면 별다른 고생 없이 운이 좋아서 잘 풀린 인간이라고 생각하실지도 모르겠지만, 인간의 일생은 본래 지옥이라고 했습니다. 좋은 일보다는 나쁜 일이 더 많게 마련이지요. 호사다마라고, 이익이 있으면 늘 그 대가가 따르는 법입니다. 일 년 365일 중에서 아무 걱정 없이 지내는 날이 하루, 아니 반나절이라도 있다면 그건 정말 복 받은 사람일 겁니다. 부인의 남편인 오타니 씨가 처음 저희 가게에 온 것은 1944년 봄이었습니다. 당시 전세戰勢가 상대편 쪽으로 기울고 있었지만 저희에겐 그 실체랄까, 진상 따위는 아무 의미도 없었습니다. 다만 이대로 열심히 일하면 이삼 년 안에 여유롭게 살 수 있으리라는 욕심뿐이었습니다. 오타니 씨가 처음 가게에 나타났을 때에도 지금처럼 남색 무명옷감으로 지은 두루마기를 입고 있었습니다. 그때만 해도 그 옷을 입고 거리를 활보하던 사람이 흔할 때라, 별반 특별하다고는 생각지 않았습니다. 오타니 씨는 그때 혼자가 아니었습니다. 부인께는 유감스런 일이지만…… 아니, 이왕 이렇게 된 거 다 털어놓겠습니다. 남편께선 어떤 나이 많은 여자에게 끌려 주방 입구로 들어왔습니다. 그때는 저희 가게도 다른 가게와 마찬가지로 바깥문을 닫고 영업을 할 때여서 소수의 단골만 주방으로 통하는 문으로 들어와 조명을 어둡게 한 내실에서 조용히 술을 마셨습니다. 그 나이 많은 여자는 손님을 우리

가게로 데려와 술을 마시게 한 뒤 매상을 올려 주는 일종의 호객꾼으로, 입맛에 맞는 손님을 찾으면 근처의 아파트로 유인하는 식으로 영업을 했습니다. 당시 신주쿠의 술집들이 거의 문을 닫은 상태라 그곳에서 일하던 종업원들이 가끔씩 저희 가게로 손님을 데리고 왔습니다. 하지만 손님이라고 해 봐야 술값을 낼 만한 능력도 없이 무조건 마시고 보자는 사람들이 대부분이었습니다. 가게에 쌓아 두었던 술도 얼마 남지 않은 상태여서 저흰 그들이 반갑지만은 않았습니다. 그나마 사오 년 전에 돈 많은 단골들을 여러 명 소개해 주었던 의리 때문에 싫어하는 기색 없이 손님들을 받았던 것입니다. 말하자면 부인의 남편이 앞서 말한 호객꾼, 아키라고 합니다만, 아키의 손에 이끌려 부엌문으로 들어왔을 때에도 저희 부부는 그리 달갑지 않았습니다. 늘 그랬던 것처럼 내실로 안내해 소주를 주었는데, 그날 밤에는 술버릇도 얌전했고 계산도 깔끔했습니다. 저희는 오타니 씨의 기품 있는 몸가짐에 매료되어 가게 문을 닫기 전까지 다른 손님은 안중에도 없었습니다. 마귀가 사람 앞에 처음 나타날 때에는 그렇게 순진한 얼굴을 하는가 봅니다. 그날 밤부터 오타니 씨는 저희 가게 문턱이 닳도록 줄기차게 들락거렸습니다. 열흘쯤 지났을 때 혼자 부엌문으로 들어와 제게 백 엔짜리 지폐를 내밀었습니다. 당시 백 엔이면 정말 큰돈이었습니다. 지금의 이삼천 엔, 아니 그 이상이었으니까요. 그리고 돈을 억지로 제 손에 쥐어 주더니 부탁한다면서 맥없이 웃는 것이었습니다. 이미 거나하게 취한 상태더군요. 부인께서도 아실 테죠. 남편 분보다 술이 센 사람은 이 세상에 없을 겁니다. 취했나 싶으면 갑자기 진지하게 이야기를 시작하고 아무리 마셔도 발걸음 하나 흐트러지는 것을 본 적이 없으니까요. 서른이 혈기 왕성한 나이이긴 하지만 그 나이라고 모두 그런 것은 아닙니다. 전작前酌을 한 상태로 저희 가게에 찾아와 순식간에 소주 열 잔을 비웁니다. 말을 걸어 보아도 씁쓸한 표정으로 미소를 지으며 고개를 끄덕이다가 갑자기 벌떡 일어나 몇 시냐고 묻고는 다시 앉아 술을 마시니 저희 부부로선 미칠 지경이었습니다. 참다 참다 강한 어조로 집에 돌아갈 것을 권하면 그제서야 '마시던 술은 보관해 주십시오. 다음에 오겠습니다.' 하고 자리에서 일어납니다. 부인, 저희가 그 사람에게 받은 돈이라고는 딱 한 번, 백 엔뿐이었습니다. 지난 삼 년 동안, 한 푼도 내지 않고 저희 가게에서 술을 마셨으니 이만하면 질릴 만도 하지 않겠습니까."

갑자기, 풋 하고 웃음이 터져 나왔습니다. 이유는 알 수 없는 웃음이 물밀듯 복받쳐 올랐습니다. 당황한 나머지 입을 꾹 다물고 중년 여자 쪽으로 시선을 돌리니 그녀도 묘한 미소를 흘리며 고개를 푹 숙였습니다. 여자의 남편도 어쩔 수 없다는 듯 쓴웃음을 지었습니다.

"뭐, 웃을 일은 아니지만 너무 질려서 저도 이젠 웃음이 나옵니다. 그 정도의 에너지를 다른 일에 쏟았다면 고급 관리, 박사…… 아무튼 큰 인물이 되었을 겁니다. 저희 부부뿐만 아니라 그 사람에게 푹 빠져 빈털터리로 거리에 나앉은 사람도 여럿인 것 같더군요. 아키도 오타니 씨와 어울리면서 부유한 후원자를 다 놓치고 돈이며 옷가지까지 모두 팔아 지금은 공동주택에서 거지처럼 살고 있습니다. 아키는 보기에 딱할 정도로 오타니 씨에게 푹 빠져서 저희 부부에게 이런저런 이야기를 들려주었습니다. 우선 신분부터 호화롭더군요. 시코쿠의 영주인 오타니 남작의 차남으로 지금은 작위가 없지만 아버지가 죽으면 장남과 둘이서 재산을 나누어 갖게 된다고 했습니다. 머리가 좋아서 천재라는 소리를 듣는데, 스물한 살에 집필한 책이 이시가와 다쿠보쿠[2] 정도의 대천재가 쓴 책보다 뛰어나고 그것 말고도 열 권을 더 집필할 예정이라나요. 일본 제일의 시인에, 뛰어난 학자이기도 해서 학습원의 추천을 받아 독일어와 프랑스어……. 나 원 참, 아키에게는 거의 신적인 존재 같았습니다. 그런데 그것이 모두 허풍은 아닌 모양인지 다른 사람들도 같은 이야기를 하더군요. 집사람도 아키 못지않게 흥분해서 '그렇게 훌륭한 집안의 자제 분이 무엇이 문제일까.'라며 오타니 씨의 됨됨이를 안타까워했습니다. 지금이야 귀족이고 나발이고 없어졌지만 전쟁이 끝나기 전까지는 여자 꼬시는 데 그것만큼 효과 좋은 미끼도 없었습니다. 귀족이란 말만 들으면 여자들은 맥을 못 추니까요. 요즘 유행하는 말로 하자면 노예근성 때문이 아닐까 싶습니다. 저 같은 놈은 남을 쉽게 믿지 않는 성격이다 보니 제아무리 귀족, 시코쿠 영주의 차남이라도 저희

---

[2] 石川啄木 ; 886~1912. 메이지 시대의 시인. 어두운 시대를 살면서 심연에서 우러나오는 고독함이 배어 있는 시를 발표했으며, 질병과 가난으로 허덕이다 26세로 요절하였다.

랑 별반 다를 게 없다고 생각했습니다. 그래서인지 여자들처럼 법석을 떨게 되진 않더군요. 하지만 댁의 남편은 그런 제게도 버거운 상대였습니다. 무슨 일이 있어도 오늘은 술을 주지 말아야지, 굳은 결심을 해도 누군가에게 쫓기듯 아무 때나 불쑥 나타나는 통에 하는 수 없이 술을 내주었으니까요. 술버릇이 그리 고약한 편도 아니니 술값만 확실히 계산하고 갔다면 그야말로 VIP였겠죠. 사실 오타니 씨는 자신의 신분을 떠벌리거나 천재라느니 하는 자기 자랑을 늘어놓는 일은 절대 없었습니다. 아키가 곁에 딱 붙어 앉아 무슨 마법에 걸린 양 들떠 있는 모습을 보고 있자면 저도 모르게 울컥해서 '내가 원하는 건 돈이다.' '계산은 어떻게 할 거냐.' 며 분위기를 깨곤 했습니다. 남편 분이 저희에게 술값을 지불한 것은 단 한 번뿐이었지만 가끔은 아키와 그녀의 친구가 대신 계산하는 일도 있었습니다. 아키의 친구는 오타니 씨와 함께 가게에 나타나 카운터에 돈을 놓고 갔습니다. 그리고 보니 그 여자 분, 부인과 닮은 것 같기도 하네요. 장사하는 사람이다 보니 그런 손님마저 없다면 제아무리 오타니 씨라고 해도 매일 공짜로 마시게 놔두었겠습니까. 물론 간간이 들어오는 푼돈만으로는 저희의 손해를 충당하기에 턱없이 모자랐습니다. 저희는 오타니 씨 집으로 가서 부인을 만나 술값에 대해 상의해 보아야겠다는 생각에 집이 어딘지 수소문해 보았지만 그럴 때마다 어떻게 알아차렸는지 '지금 없는 걸 어떡하냐.' '그렇게 너무 조바심 내지 마라.' '싸워 봐야 손해다.' 그런 식으로 저희를 회유했습니다. 어떻게 해서든지 집만큼은 알아 두어야겠기에 그 후에도 두세 차례 오타니 씨의 뒤를 밟았지만 그때마다 번번이 실패했습니다. 공습이 한창이라 도쿄 전체가 뒤숭숭했을 때에도, 오타니 씨는 전투모 따위를 쓰고 주방문을 통해 들어와서는 제멋대로 수납장에 들어 있던 브랜디를 꺼내 그 자리에 선 채 벌컥벌컥 들이켜고는 바람처럼 사라져 버렸습니다. 계산이고 뭐고 받은 것도 없이 전쟁이 끝나고 만 것이죠. 저희는 엄청난 양의 밀주를 들여오면서 가게 간판도 새롭게 바꾸어 달고, 작은 가게지만 손님 시중을 들 여종업원도 고용해 분위기를 바꾸려고 했습니다. 그런데 또다시 악마 같은 부인의 남편이 나타난 것입니다. 이번에는 여자가 아니라 두세 명의 신문 기자나 잡지사 기자를 대동하고 와서는 이제 군인이 몰락하고 가난한 시인과 글쓰는 사람들이 각광을 받게 될 것이라고 했습니다. 오타니 선생은, 그 기자들을 상대로 외국인의 이름이나 철학 따위의 이야기를 늘어놓은 뒤 휙, 하고 사라져 돌아오지 않았습니다. 기자들은 한동안 멍하니 기다리다가 집으로 돌아갈 준비를 했고, 저희는 그때를 놓치지 않고 '늘 저런 식으로 도망친다.'고 말해 주었습니다. 더불어 그를 대신해 계산할 것도 요구했습니다.

조용히 각자 금액을 나누어 내고 돌아가는 사람도 있었지만, '오타니에게 받아! 난 오백 엔으로 하루를 산다고!' 하면서 노골적으로 화를 내는 사람도 있었습니다. 그런 사람들에게 저는 이렇게 말했습니다. '지금까지 오타니 씨가 진 빚이 얼마인지 아시오? 만일 당신들이 그 돈을 받아 준다면 받은 금액의 절반을 당신들에게 나눠 주겠소.' …… 제 말을 듣고 기자들도 질렸는지 '오타니가 그런 한심한 녀석인지 몰랐다.'며 그와 함께 술을 마셔서 미안하다고 하더군요. 그리고 '오늘 밤은 백 엔밖에 없으니 내일 돈을 가져올 때까지 맡아 달라.' 면서 입고 있던 외투를 벗어 주는 것이었습니다. 기자들은 야비하고 영악하다고들 하는데, 오타니 씨에 비하면 정직하고 딱 부러지는 편이었습니다. 남작의 차남이 그 정도면 기자들은 공작에 총사령관쯤 되지 않을까요. 오타니 씨는 종전終戰 후 주량이 더욱 늘더니 인상이 어두워지고 입에 담지 못할 험한 말도 곧잘 했습니다. 함께 온 기자와 주먹다짐에 멱살잡이를 하는 것은 다반사였고요. 저희 가게에서 일하던 스무 살짜리 여자아이를 어떻게 구워삶았는지 어느새 정을 통한 것 같았습니다. 저희 부부는 너무 기가 막히고 화가 났지만 이미 벌어진 일이니 어쩌겠나, 싶어 속으로 눈물을 삼키며 종업원을 달래 고향집으로 보내야 했습니다. 저희 부부는 '이제 더 이상 할 말이 없으니 앞으로는 가게에 오지 말아 달라.'고 눈물로 호소했습니다만, 오타니 씨는 '밀주로 돈 버는 주제에 잘난 척하지 마라.'고 하더군요. 저희가 저질렀던 비리를 모두 알고 있다면서. 하급 관리에게나 어울릴 만한 협박으로 으름장을 놓더니, 다음 날 언제 그랬냐는 듯이 아무렇지 않게 나타났습니다. 전쟁 중에 불법으로 돈을 번 대가로 저주를 받아 그런 괴물 같은 인간을 만난 것인지는 모르지만, 오늘 저녁 일은 좀 심한 것 같군요. 이제 시인이고 선생이고

다 집어치우고 도둑이라고 불러야겠습니다. 저희 돈을 오천 엔이나 훔쳤으니까요. 물건을 사는 데 돈이 많이 들어서 저희 수중에는 지금 오백 엔, 천 엔밖에 남아 있지 않습니다. 술을 팔아 번 돈은 다시 술을 사는 데 들어가야 하지요. 오늘 밤 저희에게 오천 엔이라는 거금이 있었던 것은 섣달그믐이 가까워져 손님들의 집을 돌며 외상값을 정산해 그것을 모아 두었기 때문입니다. 오늘이라도 당장 물건 값을 지불하지 않으면 내년 정월부터 아예 영업을 할 수 없으니, 얼마나 중요한 돈인지 아시겠지요. 집사람이 내실에서 계산을 하고 책장 서랍에 넣어 두는 것을 남편 분이 근처 자리에서 술을 마시다가 본 것 같습니다. 갑자기 일어나더니 내실로 뛰어 들어가 다짜고짜 저희 집사람을 밀쳐 내고 서랍을 열어 그 안에 들어 있던 오천 엔 뭉치를 두루마기 주머니에 쑤셔 넣었습니다. 저희가 어안이 벙벙해 멈칫한 사이에 쏜살같이 밖으로 튀어나갔고, 저와 집사람이 함께 쫓아가게 된 것입니다. 이왕 이렇게 된 거 '도둑 잡아라!' 하고 소리를 지르면 지나가던 사람들이 잡아 주지 않을까 생각했지만, 오타니 씨와 저희가 아는 사이이고 그렇게 되면 서로 비참할 것 같아 오늘 밤은 무슨 일이 있어도 놓치지 않기로 했습니다. 집사람과 저는 차분하게 설득해서 오천 엔을 받아 내리라 결심하고 간신히 집을 찾아내 치밀어 오르는 분을 삭이며 돈을 돌려 달라고 말했는데, 이게 무슨 일입니까. 칼을 휘두르면서 찌르겠다고 설쳐 대니, 이거야, 원."

다시금 까닭을 알 수 없는 웃음이 새어 나왔습니다. 이번에는 참지 못하고 그만 소리를 내며 웃고 말았습니다. 아주머니도 얼굴을 붉히며 웃음을 참고 있었습니다. 그렇게, 한번 터져 버린 웃음은 좀처럼 멈추지 않았습니다. 남편이 나빴다고 생각하면서도 지금의 상황이 우스꽝스럽게 느껴져 웃고 또 웃다가 눈물까지 찔끔 나왔습니다. 저는 문득 남편의 시 속에 있던 "문명의 열매는 폭소하는 것."의 의미가 이런 것이 아닐까라는 생각이 들었습니다.

2

어쨌든, 봇물처럼 터져 나온 웃음으로 무마될 사건은 아니었으므로 저는 생각 끝에 부탁에 가까운 제안을 했습니다.

"제가 어떻게 해서든지 일을 마무리 짓겠습니다. 그러니 경찰에 고발하는 것은 하루만 기다려 주십시오. 내일 찾아뵙겠습니다."

나카노에 있는 가게 위치를 상세히 물어본 뒤, 그다지 내키지 않는 두 사람의 허락을 얻어 내어 간신히 그날 밤은 넘길 수 있었습니다. 한참 동안 냉기가 흐르는 서재 한가운데 홀로 앉아 생각에 잠겼지만 뾰족한 해결방법이 없었기에, 저는 겉옷을 벗고 아이가 자고 있는 이불 속으로 기어들어가 아이의 이마를 쓸어 올렸습니다. 언제까지나 밤이 지속되기를 기도하면서.

친정아버지는 예전에 아사쿠사 공원에 있는 효탄 연못 부근에서 어묵을 팔았습니다. 어머니를 일찍 여의고 아버지와 저 둘이서 단층 연립 주택에 살면서 포장마차 일을 함께 꾸려 나갔습니다. 지금의 남편은 가끔씩 포장마차에 들르던 손님이었는데 아버지를 속이고 몰래 만나다가 뱃속에 아이가 생기고 말았습니다. 수차례 고비를 넘기고 얼떨결에 그 사람의 아내처럼 들어앉게 되었지만 사실 호적에도 올라가 있지 않아 아이는 사생아와 다를 바 없습니다. 남편은 집을 나가면 사흘이고 나흘 이고 돌아오지 않았고 그나마 집에 왔을 때는 십중팔구 창백한 얼굴에 거친 숨을 몰아쉬는 만취 상태였습니다. 하악하악 어깨를 들썩이며 눈물을 흘리기도 했고, 어떤 날은 갑자기 자고 있는 이불 속으로 파고들어 있는 힘껏 저를 끌어안기도 했습니다. "아아, 안 되겠어. 나, 두려워. 무섭다구. 제발 도와줘!"

잠자는 내내 온몸을 부르르 떨거나 잠꼬대를 하고, 신음 소리를 내며 뒤척이다가 다음 날 아침이 되면 혼이 나간 사람처럼 멍하니 앉아 있었습니다. 그러고는 또다시 사라져 삼사 일을 보이지 않는 생활이 몇 년 동안이나 반복되었는지 모릅니다. 전부터 출판일로 알고 지내던 지인 두세 명이 저와 아이를 위해 가끔 생활비를 보태 준 덕분에 간신히 굶어 죽는 것을 면하고 살아왔습니다.

지친 몸으로 잠이 들었다가 문득 눈을 떠 보니 덧문 사이로 아침 햇살이 스며들고 있었습니다. 저는 몸을 일으켜 외출 준비를 하고, 아이를 등에 업고 무작정 밖으로 나갔습니다. 그 상태로는 도저히 집에 머

물러 있을 수 없었기 때문입니다.

어디로 가야 할지 몰라 무작정 역 쪽으로 발걸음을 옮겼습니다. 역 앞 노점에서 사탕을 사서 아이에게 들려 주고는 무의식적으로 키치죠지까지 표를 끊어 전차에 올랐습니다. 손잡이를 잡고 무심코 전차 천장에 붙어 있던 포스터를 보았는데, 그곳에 남편의 이름이 나와 있었습니다. 그것은 잡지 광고였습니다. 남편은 그 잡지에 「프랑소와 뷔용」이라는 제목의 긴 논문을 발표한 모양이었습니다. 저는 제목과 남편의 이름을 발견한 순간 이유 없이 눈물이 솟구쳐 올라 더 이상 포스터를 볼 수 없었습니다.

키치죠지에서 내려 정말로 몇 년 만에 이노카시라 공원을 거닐었습니다. 그곳은 연못을 둘러싸고 있던 삼나무가 모두 베어지고 무슨 공사라도 벌이려는 듯 땅까지 파헤쳐져 살풍경한 모습으로 변해 있었습니다.

아이를 등에서 내려 연못 바로 옆 허름한 벤치에 나란히 앉았습니다. 그리고 집에서 싸 온 찐 감자를 꺼내 아이에게 먹였습니다.

"아름다운 연못이지? 옛날에는 말이야, 이 연못에 잉어랑 금붕어가 엄청나게 많았거든. 근데 지금은 한 마리도 없구나. 재미없게스리……."

아이는 무슨 생각을 했는지 감자를 입 속에 가득 넣은 채 큭큭, 웃었습니다. 제 아이지만 가끔씩 바보 같다는 생각이 듭니다.

그 벤치에 언제까지 머물러 있을 수는 없는 노릇이라 저는 아이를 다시 업고 느릿느릿 키치죠지 역 쪽으로 걸어갔습니다. 번화한 노점거리를 이리저리 구경한 뒤 역에서 나카노행 표를 샀습니다. 어떤 결심이나 계획도 없이 말 그대로 무시무시한 악마가 쳐 놓은 덫을 향해 빨려 들어가듯 나카노에서 내려, 어제 가르쳐 준 대로 부부가 일하는 가게 앞까지 갔습니다.

아직 가게 문을 열지 않아서 하는 수 없이 주방으로 통하는 뒷문으로 들어갔습니다. 주인 남자는 보이지 않았고 여주인 혼자 가게 안을 청소하고 있었습니다. 주인아주머니와 눈이 마주치는 순간, 저는 스스로도 놀랄 만큼 생각지 않았던 거짓말을 술술 내뱉기 시작했습니다.

"저, 아주머니, 돈은 제가 모두 갚겠습니다. 오늘 저녁, 아니면 내일, 어쨌든 해결될 것 같으니 이제 걱정하지 않으셔도 될 것 같아요."

"어머, 그거 잘됐군요."

주인아주머니는 기쁜 표정을 지으면서도 한편으론 불안한 기색이 역력했습니다.

"아주머니, 정말이에요. 확실히 돈을 가져올 사람이 있어요. 그때까지 제가 인질로 여기 머물러 있겠습니다. 그러면 안심하시겠지요? 돈이 올 때까지 가게 일을 좀 도와드릴게요."

저는 내실에 아이를 들여보내 혼자 놀게 하고는 소매를 걷어붙였습니다. 아이는 워낙 혼자 노는 데 익숙해서 조금도 방해가 되지 않았습니다. 머리가 나빠서인지 낮도 가리지 않고 잘 웃는 편이어서 제가 다른 가게에 물건을 가지러 간 동안에도 주인아주머니가 장난감으로 내어 준 깡통을 두드리며 잘 놀았습니다.

점심때쯤 주인 남자가 생선과 야채를 사 들고 돌아왔습니다. 주인아저씨에게도 아주머니에게 했던 것처럼 거짓말을 했습니다.

주인은 어리둥절한 얼굴로 저를 쳐다보다가 차분한 어조로 말했습니다.

"오호라, 그래요? 하지만 부인, 돈이란 건 자기 손에 직접 쥐지 않으면 소용이 없는 거라오."

"아니요, 그게 말이죠. 정말 확실하다니까요. 그러니 저를 믿으시고 결정은 하루만 늦추어 주세요. 그때까지 가게 일을 도와드릴 테니까요."

"돈만 들어온다면야……." 주인은 혼잣말처럼 중얼거렸습니다.

"어쨌든 올해도 오륙 일밖에 남지 않았으니까요."

"네, 그러니까 제가…… 어머, 손님 오셨네요. 어서 오세요!"

저는 가게로 들어온 작업복 차림의 일행에게 밝은 얼굴로 인사를 건네면서 작은 소리로 주인아주머니에게 속삭였습니다.

"아주머니, 죄송한데 앞치마 좀 빌려 주세요."

"오, 어디서 이런 미인을 데려다 놓으셨나. 꽤 괜찮은데요."

일행 중 한 명이 말했습니다.

"괜한 말씀 마십쇼."

주인은 사뭇 진지한 얼굴로 말했습니다.

"돈 문제가 걸려 있어서 여기서 지내게 된 군식구랍니다."

"혹시 숨겨 놓았던 백만 달러짜리 명마名馬 아니우?"

또 다른 손님이 저급한 농담을 던졌습니다.

"명마도 암컷은 반값이라면서요."

저는 사케를 데우면서 그대로 되받아쳤습니다.

"무슨 소리. 앞으로 일본은 개나 소나 남녀평등이 될걸."

가장 젊은 손님이 큰 소리로 말했습니다. 그러고는 상반신을 앞으로 숙이며 제게 물었습니다.

"언니야, 아무래도 나 반한 거 같아. 그것도 첫눈에. 근데, 아기 엄마?"

"아니에요."

주방 안쪽에서 아주머니가 아이를 안고 나왔습니다.

"이 아인, 친척에게 맡겼다가 이번에 데려온 아이예요. 이제 겨우 돌볼 수 있게 되었답니다."

"돈도 벌었고."

손님 중 하나가 놀리자, 주인은 침울한 표정으로 중얼거렸습니다.

"여자도 생기고, 빚도 생기고……. 자, 뭘로 하실까요? 모듬냄비라도 만들어 드릴까?"

그때 무언가 제 머리를 스치고 지나가는 것이 있었습니다. 혼자 고개를 끄덕이면서 아무렇지 않은 얼굴로 따뜻하게 데워진 술병을 가져갔습니다.

마침 그날은 크리스마스 이브라 끊이지 않고 손님이 몰려든 탓에 저는 자리에 앉아 쉴 틈도 없었습니다. 주인아주머니가 몇 번이고 방에 들어가 쉬라고 권해도 복잡한 생각으로 머리가 묵직해서 쉴 수 없었습니다. 오히려 바쁘게 몸을 움직이는 편이 한결 마음이 가벼웠습니다. 하루 종일 가게는 활력으로 가득 차 있었고, 제 이름을 물어보거나 악수를 청한 손님이 두세 명이나 되었습니다.

하지만 그렇다고 달라지는 것은 없었습니다. 제가 안고 있는 문제는 어느 것 하나 해결되지 않았으니까요. 그저 웃으며 손님을 맞이하고, 유치한 농담에 맞장구를 치고, 더 야한 농담을 던지면서 테이블을 옮겨가며 술을 따랐습니다. 전 차라리 제 몸이 아이스크림처럼 녹아 없어졌으면, 하고 바랐습니다.

비정한 세상에도, 기적은 가끔씩 일어나는가 봅니다. 밤 아홉 시가 지날 무렵, 크리스마스 분위기로 장식된 고깔모자를 쓰고 루팡처럼 얼굴을 절반 정도 가린 검은 가면의 남자와, 서른네다섯 살쯤 되어 보이는 늘씬한 여자가 가게로 들어왔습니다. 남자는 제 자리 바로 뒤편에 앉아 있었는데, 저는 가게에 들어올 때부터 그 남자가 누군지 알고 있었습니다. 바로 남편이었습니다.

남편이 저를 미처 알아보지 못한 것 같았기 때문에 저도 시치미를 떼면서 다른 손님과 어울려 앉아 있었습니다. 그러자 남편과 마주 앉아 있던 아름다운 여자가 제게 손짓을 했습니다.

"언니, 여기요."

"네."

저는 두 사람의 테이블로 다가가 다소 목소리를 높여 말했습니다.

"어서 오세요. 술 드릴까요?"

순간, 가면으로 가려진 남편의 얼굴에 놀라는 기색이 역력했습니다. 저는 한 손으로 그의 어깨에 손을 얹고 또 한쪽 손은 허리에 걸친 채 서 있었습니다.

"크리스마스를 축하합시다, 라고 해야 하나요? 뭐라고 하더라? 오늘 같은 날은 실컷 마셔야겠죠?"

그러자 부인은 들은 척도 하지 않고 조용한 목소리로 말했습니다.

"저기, 언니. 죄송한데, 여기 사장님과 긴히 할 얘기가 있으니 좀 불러 주시겠어요?"

저는 주방에서 튀김 요리를 만들고 있던 주인에게 다가가 속삭였습니다.

"남편이 왔습니다. 어서 가 보세요. 하지만 함께 온 여자 손님께 제 얘기는 하지 말아 주세요. 그이가 창피해서 도망이라도 치면 안 되니까요."

"드디어 오셨구먼."

주인은 제 거짓말을 의심하면서도 한편으론 꽤 믿고 있는 눈치였습니다. 남편이 가게에 온 것도 제 계획의 일부라 믿는 것 같았습니다.

"제 이야기는 빼 주셔야 해요."

다시 한 번 신신당부했습니다.

"그쪽이 괜찮다면야 그렇게 합시다."

결심한 듯 입술을 앙다문 채 주인은 곧장 남편 쪽으로 가서 여자 손님과 몇 마디 주고받는가 싶더니, 세 사람 모두 자리에서 일어나 밖으로 나갔습니다.

이제 끝났어. 모두 다 해결된 거야. 저는 그렇게 믿으며 작업복 차림으로 앉아 있던 젊은 손님의 손을 잡았습니다.

"자, 마셔요. 마시자고요. 크리스마스잖아요."

3

거의 삼십 분, 아니 그보다 훨씬 더 얘기가 빨리 끝났는지 얼마 지나지 않아 주인아저씨 혼자 가게로 돌아왔습니다.

"부인, 감사합니다. 돈은 잘 받았습니다."

"그래요……. 잘되었네요. 전부?"

주인은 묘한 웃음을 흘리며 고개를 끄덕였습니다.

"네. 어제 말씀드렸던 만큼은."

"그럼 지금까지 빚은 전부 얼마죠? 대강 최소한으로 따지면."

"이만 엔."

"그거면 돼요?"

"아주 많이 깎은 겁니다."

"그것도 돌려드리겠습니다. 저, 그냥 여기서 일하면 안 될까요? 나머지는 일해서 갚을게요, 네?"

"이제 보니 부인, 오카루[3]로군요."

우리는 가벼운 마음으로 소리 내어 웃었습니다.

그날 밤, 열 시가 조금 넘어 나카노의 가게를 나섰습니다. 아이를 등에 업고 코가네이의 우리 집으로 돌아왔습니다. 예상한 대로 남편의 모습은 보이지 않았지만 어쩐 일인지 마음만은 편안했습니다. 내일 그 가게에 가면 남편을 만날 수 있을지도 모르는 일입니다. 왜 저는 지금까지 이렇게 좋은 방법을 생각해 내지 못했던 것일까요. 이제껏 제가 짊어지고 있던 고통도 모두 제가 너무 어리석은 탓입니다. 아사쿠사에서 아버지와 포장마차를 했을 때도 손님 접대는 곧잘 했으니 나카노의 가게에서도 무난히 견딜 수 있을 것입니다. 하룻밤 사이에 팁으로 오백 엔이나 벌었으니 수입도 나쁘지 않았습니다.

주인의 말에 따르면, 남편은 어젯밤 집을 뛰쳐나간 뒤 아는 사람 집

---

3) おかる : 남편을 위해 유녀가 되는 가부키의 극중 인물.

에서 잠을 자고 가게에 동행했던 아름다운 여자가 경영하는 쿄하시의 바Bar로 쳐들어가 아침 일찍부터 위스키를 마시기 시작했습니다. 그리고 가게에서 일하고 있던 다섯 명의 여자에게 크리스마스 선물이라며 돈을 쥐어 준 뒤 정오쯤 택시를 타고 어디론가 사라졌다가 크리스마스 고깔모자와 가면, 케이크, 칠면조까지 사 들고 나타나서는 여기저기 전화를 걸어 아는 사람들을 끌어모아 파티를 열었다고 했습니다. 언제나 돈 한 푼 없던 사람이라 마담도 무언가 낌새를 알아채고 자초지종을 묻자 남편은 아무렇지도 않은 얼굴로 어젯밤에 일어났던 일들을 이야기했고, 마담도 절친한 오타니가 경찰에게 끌려가면 귀찮아질까 봐 돈을 대신 갚아 주기로 했다는 것이었습니다.

"대충 그럴 거라고 생각했지만 부인께선 그쪽 방향으로는 머리가 잘 돌아가는 것 같은데요. 오타니 씨의 친구들에게 미리 손을 써 놓았던 겁니까?"

처음부터 이런 식으로 돈을 갚게 되리라 정확히 예상하고 가게로 온 것처럼 되어 버렸으니 달리 할 말도 없었습니다.

"네, 뭐 그렇죠."

다음 날부터 제 생활은 지금까지와는 완전히 달라졌습니다. 아침 해가 뜨는 동시에 가슴 설레고 즐거웠습니다. 미용실에 가서 머리를 만지고 화장품을 산 다음, 기모노를 말끔하게 수선해 주인아주머니가 준 흰 버선 두 켤레와 함께 입었습니다. 그렇게 단장을 할 때마다 마음속 응

어리가 깨끗이 사라지는 것만 같았습니다.

아침에 일어나 밥을 먹고 도시락을 만든 다음 아이를 업고 나카노의 가게에 출근하는 일상은 그믐날과 정월에도 계속 이어졌습니다. '츠바키야'의 '삿짱'이 가게에서 불리는 제 이름입니다. 삿짱은 매일 눈코 뜰 새 없이 바쁘게 일하면서 이틀에 한 번 꼴로 찾아오는 남편과 만났습니다. 계산은 늘 제 몫이었지만 전처럼 어디론가 사라져 며칠씩 지내는 일은 없었습니다. 낮에 술을 마시다 나가더라도 문 닫을 시간이 되면 가게 문을 열고 저를 찾곤 했습니다.

"집에 가자고."

저는 고개를 끄덕이며 돌아갈 준비를 서둘렀습니다. 그렇게 세 식구가 가벼운 발걸음으로 귀가한 일도 몇 번이나 있었습니다.

"어째서 처음부터 이렇게 하지 않았을까요. 이렇게 행복한데."

"여자에게는 행복도 불행도 없는 거야."

"그래요……. 그러고 보니 그런 것 같기도 하네요. 그럼, 남자는요?"

"남자에겐 불행뿐이지. 매순간 공포와 싸우고 있으니까."

"모르겠어요. 하지만 전 언제까지나 이 생활을 계속하고 싶어요. 츠바키야의 주인아저씨, 아주머니도 정말 좋으신 분들이거든요."

"바보. 그 사람들은 바보라고 할 수 있지. 촌뜨기들. 그런데 욕심까지 많아서 늘 내게 술을 먹이고 돈을 벌어."

"그거야 장사꾼이니까 당연하죠. 하지만 그것 때문이 아니잖아요?

당신은 아주머니와 무슨 일이 있었죠."

"옛날 일이야. 주인아저씨는 어때? 그 사실을 알고 있나?"

"정확히 알고 있는 것 같아요. '여자도 생기고, 빚도 생기고.' 라고 혼잣말처럼 중얼거리는 것을 들었어요."

"난 말이지, 듣기 거북하겠지만 죽고 싶어 환장한 놈이야. 태어날 때부터 죽는 것만 생각했거든. 다른 사람들을 위해서라도 죽는 게 낫지. 그건 확실해. 그런데 죽기가 쉽지 않아. 이상한 신 같은 존재가 내가 죽는 걸 방해하고 있으니까."

"하고 있는 일이 있잖아요."

"일 따위는 아무것도 아니야. 수작도, 걸작도 아니지. 사람들이 좋다고 하면 좋아지는 거고, 나쁘다고 하면 나빠지는 거지. 달면 삼키고 쓰면 뱉는 이치라고나 할까. 무서운 건 이 세상 어딘가에 신이 있다는 사실이지. 신은 존재하겠지?"

"네?"

"신이 있느냐고."

"저야 모르죠."

"그렇군."

십 일, 이십 일 가게를 드나들면서 츠바키야에 술을 마시러 오는 손님은 죄다 범죄자라는 사실을 깨닫게 되었습니다. 남편은 그나마 순한 편에 속했습니다. 저는 점차 가게를 찾는 손님뿐만 아니라 길을 걷는 사람 모두가 한 번쯤 죄를 지은 적이 있으리라는 확신이 들었습니다. 멋진 차림새의 오십 대 부인이 가게 뒷문에 술을 팔러 와서는 다른 데보다 훨씬 싸다고 하면서 한 되에 삼백 엔만 달라는 것이었습니다. 주인아주머니는 별 의심 없이 술을 샀지만 결국 물을 탄 술이었습니다. 트럼프 게임처럼 마이너스를 전부 모으면 플러스로 바뀌는 일이 세상사에서는 일어나지 않는가 봅니다.

신이 있다면 절 도와주십시오! 신이시여, 어떻게 그런 일이 제게 일어나야만 했을까요…….

그날 밤은 비가 내렸습니다. 예전부터 출판일로 안면을 익혔고 가끔씩 생활비를 보태 주었던 야시마가 동료인 듯한 사십 대 여자와 둘이서 가게를 찾아왔습니다. 술을 마시면서 두 사람은 취기가 올라 목소리가 커지더니, 오타니의 부인이 이런 곳에서 일하는 것은 말도 안 된다며 떠들어 댔습니다.

"그 부인은 어디에 있는데?"

남자가 그렇게 묻자 야시마는 빙글대며 대답했습니다.

"어디에 있는지 모르겠지만 말이야, 적어도 츠바키야의 삿짱보다는 기품 있고 예뻤어."

"그거 질투 나는걸. 오타니 같은 남자라면 하룻밤만이라도 좋으니 같이 붙어 있고 싶어. 난 그렇게 음흉한 남자가 좋더라."

"여기 그런 사람이 있지."

야시마는 동료를 향해 입을 삐죽거렸습니다.

알고 보니 남편과 함께 가게에 온 기자들로 인해 제가 시인 오타니의 아내라는 사실이 널리 퍼졌고, 그들의 이야기를 듣고 일부러 저를 보기 위해 찾아오는 호사가들이 늘어나 술집 주인도 저를 그리 싫어하지 않았던 것이었습니다.

야시마 일행이 종이 암거래 따위를 의논하다 돌아간 시간은 열 시를 넘긴 즈음이었습니다. 비도 오는 데다 남편도 나타나지 않고, 손님이라고는 한 명밖에 남아 있지 않아서 저는 슬슬 집에 갈 준비를 했습니다. 내실에서 자고 있던 아이를 안아 조심스레 등에 업은 다음 아주머니에게 작은 목소리로 속삭였습니다.

"우산 좀 빌릴게요."

"우산이라면 저한테도 있어요. 바래다드리죠."

가게에 홀로 남아 술을 마시던 스물대여섯 먹은 손님이 진지한 얼굴로 자리에서 일어났습니다. 그는 그날 가게에서 처음 본 손님으로, 깡마른 체구에 공원工員 차림을 하고 있었습니다.

"아니에요. 혼자 다니는 데 익숙하니까 괜찮습니다."

"아니, 댁이 여기서 꽤 멀지 않습니까. 저도 코가네이에 삽니다. 바래다드리겠습니다, 부인. 대신, 계산을 부탁드립니다."

가게에서 맥주 세 병 정도를 비웠는데, 그렇게 취한 것처럼 보이지는 않았습니다.

함께 전차를 타고 코가네이에 내려 부슬부슬 비가 내리는 길을 한 우산을 쓰고 걸었습니다. 그 젊은 사내는 말수가 적었지만 가끔씩 남편에 대한 이야기를 꺼냈습니다.

"전 오타니 선생님의 시를 정말 좋아합니다. 저도 시를 쓰고 싶었지만……. 오타니 선생님께 보여 드리고 싶은데요. 선생님이 너무 무서워서요."

집 앞에 다다르자 그는 꾸벅 인사를 했습니다.

"고마웠습니다. 그럼, 가게에서 뵙죠."

"아, 예. 그럼."

젊은 사내는 빗속으로 천천히 사라졌습니다.

얼마나 밤이 깊었을까. 덜그럭덜그럭. 현관문을 흔드는 소리에 눈이 떠졌습니다. 언제나처럼 만취한 남편이 돌아왔나, 싶어 그대로 아무 말 없이 눈을 감았습니다.

"죄송합니다. 오타니 부인, 죄송합니다."

남자의 목소리였습니다.

벌떡 일어나 전등을 켜고 현관으로 나가 보니 아까 그 젊은 사내가 제대로 몸을 가누지 못한 채 비틀거리고 있었습니다.

"부인, 정말 죄송합니다. 돌아가는 길에 포장마차에서 한잔 더 했는데요……. 그만 집에, 그러니까 타치가와로 가는 전차가 끊기고 말았습니다. 부인, 부탁드립니다. 하룻밤만 재워 주십시오. 이불도 필요 없고,

현관에서 자도 상관없습니다. 내일 아침 첫차가 올 때까지만 재워 주십시오. 비만 오지 않으면 근처 아무 데서 자도 되지만 이런 빗속에선……. 부탁드립니다."

"남편도 안 계시니……. 그럼 현관에서 주무시도록 하세요."

저는 여기저기 실밥이 터진 방석 두 개를 현관에 놓았습니다.

"죄송합니다. 후, 취한다."

사내는 괴로운 듯 신음 소리를 내더니 곧장 현관에 쓰러졌고, 제가 방에 들어갔을 때는 이미 코 고는 소리가 요란하게 들려왔습니다.

어처구니없게도, 다음 날 새벽녘에 그 사내는 안방에 들어와 저를 강제로 범하고 말았습니다.

저는 아무 일 없다는 듯 멀쩡한 모습으로 여느 아침처럼 도시락을 싸고, 아이를 업었습니다. 그리고 걸음을 재촉해 가게로 향했습니다.

츠바키야의 문을 열자, 남편이 술이 가득 든 잔을 테이블에 놓은 채 혼자서 신문을 읽고 있었습니다. 컵에 담긴 위스키가 오전의 태양빛을 받아 눈부시게 빛나고 있었습니다.

"아무도 없어요?"

남편은 내 쪽으로 고개를 돌렸습니다.

"응. 아저씨는 물건을 사러 가서 아직 돌아오지 않았고, 아주머니는 좀 전까지 있었는데. 어디 가셨나 보군."

"어제, 가게 왔었어요?"

"왔었지. 츠바키야의 삿짱 얼굴을 안 보면 잠이 오지 않으니까. 열 시쯤 들렀는데 이미 집에 가고 없더군."

"그래서요?"

"여기서 잤지. 비가 너무 많이 와서."

"저도 이제부터 여기서 지낼까 봐요."

"그것도 좋겠지."

"그래야겠어요. 코가네이의 집을 언제까지 빌려 쓸 수 있을지도 모를 일이고. 집이 별 의미가 없잖아요."

남편은 아무 말도 없이 신문에서 눈을 떼지 않았습니다.

"이런, 또 나에 대한 험담이 실려 있군. 쾌락주의자에 가짜 귀족이라……. 이놈의 기자 녀석, 문장이 엉터리야. '신에게 도전하는 쾌락주의자'라고 썼어야지. 삿짱, 이것 좀 보시게나. 여기에는 '인간도 아닌 놈'이라고 쓰여 있군. 모르시는 말씀. 이제 와서 얘기지만 작년 말에 여기서 오천 엔을 훔쳐 간 건 그 돈으로 삿짱하고 아들한테 괜찮은 정월을 맞게 하고 싶었기 때문이었어. 인간도 아닌 놈이 아니니까 그런 짓도 하는 거지."

저는 흥, 한숨을 쉬었습니다. 그리고 별로 기뻐하는 기색 없이 담담하게 말했습니다.

"인간도 아닌 놈이면 어때요. 그냥 살아 있으면 되는 거죠."

다 시 생 각 하 는
뷔용의 아내

(15세기 프랑스에 뷔용이라는 시인이자 방랑자가 살았다. 그는 백년전쟁으로 황폐해진 시대에 불우한 어린 시절을 보내다가 뷔용이라는 신부에게 맡겨져 양육되었으며 이름도 신부의 이름을 따랐다. 그는 살인과 절도죄로 투옥되어 결국엔 교수형을 언도받았으나 다행히 십 년 유형으로 감해지는 등 우여곡절을 겪다가 1463년 이후 행방을 알 길이 없어진 불우한 시인이었다.)

전후 일본의 불안정한 현실과 사람들의 달라진 가치관, 그 모든 것을 예민하게 느끼는 가난한 시인인 오타니는 잡지에 「프랑소와 뷔용」이라는 논문을 발표했다.

그가 어린 아내와 아이는 돌보지 않은 채 불안정하고 방탕하게 지내며 심지어는 단골 주점에서 도둑질을 하는 지경에 이르자, 그의 아내는 그 빚을 갚기 위해 주점에서 일하기 시작하면서 그녀가 몰랐던 세상에 대해 알아 간다. 사회 전반에 깔려 있는 부도덕한 행태들을 정면으로 보게 되는 것이다.

그녀는 그곳에서 일하면서 남편인 오타니의 고뇌를 어렴풋이 이해하게 되고 오히려 가까워진다.

뷔용이라는 15세기 시인과 오타니라는 시인을 겹쳐 보이며 다자이 오사무가 하고 싶었던 말은 무엇이었을까.

　전쟁의 부산물처럼 남겨진 가난과 황폐해진 인간성, 달라진 가치관에 부유하는 사람들을 통해 전쟁이란 무엇인가라는 물음에 대한 다른 단면도를 도려내 보인 것으로 보인다. 후회와 비웃음, 그러나 비명과도 같은 시를 남긴 시인이자 도둑이었던 뷔용의 고뇌는 오타니에게도 낯설지 않았으리라.

　전투모를 쓰거나 가면 뒤에 숨어 나타나곤 하는 오타니는 향락적이고 부도덕하게 살면서 신을 두려워한다. 그의 마음을 온통 차지하고 있는 것은 불안이다.

　예민한 감수성으로 불안의 기미를 포착하고는, 시대에 날개를 상한 나비처럼, 절룩이며 방황을 거듭하는 시인.

　또한 집에서 남편을 기다리기만 하던 어린 아내는, 아이까지 데리고 주점에서 일을 하며 불미스러운 일까지 겪으면서 점차로 강한 여성이 되어 간다.

　인간이 아니더라도 상관없으니 살아만 있으면 된다는 그녀의 말은 아직도 전쟁이 끝나지 않았음을 알리는 다자이 오사무의 절규인 듯하다.

　그들의 작은 집을 정리하겠다는 결정, 더욱이 그들의 아들이 영양실조로 체격도 작고, 바보인 듯 지적 발육조차 염려스럽다는 사실이, 그 불안한 미래가 그들에겐 영원히 가장 슬프고 무서운 경종일 터이다.

사망의 수난자*

앙드레 도텔

*원제 : Les suppliciés de Samant

앙드레 도텔
André Dhôtel, 1900~1991

프랑스 샹파뉴아르덴
지방의 소도시 아티니
출생. 1955년 프랑스
굴지의 문학상인 페미
나상을 차지한 성장 소설 『갈 수 없는 나라』로 단숨에 20
세기 프랑스 문단의 거성으로 떠올랐다. 파리에서 대학을
졸업한 후 고향인 프랑스 북부 지방에서 중고등학교 교사
생활을 하면서 작품 활동을 시작했다. 30세가 될 무렵 단
편과 장편을 한 차례씩 출간하지만 비교적 늦은 나이인 43
세에 유명 잡지 《NRF》에 〈비극의 마을〉이 실리면서 필명
을 얻기 시작하며 1948년 소설 『다비드』로 생트뵈브상을
수상한다. 1991년 7월 22일 파리에서 생을 마감한 후 2004
년에는 오랫동안 유실되었던 두 원고 『철도 계곡에서』와
『쥘리엥 그랜비스의 환상 여행』이 발견되어 출간되기도
했다.

옮긴이 정명환

1929년 출생. 서울대학교 문리대 불문과를 졸업하였고, 서울대학교
및 가톨릭대학교 교수로 재직하였다. 저서로는 『한국 작가와 지성』
『졸라와 자연주의』 『문학을 찾아서』 『현대의 위기와 인간』 등이 있
고, 역서로는 알베레스의 『20세기의 지적 모험』, 장 폴 사르트르의
『문학이란 무엇인가』 등이 있다.

집 둘레에는 등꽃과 달리아가 피어 있었다. 뜰 쪽으로 난 창문에서 내다보면 넓디넓은 언덕의 한쪽이 마치 들판을 일으켜 세운 것처럼 보였다. 봄철에는 푸른 밀밭과 양귀비가 언덕을 덮어, 하늘 아래서 너울거리는 커튼과도 같았다.

벌써 몇 년 전부터 사람들의 귀에는 베르메유 내외, 실비와 프로랭의 싸움 소리가 들려왔다. 저녁때가 되면 문과 덧창을 닫고 주먹다짐을 했던 것이다. 동네 사람들은 그 싸움에 투우라는 별명을 붙였다. 사실, 그것은 조용한 투우였고, 다만 마룻바닥에 내팽개치는 접시 소리만이 그 소식을 알려 주는 것이었다.

아주 옛날 이야기지만, 프로랭이 처음 아내 실비를 만난 것은 그녀가 시냇물을 건너고 있을 때였다. 그가 늘 하는 말을 들어 보면 그때 실비의 머리카락이 시냇물에 비치는 것을 보고 반해 버렸다는 것이다. 몇 주일 동안은 실비에게 말 한마디도 건네지 못했다. 그러다 마침내 사랑을 고백했을 때 그는 상대방의 오해를 받아 홀연 식민지로 떠나 버리고 말았다. 프로랭은 거기에서 열병에 걸렸는데 정신이 나갈 때는 으레 눈앞을 가리고는 물에서 견딜 수 없는 빛이 비친다고 떠들어 댔다고 한다. 병이 낫자마자 유심하게 물을 내려다 보면서 강가며 늪가를 어슬렁거리는 그의 모습이 자주 눈에 띄었다. 프랑스로 돌아온 후 그는 실비와 결혼했다. 그가 역에 내렸을 때 실비는 요행히 누구보다도 먼저 나와 그를 맞이해 주었던 것이다. 그러던 두 사람이 요새는 밤낮을 가리지 않고 소리를 맞지르고 있단 말이다. 하지만 전처럼 주먹다짐은 하지 않았다. 내외가 모두 신경통에 걸렸기 때문이다.

이것이야말로 그들의 괴로움이었다. 풀 수 없는 노여움이 무릎과 팔목과 움직이지 못하는 목덜미에 맺히고 만 것이다. 그리고 별안간 몸을 움직여 노여움을 풀어 보려고 하면 그 대가로 고통이 하도 심해서 그들은 한결 부아가 나고 무력감을 느끼는 것이었다. 그러면 내외는 구석에 있는 의자에 털썩 마주 앉아 테이블 한가운데에 놓아둔 봉숭아 화분 너머로 서로 욕설을 퍼부었다. 사망의 동네 사람들은 일 년 내내 피어 있는 이 봉숭아에 영생초永生草라는 이름을 붙였다. 봉숭아를 심어 놓은 금빛의 알룩달룩한 화분만은 뿌리 깊은 싸움의 화를 입지 않았던 것이다.

모두들, 왜 저렇게 다투고만 있을까 궁금히 여겼다. 모르는 것이 없는 사망의 동네 사람들도 그 곡절만은 짐작할 도리가 없었다. 어떤 사람들은 변변히 알지도 못하면서 술버릇이 나쁜 탓이라고 우겨 댔다. 하기야 실비와 프로랭은 술병을 아끼지는 않았다. 그러나 이웃 사람들을 드나들게 했을 무렵에는 자기들이 마시기보다는 남들을 너그럽게 대접한 것이었다. 동네 사람들도 보고 알다시피, 프로랭은 벌이를 하고 돈을 모으고, 피로의 기색도 없이 꾸준히 장사를 이어 나가면서도 술병에는 통 손을 대지 않았다. 그렇게 누가 보아도 칭찬할 만큼 꾸준히 일을 해서 그는 제법 땅도 사고 과수원도 샀다. 그리고 꽃을 좋아하는 실비는 늘 동네에서 가장 아름다운 정원을 가꾸었다. 달리아와 등꽃이 만발해 있다는 이야기는 아까도 했지만 그 밖에도 다른 곳에서는 보기 어려운 희한한 장미꽃도 피어 있었다.

그들에게는 조카가 하나 있었는데, 행복한 결혼을 하여 프랑스 한끝에 살고 있었다. 그는 아내와 같이 일 년에 한 번씩 사망에 와서 며칠 동안 묵고 가는데, 그럴 때는 집 안이 쥐 죽은 듯 조용했다. 가끔씩 날씨가 너무 좋으면 푸성귀가 말라 버리고 날씨가 너무 궂으면 물에 곯아 버린다고 떠들어 댈 뿐이었다. 그러다 다시 단 둘이 있게 되면 몇 달을 두고 또 싸움이 벌어지는 것이었다. 그것은 날이 갈수록 아무 뜻도 없어져 가는 싸움이었다. 어떤 사람들의 말을 들어 보면 실비는 남편이 집에 없는 동안에는 언덕을 바라보며 소일한다는 소문이었다.

실비의 눈에는 아직도 아름다운 빛이 반짝였다. 그러나 프로랭은 거의 장님이 되다시피 해서, 사람의 얼굴이나 물건들의 모습이 어렴풋이 떠 보일 따름이었다. 밭으로 나갈 때도 꿈길을 헤매는 것 같았다. 그는 고개를 들고 나무 그림자와 햇빛을 지표로 삼아 걸어갔다.

그의 말을 들어 보면, 아니 차라리 외치는 소리를 들어 보면, 하늘은 붉고 검은 빛깔을 띠고 폭넓은 햇살로 갈라져 있는데 부분 부분에 따라서 빛이 진하기도 하고 엷기도 하다는 것이었다. 적어도 그의 말은 그런 뜻인 것 같았다. 그리고 몽둥이로 그 하늘을 꿰뚫고 새로운 햇빛이 빛나게 하고 싶다는 이야기였다. "그건 어떤 햇빛일까? 어떤 햇빛이 비칠까?" 하고 그는 늘 되풀이했다. 그러면 실비는 "햇빛이 어떻다니, 그런 바보 같은 소린 작작해요!" 하고 외쳐 댔다. 두 사람의 싸움은 대개 이런 말로부터 시작하는 것이었다. 그래도 프로랭은 자기가 제법 똑똑히 볼 수가 있고, 또 그 이상 똑똑히 보기도 바라지 않으며, 사물을 분명히 알아볼 수 있다고 우겨 댔다. 그리고 저 위에서 커다란 불덩이가 떨어져서, 늘 꽃 생각만 하고 자기를 업신여기는 아내를 혼내 주기라도 했으면 좋겠다는 것이었다. 그는 꽃이 싫었다. "내 꽃을 꺾어 버렸다가는 재미없어요!" 하지만 그는 달리아나 장미꽃을 꺾어 버리는 일이 한두 번이 아니었다. 그 화를 입지 않는 것은 오직 화분에 심은 봉숭아뿐이었다. "어디, 저것도 내던져 보지! 저 영생초도 꺾어 던지라니까 그래요!" 하나, 남편은 그 꽃만은 아끼고, 금빛의 아담한 화분을 바라보는 것이 즐거운 모양이었다.

"여봐요, 뭘 그렇게 보고 있는 거요?" 하고 궁금한 아내가 물어보면 "당신은 무지몽매한 여자야." 하고 그는 아내에게 외쳐 댔다.

저녁때면, 금빛의 연못이 꽃분을 에워싸고 있는 것처럼 보인다는 이야기였다.

"여기에 연못이나 강이나 바다라도 있다면, 당신의 낯짝을 쓸어박아 넣었으면 좋겠구먼." 그는 노기등등한 목소리로 말하는 것이었다. "그러면 제 꼬락서니가 어떤지 알 수 있겠지. 하늘 속으로 머리를 처박아 넣기라도 못할까!"

"이런 미친 늙은이가 있나!" 하고 실비는 으르렁댔다.

그녀는 남편의 망령을 웃어 넘길 수가 없어 그에게로 달려 들었다. 남편은 단장을 쳐들었다. 그러나 이윽고 두 중풍 환자는 의자에 주저앉아 신음 소리만 내는 것이었다.

"이건 천당이 아니군!" 마침내 남편이 입을 열었다.

"뭐? 천당이 어째? 천당이 어떻다고?" 아내는 같은 말을 되풀이했다. "이 빌어먹을 늙은이가 천당까지 바라는군!"

열쇠 구멍에 귀를 대고 엿듣고 있었던 치안대원은 "참 별난 작자들도 다 봤네!" 하고 한마디 던졌다. 동네의 얌전한 아낙네들은 베르메유 내외가 나쁜 버릇을 가르쳐 준다고 한탄하며, 군청 당국이나 정부에서 이런 일을 막기 위해 아무런 대책도 세운 일이 없는 것을 못마땅하게 여겼다.

"실비에게는 사생아가 있다고 합디다. 전에 그런 얘기를 들은 일이 있죠." 하고 치안대원은 아는 체하며 떠들어 댔다.

어느 일요일날, 실비는 별안간 바람을 쐬러 나가겠다고 말했다. 지금까지 내외의 입에서는 바람을 쐬러 간다는 말은 한 번도 나온 일조차 없었다. 그녀는 문을 열었다. 남편은 하도 어리둥절해서, 화를 낼 겨를조차 없었다.

"아니, 지금 어딜 간다는 거야?"

"저 너머 성모상聖母像을 가 보고 오리다."

"적어도 칠 킬로미타나 되는데 그래?" 남편이 중얼거렸다.

"교회당까진 십 킬로미터라오."

실비는 길 한복판으로 나섰다. 그는 아내의 뒤를 따랐다.

"나를 걷어차 버리고 가려는 건 아니겠지?"

"글쎄, 그럴지도 모르죠."

마침내 남편은 부아가 터졌다.

"거짓말 말어. 가긴 어딜 간다는 거야. 당신이 언제 하느님을 믿었다구."

아내는 아무 대답도 없이 그루터기와 마른 흙으로 덮인 폭넓은 언덕을 바라보고만 있었다.

"저 언덕으로 가겠어요." 그녀는 조용히 말했다.

"뭐, 어디로 간다고? 벌레처럼 저 꼭대기로 똑바로 기어올라 가겠단 말이야? 하지만 적어도 일주일은 걸릴걸."

"걸릴 대로 걸리래죠." 아내는 몇 발자국 내디디면서 중얼거렸다.

그는 여전히 아내의 뒤를 따라가서 그녀의 어깨를 움켜잡고 말했다.

"거짓말 작작 해! 당신이 언제 하느님을 믿었다고 그래. 이십 년 동안 단 한 번도 미사에 나가 보지도 않았으면서. 남들처럼 사람 구실도 못하는 늙은 것이 무슨 잔소리야!"

그는 단장을 추켜들려고 했으나 이윽고 팔을 떨어뜨렸다. 사람들이 모여들었다. 남편의 손에서 벗어난 실비는 다시 몇 발자국 옮겨 놓았다. 그는 아내가 멀어져 가는 것을 보고만 있었다. 그러자 실비가 걸음을 멈추었다. 왜 그랬을까? 그는 아내에게로 다가갔다. 실비는 다시 걷기 시작하더니 남편을 기다리는 것처럼 또 한 번 섰다. 내외는 이와 같이 열 번이나 쉬었다 걸었다 하면서 마을 한끝에 이르렀다.

"어디, 무슨 곡절인지 말해 봐."

"말하긴 뭘 말해요?"

"아니야, 필경 무슨 곡절이 있을 거야."

아내는 또 걷기 시작했다. 그녀는 언덕진 길을 백 미터쯤 올라가면서 넘어지고 다시 일어나기를 반복했다. 프로랭은 아내의 곁으로 다가가서 볼멘소리로 말했다.

"그런 꼴로 어떻게 걷겠다는 거야?"

"아니, 걸어가 보겠어요."

내외는 이렇게 억지를 써 가면서 언덕 꼭대기에 다다랐다. 남편은 아내의 뒤를 쫓아 오르면서 투덜거렸다. 봉우리에 이르자 서로 부축해 가면서 걸었다. 도무지 거짓말 같은 일이었다. 두 사람은 언덕 너머로 사라져 갔다. 집 문은 열린 채였다.

여러 사람들이 그 후의 곡절을 아무 증거도 없이 이야기해 댔다. 그들의 말로는 골짜기의 사람들이 여러 가지로 소문을 전해 주었다는 것이었다.

언덕 위에는 기복이 심한 넓은 터가 있다. 군데군데 왜목倭木과 느릅나무가 서 있다. 또 메마른 변두리에 뿌리를 박은 벚나무가 보이기도 한다. 밀밭과 황야와 헐벗은 원구圓丘. 왼쪽에는 수풀이 펼쳐져 있다. 교회로 가려면, 그 수풀을 질러가는 것이 가장 가깝다. 그러나 실비와 프로랭은 햇볕에 타 죽기라도 하려는 듯이, 수풀을 멀리 두고 돌아서 갔다. 사실 실비는 그렇게 돌아서 가면 과연 교회 앞으로 나서게 되는지도 모르고 있었다. 한편 프로랭은 아내의 비위를 맞춰 주려고만 했지, 아내가 정말 교회로 갈 뜻은 없는 것이라고 생각했다. 그럴 까닭이 없는 것이다. 그러나 실비는 단단히 각오가 서 있다고 우겨 댔다. 또 한 언덕을 넘어 큰 골짝이 보이자, 그녀는 걸음을 멈추면서 말했다.

"길을 잃어버렸어요."

남편은 들은 체 만 체 하늘만 쳐다보았다.

"해가 저기 있군 그래. 교회는 수풀 저 너머에 있고."

그들은 고통을 참아 가며 벌써 십 킬로미터 가까이나 걸었다. 그러다 수풀을 향해 백 발자국쯤 옮겨 놓았을 때 두 사람은 언덕에 털썩 주저 앉고 말았다. 이제는 더 이상 참을 수 없는 괴로움이 온몸을 비트는 것이었다.

"당신 탓이야."

"그래요, 내 탓이에요."

이런 뜻하지 않은 대답을 듣고 보니 그만 말문이 딱 막혀 버렸다. 내외는 오 분 동안이나 잠자코 있었다.

"내 탓이라니, 도대체 그게 무슨 뜻일까?" 프로랭은 무릎을 비벼 대면서 중얼거렸다.

꿈결일 망정, 아내가 자기의 말에 거역하지 않게 되리라고는 상상조차 할 수 없었던 일이었다.

"당신 탓이야." 그는 노한 소리로 되풀이했다.

"아무도 몰랐던 일이에요."

이건 또 무슨 말일까? 프로랭은 가까스로 몸을 일으켜 세웠다.

"자, 또 걸어 보지. 교회에 가겠다니 어디 가 보지 그래."

이렇게 말하면 아내는 한 발자국도 더 내딛지 않을 것이 분명했다. 하지만 아내는 대답했다.

"네, 가 보겠어요."

그녀는 일어서려고 했으나 여의치 않아, 남편의 부축을 받았다. 십

미터쯤 걸어가자 이번에는 남편이 곤두박질을 해서 아내가 거들어 주었다. 그러고는 두 사람 다 별다른 사고 없이 수백 발자국을 걸어 나갔다. 머리 위에는 엉겨 붙은 듯한 하늘이 있었다.

"식민지의 하늘이야." 프로랭이 또 입을 열었다.

"참 푸르기도 하지." 하고 실비가 말을 받았다.

이제는 고통이 한결 덜했다. 거의 아무렇지도 않을 정도라, 혹시 죽어 가는 것이나 아닐까 하는 생각이 들었다.

"생명이란 참!" 하고 남편이 말했다.

"모든 곳에 생명이 있어요." 아내는 메아리처럼 대답했다.

새들이 앞에서 날개를 털고 날아갔다.

"저게 무슨 새야?"

"종달새예요."

그들은 걸음을 멈추었다. 종달새 한 마리가 노래를 부르면서 날아올랐다. 오른편에서는 참새가, 왼편에서는 박새가 지저귀고, 메뚜기의 울음소리가 땅밑에서 솟아나는 듯했다. 그런 소리들 한가운데서 그들은 말을 주고받았다.

"들판이 있군. 교회가 보이겠군 그래."

"네."

그들은 또 얼마 동안 걷고 나서, 벽에 기대섰다. 뒤에는 울타리와 자그마한 제단이 있었다.

"그래, 어떻게 할 테야?

"뭘 어떻게 해요?"

"뭘 어떻게 하다니?"

여기에서도 노여움이 다시 터져 나오려는 것인가?

"저기 보이는군요." 아내가 말을 이었다.

"뭣이 보인다는 거야?"

"오롱의 마을 말이에요. 운하와 강이 보여요."

그는 아내의 팔을 잡았다.

"어디 이야기해 봐."

그는 아내가 마을의 경치와 눈에 띄는 것을 모두 설명해 주었으면 했다. 여기에 서 있으면 운하의 곧고 굵은 선과 강가에 넓게 퍼져 있는 버드나무와 가시덤불 숲이 보인다는 것을 알고 있었다. 오롱의 석판 지붕들이 은하수처럼 푸르게 빛난다는 것을 옛적에 자세히 보아 두었던 것이다. 하지만 그런 것들이 어디 있는지 그 정확한 자리를 이제 아내의 입에서 듣고 싶었다. 그는 저 멀리 푸른 나뭇잎과 갈대 사이에 아른거리는 오롱의 지붕들을 만져 보려는 듯이 팔을 내밀었다.

"이야기해 보라니까 그래."

그는 소리를 질렀다. 하나 노여운 기분은 아니었다. 왜 별안간 노여움이 사라졌는지는 자신도 모를 일이었다.

"내 탓이에요."

"도대체 무슨 말이야?"

"내 딸 말이에요. 아무도 몰랐어요." 하고 아내는 중얼거렸다.

그들은 벽에 기대선 채 꼼짝하지도 않고 골짜기를 내려다보았다. 남편도 그 보이지 않는 눈으로 바라보았다. 실비는 프로랭이 기대했던 이상으로 여러 가지 이야기를 했다. 그는 그 이야기를 들었다.

"뭐 분명하진 않아요. 당신이 낚시를 하러 떠났을 때……."

벌써 십오 년쯤 전의 일이었다. 프로랭은 어떤 일정한 직업을 가지려고 하질 않았다. 그는 백장 노릇도 하고, 사탕무를 가꾸기도 하면서 돈을 모으고, 그 돈을 밑천 삼아 과일이나 사료나 또 심지어는 땅과 집과 가축 등을 사서 되파는 식으로 사소하나마 장사에 재미를 붙였다. 그러다가 한 해는(마흔다섯 살이나 났던 해였다.) 한 친구와 같이 신천지로 떠나 버렸다. 그때만 해도 열 살이나 덜 먹은 실비와 그의 사이에는 싸움이라고는 통 없었는데, 그는 바람도 쏘일 겸, 새로운 방법으로 다소 돈을 벌어 보고 싶었던 것이다. 아내도 남편이 떠나는 것을 보고 별로 이상한 일이라고는 생각하지 않았다.

그런데 한 낯선 남자가 동네에 나타났다. 그 지방의 초목과 곤충과 밀에 대한 연구를 한다는 사람이었다. 그는 또 하늘소를 잡아 죽이는 새를 기르는 방법을 알아내기도 했다는 것이었다.

실비에게는 꿈같은 이야기였다. 일은 잘못되고 말았다. 남자가 말을 걸어 왔다. 어느 저녁에는 밭에서 유혹에 빠져 버렸다. 단 하룻저녁의 일이었다. 프로랭은 며칠 후에 돌아오더니 또 다른 장사를 하려고 몇 달씩이고 집을 비우는 것이었다. 실비는 그 틈을 타서 골짜기 마을 오롱에 있는 동생의 집에 가 살았다. 그리고 마을 사람들이 전혀 모르게 딸 하나를 낳아 놓았다.

"그때까지 당신은 나를 되는대로 내버려 두었지요. 하지만 그 일이 있은 후로는 이상하게도 내 곁에서 한 발자국도 떠나질 않더군요."

그들은 매일 주먹다짐을 하다시피 했다. 실비는 동생의 집에 사는 딸애를 통 가 볼 수가 없었다. 남편이 고집을 피우며 집 안에 꼭 묶어 두었기 때문이다. 그녀는 십 년 동안에 단 세 번 간신히 오롱으로 갈 수 있었으며, 또 수풀길로 교회에 가서 오롱의 집 지붕들을 바라본 것도 다만 세 번밖에는 없었다. 이제는 딸이 자전거를 타고 집 앞을 지나가는 일도 이따금씩 있었다. 그리고 프로랭의 감시가 심하지 않을 때는 실비에게 손짓을 해 보이고 말도 몇 마디 던져 보기도 하였다.

"그렇게 된 거예요. 하지만 그 애가 그 사람의 딸인지는 분명치 않아요. 그게 분명치 않다는 말을 언제든 꼭 하려고 했었죠. 이런 얘기를 듣고 당신이 좋아한들 또 내게 욕을 한들 나는 아무렇지도 않아요. 다만 까닭이나 잘 알고 시비를 걸란 말이에요. 다시는 하늘이 어떻다느니, 햇빛이 어떻다느니, 또 무엇이 어떻다느니 하는 소릴랑 그만두어요."

프로랭은 아내의 이야기를 들으면서 한마디 말도 없었다. 그런 이야기를 하는 동안 실비의 얼굴에는 사나운 빛도 두려워하는 빛도 또 괴로워하는 빛도 비치지 않았다. 그녀의 목소리는 감정 없는 노래처럼 흘러 나왔다. 독을 마시더라도 별 상관없다는 표정이었다.

프로랭은 실비가 자기를 속였다는 이야기를 듣고서도 놀란 기색이 없었다. 벌써 오래전부터 미심쩍게 생각해 오던 터였다. 실비가 이처럼 노골적으로 털어놓는 것은, 남편을 괴롭히고, 또 자기 자신은 무슨 말을 듣건 간에 스스로 굴욕과 당혹을 겪어 보려는 것이었다. 그러나 하도 오래전부터 서로 쥐어뜯고 하던 터이라, 이제는 그럴 여력이 없어져서, 프로랭의 가슴에는 커다랗고 고요한 불덩어리만이 타오르는 듯했다. 그것은 자기와 실비를 다같이 태워 버리고야 말 불덩어리였다. 그들은 오랫동안 교회의 벽에 기대선 채 꼼짝도 하지 않았다. 실비는 오른쪽을 바라다 보고 남편도 고개를 내밀었다. 마치 몇 년 전부터 볼 수 없었던 그 푸른 운하를 다시 건너 보려는 듯이. 그가 마침내 입을 열었다.

"그 애 이름이 뭐지?"

실비는 한참 동안 대답이 없었다. 기어코 대답하지 않으려는 것인지도 몰랐다. 그는 아내의 음성에 깜짝 놀랐다.

"마르틴이에요."

남편은 긴 명상에 잠겼다. 그것은 마르틴과도 자기 자신과도 또 실비와도 전혀 무관한 명상이었다. 다만 신경통에 걸려 있다는 생각이 떠올랐고, 또 마지막으로 맥주라도 한 잔 먹고 싶지만 이 넓은 마을에서는 술집을 찾아내기가 어려우리라고 느꼈을 뿐이었다.

"오롱으로 내려가 보지 그래."

이번에도 또 대답을 기다려야만 했다. 정오 때쯤 되었을 법했다. 들판에는 귀뚜라미 한 마리 없고 종달새도 날아가 버렸다. 제비들이 강가에서 놀고 있는지 그 소리가 저 멀리로 퍼져 갔다. 프로랭은 팔을 뻗었다. 벽에 기대서 곁에 서 있는 줄만 알았던 실비가 없어져 버렸다. "저쪽으로 갔나 보지." 하고 그는 생각했다.

프로랭은 벽을 따라 발을 떼어 놓다가 이윽고 작은 울타리 앞에 있는 계단에 걸려 곤두박질을 치고 말았다. 하지만 다시 일어날 수가 없어서, 엎드린 채 계단을 기어오르며 엉금엉금 교회의 주변을 맴돌았다.

"여보! 어디 있소?"

프로랭은 다시 계단으로 돌아와서, 좀 쉬어 볼 요량으로 팔과 머리를 둘째 층계에 기대고 누웠다. 한 어린 목동이 그 모습을 하나하나 잘 보아 두고서 후에 이야기를 퍼뜨렸다.

기운을 좀 차리게 되자, 프로랭은 울타리에 매달리다시피 해서 일어났다. 그러고는 엉거주춤 들판으로 나가 보았다. 그는 우선 태양과 양지를 표준 삼아 방향을 잡아 보려고 하늘을 쳐다보면서 교회의 둘레를 크게 돌기 시작했다. 점점 더 멀찌감치 돌다 보니, 골짜기의 비탈이 시작되는 곳에 이르러, 그 비탈의 잔디밭에 주저앉아 버렸다. 그는 잠시 주저앉은 채로 가만히 있다가 다시 조심조심 내려가 보았다. 꼬불꼬불

하고 긴 비탈길을 따라가려니 되돌아 오지 못할 것만 같았다. 마침내 그는 큰길로 나섰다.

프로랭은 손으로 더듬어 보고서, 그 길이 돌과 바퀴 자국이 많은 길이라는 것을 알았다. 그는 골짜기를 내려다 보았다. 하늘의 밝은 빛이 아로새겨진 검푸르고 커다란 두 산울타리 사이에 길이 나 있는 것이 정말로 눈앞에 보이는 듯했다.

별로 멀리 가지도 못했을 때, "프로랭!" 하고 부르는 소리가 들렸다. 그도 "실비!" 하고 대답했다.

서로가 이렇게 이름을 맞불러 본 것은 벌써 오래전의 일이었다. 실비는 울타리 밑에 앉아 있었다. 그 곁에는, 무너져 가는 작은 돌벽 사이에서 샘물이 흘러 내리고 있었다. 프로랭은 작은 웅덩이로 흘러 떨어지는 그 물소리를 들었다.

"샘물을 찾고 있던 참이었죠. 당신을 이리 데리고 오려고 저 위로 올라가 볼까 하고 있던 길인데……."

그것은 사실이었다. 두 사람은 내외가 된 후로는 속에 담긴 노염뿐만 아니라 그 외의 모든 것을 늘 같이 나누어 왔던 것이다. 남편은 샘물로 다가서서 서투른 솜씨로 떠 마시고는 풀밭에 누웠다. 그는 잠이 들었다. 실비도 잠이 들었다.

그들은 한 시간쯤 되어서 깼다. 먼저 프로랭이 일어섰다. 일어서기가 여간 괴롭지 않았다. 그는 실비가 일어나는 것을 부축해 주었다. 그러자 실비는 마치 집으로 되돌아가려는 듯이 남편을 잡아끌었다.

"아니야, 저기로 가지."

그는 이렇게 말하고는 아내를 골짜기 쪽으로 끌고 내려갔다. 실비는 아무 말 없이 남편을 따랐다. 어떻게 하려는 판일까? 그들로서는 비탈길을 올라가기보다도 내려가기가 한결 힘에 부치는 것이었다. 잠시 후에 남편이 다시 외쳤다.

"마르틴을 보고 싶단 말이야."

보고 싶다니! 마르틴은 오늘 오롱에 있을까? 본다 한들 어떻게 하겠다는 말인가? 실비는 그런 생각을 했으나 아무 말도 입 밖에 내지 않았다. 언덕의 봉우리로부터 오롱까지는 별로 먼 길은 아니었다. 잠시 후에 그들은 운하에 다다랐다.

그 길을 그대로 따라가면 다리 앞으로 나설 수가 없었다. 오른쪽으로 이백 보가량 떨어진 뚝길로 가야만 하는 것이다. 한때는 이 지방을 구석구석 돌아다녔던 프로랭은 그것을 잘 알고 있었다. 하지만 뚝길에 다다르자 그는 풀밭에 주저앉고 말았다. 이쪽으로는 운하의 비탈에 자라난 잡초를 쳐내질 않아서, 마르고 키 큰 억새풀이 지치풀에 섞여 있었다. 그런 잡초들이 오후의 햇볕을 쬐어 이글이글 타는 듯했다. 정확히 몇 시나 되었을까? 실비는 남편 곁에 앉았다.

"이젠 기진맥진한 모양이구려."

"아니야, 숨을 돌리는 거야."

숨을 들이마시니 물 냄새가 났다. 서늘하고 묘한 냄새, 상상의 세계에 속하는 듯한 냄새였다. 그들은 숨을 돌리면서 한참 동안 그대로 앉아 있었다. 마침내 실비가 다시 앞장을 서면서 노한 듯한 어조로 외쳤다.

"그 애에게 쓸데없는 이야기를 하거나 우리 집에 와 살라고는 하지 않겠죠? 우리 집 같은 데는 그럴 만한 곳이 못 되니까 말이에요. 당신의 잔소리와 욕지거리를 들으면 일주일도 못 돼서 청춘이 가져 버릴 거예요."

그는 듣는 듯한 기색이 없더니 이윽고 입을 열었다.

"청춘……. 물론 와 살 필요야 없겠지. 게다가 정말 내 딸인지 아닌지 알게 뭐요? 따져 봐도 해결이 날 이치가 없으니."

지금 같아서는 싸움을 할 수도 없게 되었다. 한편에서 화가 치밀어 오르더라도 상대방은 전혀 무심해지는 것이었다. 실비는 남편이 시비를 안 거는 것을 이상하게 생각하면서 자기도 가만히 있었다. 집에서도 이런 희한한 휴전을 지킬 수만 있다면! 내외는 또 얼마 동안 생각에 잠겼다. 푸른 나비가 억새풀 사이를 날아다녔다.

"여봐, 무슨 소리가 나는군." 남편이 별안간 입을 열었다. 주름 하나 안 잡힌 운하의 물을 고기가 휘젓고 다니나 보다 하고 실비는 생각했다.

"발소리야." 프로랭이 다시 말했다.

그것은 조약돌에 스치는 소리였다. 마치 멀리서 나뭇잎이 바스락거리는 듯한 가벼운 소리였다. 하나 사과나무도 포플러도 마을의 다리보다 한결 멀리 떨어져 있었다.

"누가 오는군요. 맞은편의 공동 세탁소로 가려고 마을 사람들이 인선도引船道로 오는 수가 많으니까요."

실비는 공포감을 없애려고 말을 늘어놓았다. 남편은 아주 유심히 귀를 기울이고 있다가 아내의 손을 잡았다.

"누군지 어서 말해 봐."

풀밭 저쪽을 보니, 허리께에 옷광주리를 걸치고 인선도로 걸어오는 소녀의 모습이 눈에 띄었다. 처음에는 소녀가 입고 있는 푸른색 점이 박힌 흰옷이 보이더니 가까이 다가옴에 따라 그 노란 머리칼과 눈이 보였다. 실비는 "마르틴!" 하고 중얼거렸다.

그 처녀의 자태보다도 더 젊고 맑은 것이 어디 있으랴! 한 걸음 한 걸음 옮겨 디딜 때마다 그 소탈한 태도가 하도 아담스러워 앞을 지나는 바람에서 노랫소리라도 들리는 듯했다. 그의 눈은 하늘의 평화였다. 실비는 과연 이런 생각에 잠길 수 있을까? 아무튼 무슨 일이 날 것만 같은 예감이 들었다. 하지만 아무 일도 일어날 수가 없었다. 고개를 돌려 보니 프로랭은 마르틴이 지나가는 길 쪽으로는 얼굴도 돌리지 않고 운하의 푸른 물만 바라보고 있었다. 그쪽으로 돌아본들 그림자조차 보이지 않았으리라. 그래도 실비는 남편에게 말했다.

"여보, 고개를 좀 쳐들어 봐요."

하지만 프로랭은 무슨 깊은 생각에 잠긴 사람처럼 끝끝내 꿈쩍도 하지 않았다.

"좀 고개를 들고 보라니까요."

아내는 다시 한 번 중얼거렸다.

소녀는 바로 눈앞을 지나갔다. 쳐다봐야 눈이 보이지 않는 프로랭은 필경 발소리만 들으려고 하였으리라. 마르틴은 운하 저편의 높은 풀밭에 누가 숨어 있으리라고는 꿈에도 생각하지 못하고 그냥 지나가 버렸다. 그녀는 오른쪽으로 돌아서 버드나무의 낮은 숲 속으로 사라져 갔다. 꼼짝도 하지 않고 있던 프로랭이 마침내 입을 열었다.

"나는 물에 비친 그 애를 봤지. 푸른색 점이 박힌 흰옷과 노란 머리칼을. 광주리를 들고 있더군. 당신과도 닮고 나와도 닮은 얼굴이었어. 왼팔에는 은팔찌를 끼고……."

"네, 그래요. 삼 년 전에 준 것이죠."

그러다가 실비는 번뜩 정신을 차리고 외쳤다.

"아니, 당신이 어떻게 그런 것을 다 보았단 말이에요? 그럴 수가 있다니!"

"물에서 봤지. 아주 환한 강물 위에 거꾸로 비쳐 보이더군. 그 애의 몸과 광주리만 보았지, 다른 것은 모르겠어."

그 근처를 서성거리던 한 소년이 이런 이야기를 낱낱이 들었다고 한다. 원한다면 그 애에게 가서 물어볼 수도 있으리라. 하지만 프로랭은 다시 말을 이었다.

"그리고 또 마르틴의 옷과 팔찌도 봤지."

"참, 나중엔 별난 소리도 다 들어 보겠군요."

내외는 그대로 얼마 동안 뚝가에 앉아 있었다. 그러다 남편이 별안간 일어섰다. 여전히 괴로운 모양이었다.

"자, 갑시다. 이런 일이 두 번 있을 순 없는 거야. 그 애가 또 지나간 대도 이번엔 볼 수 없을 테니까. 자, 빨리 가기나 하지."

실비는 일어서려고 무릎을 짚은 채 잠시 머뭇거렸다. 프로랭은 아내의 손을 잡아 일으켰다. 두 사람은 사라져 갔다.

그들은 숲으로 통하는 지름길을 따라서 집에 돌아갈까 했다. 한데, 그 후로는 프로랭 내외가 마을 사람들의 눈에 통 띄지를 않았다. 이튿날과 그 후 며칠을 두고 여기저기 찾아보기도 했다. 숲 속도 샅샅이 뒤져 보았다. 필경 어느 늪 속에 빠져 죽은 것이 아닐까 싶었다. 그런데 하루는, 이탈리아에 별장생활을 하러 갔던 사망의 이장이 거기서 두 노인을 만나 서로 이야기까지 했다는 것을 알게 되었다. 그들이 걸식을 하고 다닌다는 이야기였다. 그리고 이탈리아 말과 프랑스 말을 아무렇게나 뒤섞어 가면서 자기들은 예루살렘으로 가는 길이라고 말하고는, 금방 돌아서서 뒷골목으로 사라져 버렸다는 것이다. 신경통 때문인지 신음 소리를 내며 절뚝거리는 발걸음으로……

이장 람 씨는 이렇게 말했다.

"내가 정말 잘 알아보았느냐구요? 글쎄 증거는 없지만, 그 노인들 같습디다. 다시 한 번 쳐다보고 물어보았다면 좋았을걸 그랬지. 지금 생각하면······."

지금도 사망의 마을 사람들은 실비와 프로랭이 어떻게 되었을까 궁금히 여기고 있다. 그리고 어느 여름날 아침, 문이 활짝 열린 채 며칠을 두고 닫히지 않던 그 집을 길이 기억하리라. 아무도 감히 문을 닫으러 가질 못했던 것이다.

끊임없이 싸우는 실비와 프로랭.

뚜렷한 이유도 없이 일상을 지독한 다툼으로 보내온 노부부다. 그들은 정작 고통의 진짜 이유는 말하지 않은 채 서로에게 화를 내며 살아왔다. 아주 오랜 세월 동안…….

신경통을 앓고 있는 데다가 눈까지 잘 보이지 않는 프로랭과 실비가 어느 날 교회를 찾아 집을 나선다. 그 여정에서 실비가 숨겨진 딸의 존재를 고백했을 때 실제로 오랜 마음의 고통이었고 둘 사이의 두려운 숙제와도 같았던 그 고백은 오히려 새삼스러운 분노를 일으키지 않았다. 그러기엔 너무도 오랫동안 삶을 탕진해 가며 싸워 왔기 때문이었다.

프로랭과 실비가 젊었을 때 프로랭은 실비를 물가에서 보고 반했었다.

이제 그의 딸일 수도, 혹은 아닐 수도 있는 마르틴의 물에 비친 모습을, 눈이 나빠 거의 앞을 볼 수 없었던 프로랭이 기적적으로 보게 된다. 그리고 그녀가 자신과 실비를 닮았다고 생각한다.

그 후 노부부는 집으로 돌아오지 않고 예루살렘을 향한 순례를 시작한다.

비록 제대로 걸을 수도 없어 고통받고 걸식으로 연명하지만, 아마도 노부부는 다시는 싸우지 않았으리라.

　마르틴의 존재를 짐작하고 있었던 프로랭과, 프로랭이 이미 알고 있음을 또한 짐작했을 실비. 두 사람은 너무나 엄청난 화약고와도 같은 그 사실을 차마 대면할 수 없어서 평생을 수없이 다른 이유를 대며 싸웠다. 그리고 그 멍에는 오히려 그 사실을 사실로 대면했을 때 벗겨져 나갔다.

　우리의 두려움은 어쩌면 두려움 그 자체인지도 모르겠다. 우리의 유약함이 사건의 열쇠를 '두려움'에게 맡기고 있는 것은 아닐까?

　프로랭이 기적처럼 볼 수 있었던 것은 마르틴의 물에 비친 모습이었다. 하늘의 빛과 인간의 세상을 반영해서 재현해 내는 물, 작가인 앙드레 도텔은 그 물빛에서 인간의 피상적인 시선을 넘어서는 '바라봄'을 우리에게 주문하고 있다고 여겨진다. 깊은 통찰의 시각, 신에게서 받은 근원적 시력의 회복이라 표현할 수 있을 것이다.

　불편한 몸으로 신을 향한 순례의 여정을 선택한 노부부의 모습에서, 존엄성을 회복한 인간의 모습을 한 폭의 그림처럼 떠올리게 된다.

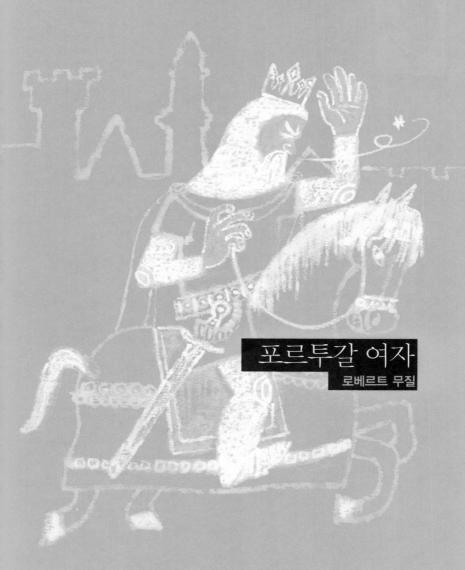

포르투갈 여자

로베르트 무질

로베르트 무질
Robert Musil, 1880-1942

오스트리아 클라겐푸르트 출생. 대학 시절 발표한 처녀작 『생도 퇴를레스의 혼란』

(1906)이 호평을 받으면서 작가의 길로 들어섰다.

제1차 세계대전 중에는 장교로 참전하였으며, 이 무렵 단편집 『화합』(1911) 『세 여인』(1924)과 클라이스트상 수상작인 희곡 『몽상가들』(1921) 등을 발표하였다. 물론 그의 작품들 중 가장 주목받은 것은 『특성 없는 남자』로, 1905년 작품 구상에 들어가 평생 동안 집필에 몰두하였으나 끝내 완성하지 못하고 이천여 페이지의 방대한 원고만 여전히 미완의 상태로 남아 있다. 1938년 나치스를 피하여 스위스로 망명하여 1942년 그곳에서 생을 마감하였다.

그의 작품들은 극히 정밀하고 섬세한 묘사가 돋보이며, 「포르투갈 여자」(1923) 역시 예의 에세이적이면서 날카로운 분석으로 현실과 비현실의 이질적 세계를 구축하였다.

옮긴이 강희진
경북대학교 및 한국외국어대학교 통역번역대학원 한독과를 졸업하고 전문 번역가로 활동 중이다. 번역서로는 『여자의 심리학』 『카프카 단편선』 『직감』 『나이 들지 않으면 알 수 없는 것들』 『유혹의 역사』 『직관의 힘』 『이브의 갈비뼈, 아담의 성대』 등 다수가 있다.

그들의 이름은 어떤 문서에는 '카테네'로 되어 있고 어떤 문서에는 '케텐'으로 되어 있었다.[1] 북부에서 이주해 내려와 남부의 문턱에 정착한 그들은 그때그때 상황에 따라 필요하면 출신지를 이쪽저쪽으로 바꾸어 말했지만, 마음속 깊은 곳에서는 자기 자신들 외의 그 어디에도 소속감을 느끼지 않았다.

그들의 성채는 브렌네로 고개를 지나 이탈리아로 이어지는 대로변, 그러니까 브레사노네와 트리엔트 사이 어디쯤에 있는 깎아지른 듯 가파른 외딴 낭떠러지 위에 자리 잡고 있었다. 거기에서 오백 피트 아래쯤에는 거친 물줄기가 흐르고 있었는데 그 소리가 너무도 우렁차서 고개를 창밖으로 내밀면 바로 뒤편에서 들려오는 교회 종소리조차 듣지

---

[1] 이탈리아어의 Catene, 독일어의 Ketten은 빗장, 구속, 쇠사슬 등을 의미함.

못할 정도였다. 세상 그 어떤 소리도 세찬 물줄기가 성 앞에 드리우는 소리의 장막을 뚫고 카테네 성으로 들어갈 수 없었다. 그러나 눈빛만큼은 세찬 물살의 장벽을 자유로이 뚫고 들어가 둥그렇게 펼쳐진 풍경 깊숙한 곳을 두루 훑을 수 있었다.

케텐가의 남자들은 하나같이 예리하고 세심하기로 유명했다. 먼 곳에 놓여 있는 이득도 놓치는 법이 없었다. 그들은 또 단번에 깊이 박히는 칼날처럼 잔인했다. 하지만 그들은 분노로 얼굴이 붉게 달아오르는 법이 없었고 기쁜 일이 있다고 해서 얼굴이 장밋빛으로 물들지도 않았다. 화가 났다 하더라도 표정만 조금 어두워질 뿐이었고 기쁠 때에는 황금처럼 아름답고도 희귀한 빛을 발했다. 그런데 몇 년 혹은 몇백 년이 흐르도록 그들 모두가 변치 않고 지닌 공통점이 있었다. 갈색 머리와 수염이 이른 시기에 희끗해졌다는 것과 모두들 예순 살이 되기 전에 세상을 떠났다는 것이 바로 그 공통점이었다. 그들이 이따금씩 보여 준 괴력이 중간 정도의 키와 날렵한 몸매에서가 아니라 눈과 이마에서 나왔다는 것도 모두의 닮은 점이라지만, 이것은 어디까지나 겁먹은 이웃과 하인들의 입에서 입으로 전해 내려온 소문일 뿐이다. 그들은 취할 수 있는 것이라고는 모두 다 취했는데, 상황에 따라 공정한 태도를 취할 때도 있었지만 무력을 쓰거나 약삭빠른 면모를 보일 때도 있었다. 그럼에도 불구하고 그들은 늘 담담하고 냉철했다. 그들은 길지 않은 삶을 살아감에 있어 결코 서두르지 않았고, 모두들 자신에게 주어진 몫을 다했을 무렵 급작스러운 죽음을 맞이했다.

케텐 가문에게는 인근에 사는 귀족과는 혼인을 맺지 않는 풍습이 있었다. 그들은 먼 곳에서 아내를 데려왔는데 모두가 부유한 여자들이었다. 그렇게 함으로써 어떤 가문과 동맹을 맺음에 있어, 혹은 원수지간이 됨에 있어 거치적거리는 일이 발생할 수 있는 사태를 미리 방지한 것이었다.

십이 년 전 아리따운 포르투갈 여자와 결혼한 케텐 영주는 당시 서른 살이었다. 결혼식은 신부의 고향에서 치러졌다. 어린 신부는 시종과 노예, 말, 하녀, 노새, 개 등으로 구성된 행렬이 카테네가의 영지로 들어설 무렵 출산을 앞두고 있었다. 결혼한 직후의 일 년은 마치 기나긴 신혼처럼 지나갔다. 케텐가 남자들은 모두 훌륭한 기사였는데, 그들은 그런 면모를 평생 딱 일 년 동안에만, 그러니까 여자의 마음을 사로잡기 위해 애쓰는 기간 동안에만 보여 주었다. 케텐가 남자들은 또 아리따운 여자와의 결혼만 고집했는데, 장차 태어날 아들의 용모가 준수하기를 바라는 마음에서 그렇게 한 것이었다. 그런데 본디 낯선 곳에서는 고향에서와는 달리 자신들의 명성이 그다지 큰 인정을 받지 못하는 법이었다. 그러니 케텐가 남자들 입장에서는 여자들의 마음을 사로잡기 위해 갖은 노력을 기울일 수밖에 없었다. 그런데 그들 자신도 그들이 그 일 년 동안에만 자신들의 진정한 모습을 겉으로 드러내는지, 아니면 나머지 기간에도 똑같이 행동하는지를 알지 못했다.

그들이 카테네 성을 향해 나아가고 있을 때 하인 하나가 중대한 전갈을 전하기 위해 행렬을 향해 다가왔다. 그들이 입고 있던 화려한 의상과 깃발은 아직도 커다란 나비처럼 펄럭였건만 하인이 전해 준 소식을 들은 케텐 영주는 이미 달라져 있었다. 뒤따라오는 행렬과 보조를 맞추기 위해 아내의 곁에서 천천히 말을 달리는 그의 몸짓은 마치 그 어떤 압박도 허락하지 않을 것처럼 여유로워 보였지만, 얼굴에는 조금 전과는 달리 먹장구름이 드리워져 있었다. 행렬이 모퉁이를 돌자 성채의 모습이 드러났다. 앞으로 십오 분이면 영지에 도달할 수 있었다. 그때 케텐 영주가 힘겹게 입을 뗐다.

그는 아내에게 말머리를 돌려 고향으로 돌아가라고 했다. 행렬도 멈추었다. 포르투갈 여자는 가던 길을 계속 가겠다며 간청하고 고집을 피웠다. 적어도 이유라도 들은 뒤에 결정하겠다는 것이었다.

트리엔트의 주교들은 힘 있는 이들이었고 제국 법정은 늘 그들의 손을 들어 주었다. 케텐가는 증조부 시절부터 트리엔트 주교들과 토지 문제를 둘러싸고 갈등을 빚었는데, 때로는 그로 인해 법정 싸움까지 갔고 때로는 서로의 이해관계가 맞부딪치면서 유혈 사태가 벌어졌다. 그때마다 케텐가의 남자들은 상대의 위엄에 짓눌려 늘 한 발짝 물러서야만 했다. 웬만해서는 이득을 놓치는 법이 없던 이들이었지만 주교들과의 싸움에 있어서만큼은 눈앞에서 사라진 이익을 하염없이 쳐다보기만 할 뿐이었다. 하지만 케텐가의 아버지들은 아들에게 자신이 이룩하지 못한 위업을 대물림했고, 그들의 자부심 또한 세대를 거듭하는 동안 결코 약해지지 않았다.

그런데 이번에 케텐 영주에게 유리한 상황이 펼쳐진 것이다. 사실 케텐 영주는 그 이득을 놓치기 일보 직전까지 갔고, 나중에 그 사실을 안 뒤 매우 당황스러워 했다고 한다. 내용인 즉, 어느 힘 있는 귀족이 주교에 반기를 들었고, 주교를 습격하여 체포하기로 결정했는데, 케텐 영주의 귀향이 그 결정에 큰 영향을 미친 것이었다. 하지만 벌써 몇 년째 자리를 비웠던 케텐 영주로서는 당시 주교의 권력이 어디까지인지를 모르는 상태였다. 그러나 트리엔트를 초장에 제압하지 못한다면 결말을 알 수 없는 시련이 수년간 지속될 터이고 결국 그 누구도 믿지 못한 채 쓰디쓴 결말을 맞이하게 될 수도 있다는 것만큼은 분명했다. 그는 아리따운 자신의 아내 때문에 그 기회를 거의 놓칠 뻔했다며 그녀를 원망했다. 보조를 맞추며 말을 달릴 만큼 아내가 마음에 들기는 했지만 케텐 영주에게 있어 그녀는 아내가 소유한 진주 목걸이만큼이나 비밀스러운 존재였다. 사실 그는 아내 곁에서 말을 달리는 동안, 그 목걸이는 힘줄이 붉거진 자신의 빈손으로 쉽게 찌그러뜨릴 수 있는 완두콩에 불과하다고도 생각했다. 그러나 아내의 목걸이는 신기하리만치 안전하게 매달려 있었다. 그러한 환상은 환한 햇살을 지닌 봄날이 펼쳐질 때에야 벌거벗은 소년에게서 한겨울 몽상이 사라지는 것처럼 하인이 전해 온 새로운 전갈을 들었을 때가 되어서야 비로소 사라졌다. 이제 아내와 아이 생각을 접고 안장 위에서 보내야 할 날들이 수년간 이어질 참이었다.

행렬은 어느새 성채가 서 있는 절벽 초입에 도달했고, 그간에 오간 대화를 모두 들은 포르투갈 여자는 그럼에도 불구하고 다시금 그곳에 머무르겠다고 선언했다. 성문이 거칠게 열렸다. 초입 여기저기에 이리저리 휜 작은 나무들이 몇 가닥 머리카락처럼 흩어져 있었다. 나무로 뒤덮인 산들의 울퉁불퉁한 모습은 대양의 파도만 알고 있는 이에게는 설명조차 할 수 없을 정도로 보기 흉했다. 공기는 차갑게 식은 나무뿌리들에서 풍기는 냄새로 가득했고, 부글부글 끓다가 폭발해 버린 뒤 낯선 초록빛을 발하는 냄비 안으로 들어가는 느낌이 들 정도였다. 하지만 숲 속에는 사슴과 곰, 멧돼지, 늑대들이 살고 있었다. 어쩌면 외뿔들소가 살고 있는지도 모를 일이었다. 거기에서 더 멀리 나아가면 영양과 독수리가 살고 있었고, 깊이를 알 수 없는 협곡은 용들에게 삶의 터전을 제공했다. 그 숲은 몇 주 동안 탐사해야 할 만큼 넓고 깊어서 야생동물들만이 오갈 수 있었고, 그 위편의 산맥은 혼령들의 제국이 시작되는 지점이었다. 귀신들은 산맥에 몰아치는 폭풍과 구름들 사이에 기거했다. 기독교 신앙을 지닌 자라면 그 누구도 거기에 감히 발을 들일 생각을 하지 못했다. 재미 삼아 거기에 올랐던 이들에게는 반드시 악운이 닥쳤다. 하녀들은 그런 이야기를 추운 겨울날 부엌 화롯가에서 주고받았고, 그 이야기를 곁에서 듣던 하인들은 입을 다문 채 씩 웃기만 했다.

사내들의 삶은 원래 위험으로 가득하고 그런 식의 모험은 사내라면 누구에게나 닥칠 수 있다는 뜻이었다. 그런데 그들이 나눈 수많은 이야기들 중에는 포르투갈 여자가 도저히 이해하지 못할 내용도 있었다. 그 누구도 무지개의 끝자락에 도달하지 못한 것처럼 그 누구도 거대한 돌담의 뒤편을 보지 못했다는 것이었다. 돌담 뒤에는 또 다른 돌담이 있고, 돌담과 돌담 사이의 움푹 들어간 곳에는 바위들이 깔개처럼 놓여 있으며, 그중 큰 것은 크기가 집채만 하고 바닥에 깔린 자갈들도 작은 것이 사람 머리보다 크다고 했다. 그 세계는 그녀가 알고 있던 보통의 세계와는 전혀 다른 곳이었다. 그녀는 자신이 사랑하는 남자의 본질적 모습을 보며 이 땅의 모습을 자주 상상했고, 그 남자가 묘사하는 고향 이야기를 들으며 그의 본질적 모습을 떠올리곤 했다. 공작의 날개처럼 짙푸른 바다에 염증이 난 그녀는 방금 당긴 활시위가 어디로 날아갈지 모르는 것처럼 예기치 못한 일들이 이 땅에서 일어나기를 기대했다. 그러나 자신의 기대와는 달리 흉측하기만 한 이 땅의 모습에 그녀는 적잖이 실망했고, 어서 빨리 벗어나고 싶은 마음뿐이었다.

케텐 성은 닭장을 엮어 놓은 것과도 같았고, 절벽 위에 돌들을 쌓아 올린 것에 지나지 않았다. 현기증을 일으킬 만큼 아찔한 성벽에는 이끼가 슬어 있었고, 여기저기에 썩은 장작과 바싹 마른 나뭇가지들만이 널려 있었다. 농기구와 무기들, 마구간에서 쓰는 쇠스랑, 마차의 굴대 같은 것들도 널브러져 있었다. 하지만 어쨌든 그녀가 지금 있는 곳이 이

곳이니 그녀는 이미 이곳 사람인 셈이었다. 남자들은 늘 시간이 지나면 모든 것이 다르게 보인다고 하는데, 그녀가 목격한 것들도 사실 흉물스러운 것들이 아니라 익숙해지면 아름답게 보이는 풍경일는지도 모를 일이었다.

자신의 아내가 말을 타고 산 위로 올라가는 모습을 본 케텐 영주는 더 이상 제지하고 싶은 마음이 들지 않았다. 고마워해야 할 이유도 없었다. 자신의 한계를 극복해야 할 필요도 양보해야 할 필요도 없었다. 그녀의 행동은 생각의 방향을 다른 곳으로 이끄는 행위, 가엾은 영혼처럼 묵묵히 말을 타고 그녀 뒤를 따르게 만드는 행위일 뿐이었다.

그로부터 이틀 뒤 그는 다시 안장에 올랐다.

그리고 십일 년이 지난 뒤에도 여전히 안장 위에 앉아 있었다. 준비가 미진한 상태에서 감행한 트리엔트 공격은 실패로 돌아가고 말았고, 귀족들은 초장부터 병사의 삼분의 일을 잃었다. 나머지 병사들의 사기도 절반 이하로 뚝 떨어졌다. 퇴각 중에 부상을 당한 케텐 영주는 곧장 집으로 향하지 않았다. 그는 이틀 동안 어느 농가의 헛간에 숨어 지낸 뒤 밖으로 나와 귀족들의 영지를 돌며 전의를 부추겼다. 작전 회의와 준비 과정에 너무 늦게 합류했던 그는 마치 개가 황소의 귀를 물고 늘어지듯 패전 후의 새로운 계획에 집착했다. 그는 귀족들에게 자신들이 전열을 재정비하기도 전에 주교가 반격할 경우 어떤 사태가 벌어질지를 설명했고, 우유부단하고 인색한 이들을 겨우 설득해서 모은 자금으로 전투력을 강화하고 무기를 보강했으며, 결국 귀족들에 의해 지휘관으로 추대되었다. 그가 입은 상처는 아직도 하루에 붕대를 두 번이나 갈아 주어야 할 정도로 출혈이 심각했다. 그럼에도 불구하고 그는 말을 달리며 부하들을 통솔했고, 뒤늦게 합류하느라 놓친 기간을 보상하기 위해 일주일에 하루만 부대를 떠나 지냈다. 그러는 동안 그는 분명 자신의 안위를 염려하고 있을 매혹적인 포르투갈 여자에 대해 생각을 했는지 안 했는지조차 알지 못했다.

부상당한 지 닷새나 지나서야 그녀에게로 간 그는 거기에서도 하루밖에 머무르지 않았다. 그녀는 아무것도 묻지 않은 채 시위를 떠난 화살이 명중할 것인지를 예의주시하는 사람처럼 날카롭게 그를 관찰했다.

그는 하찮은 심부름을 하는 아이까지 빠뜨리지 않고 모을 수 있는 하인들은 모두 모아 놓고 방어 태세에 돌입하라고 지시했고, 그 외에도 이런저런 것들을 주문하고 명령했다. 그날 하루 종일 하인들이 부산을 떠는 소리와 말 울음소리, 목재를 나르는 소리, 쇳덩이와 바위에서 나는 소리들이 성 안을 가득 채웠다. 밤이 되자 그는 말을 타고 길을 나섰다. 그의 태도는 사람들에게 존경받는 고귀한 신분에 어울리게 자상하고 부드러웠지만 눈빛만큼은 쓰고 있지도 않은 투구를 뚫을 만큼 강렬했다. 이별의 시간이 다가오자 포르투갈 여자는 자기 안의 여성적 본능을 억누르지 못하고 최소한 상처 부위라도 씻고 붕대를 새로 감을 수 있게 해 달라고 말했다. 하지만 그는 그녀의 부탁을 들어주지 않았다.

오히려 필요 이상으로 성급히 작별 인사를 건넸다. 인사를 건넬 때 그가 웃자 그녀도 따라 웃었다.

싸움에 임하는 적의 태도는 주교복을 입은 강인한 귀족에게 어울릴 만큼 틈만 나면 격렬해졌다. 그러나 여자들이나 입을 것 같은 치렁치렁한 그 복장은 양보와 간계와 고집까지 가르친 듯했다. 부와 방대한 소유물의 위력은 아주 느린 속도로, 단계적으로 드러났고, 희생을 최후의 순간까지 지연시켰다. 자신의 지위와 영향력으로는 더 이상 동맹군을 모을 수 없을 지경이 되어서야 물러서는 것이었다. 결단을 내리는 일은 없었다. 상대편의 저항이 거세지면 후퇴하고 반대로 저항이 느슨해질 때면 맹습을 퍼부을 따름이었다. 그러다 보니 더러는 적이 성 안까지 쳐들어올 때도 있었고, 그런 경우, 제때에 제압하지 못하면 성을 지키던 이들이 피를 흘리며 죽어 가야 했다. 그런가 하면 몇 주일째 한 지역에 진을 치고 있었건만 농가의 소 몇 마리를 도둑맞거나 닭 몇 마리가 목이 비틀린 채 발견되는 일 외에는 아무 일도 일어나지 않는 경우도 있었다. 처음에는 몇 주일이던 것이 여름과 겨울이 되었고, 계절이 바뀌는가 싶더니 해가 바뀌었다. 두 진영이 맞서고 있었는데, 둘 중 한쪽은 마음만 거칠고 공격적이었을 뿐 실제 전투력은 너무 약했고, 나머지 한 진영은 시간의 무게조차 비껴갈 정도로 잠잠하고 부드러웠지만 무시무시한 힘을 지니고 있었다.

케텐 영주도 그 사실을 잘 알고 있었다. 그는 기다림에 염증이 난 탓에 전의를 상실한 기사들이 갑자기 닥친 싸움에서 모든 힘을 다 써 버리는 사태를 방지하기 위해 온 힘을 기울였고, 공격의 빌미를 찾고 국면의 전환을 예의주시하면서 우연만이 초래할 수 있을 법한 불가능한 상황을 기다렸다. 그의 아버지도 기다렸고 할아버지도 기다렸다. 끈질기게 기다리다 보면 좀체 일어나지 않는 일도 일어나는 법이었다. 그는 십일 년을 기다렸다.

십일 년 동안 귀족들의 영지와 전장을 오가며 적의 동태를 살폈고, 백 건에 이르는 소규모 접전을 치르면서 무모하리만치 용맹스럽다는 명성을 얻는 동시에 지도력이 부족하다는 비난도 떨쳐 냈다. 때로는 동지들의 전의를 부추기기 위해 대규모 유혈 사태도 마다하지 않았지만, 주교처럼 모종의 결단을 회피하는 데에도 능수능란했다. 가벼운 부상을 입을 때도 적지 않았지만 부상을 핑계로 하루 이상 집에 머무른 적은 없었다. 상처와 방랑의 딱지가 앉은 인생이었다. 피곤에 지친 이가 감히 앉을 엄두를 내지 못하는 것처럼 그 역시 오랫동안 집에 머무르는 것이 두려웠을 것이다.

그 시절 그에게는 고삐를 매어 둔 말들이 동요하는 소리, 사내들의 웃음소리, 횃불, 푸르스름한 숲 사이로 금가루로 이루어진 줄기가 모습을 드러내듯이 빛을 발하는 모닥불의 불기둥들, 빗물 냄새, 저주의 말들, 기사들의 허풍 떠는 소리, 부상병들 곁에서 코를 킁킁대는 개들, 여자들의 들어 올린 치맛자락, 겁먹은 농부 같은 것들이 오락거렸다.

그런 와중에도 그는 날렵한 몸매와 기품을 유지했다. 갈색 머리칼은 어느새 희끗해지기 시작했지만 얼굴만 봐서는 나이를 짐작하기 어려웠다. 조악한 농담에 대구를 한 적은 있었지만, 그럴 때마저도 그는 사내다움을 잃지 않았고 눈빛은 침착함을 유지했다. 병사들의 사기가 느슨해질 때면 농장 일꾼처럼 그 사이에 끼어들기도 했지만 결코 목청을 높이는 법이 없었다. 그의 말은 언제나 조용하고 짧았고, 그 때문에 병사들은 그를 두려워했다. 그는 분노에 휘둘리는 법이 절대 없는 듯 범접할 수 없는 빛을 발했고, 그 와중에도 어두운 표정을 짓는 이였다. 하지만 전투에 돌입하면 몰아지경에 빠졌다. 공격적으로 마구 돌진하면서 상대에게 상처를 입혔고, 무기를 마구 휘두르며 유혈 사태를 불러왔음에도 불구하고 그는 자신이 무엇을 하고 있는지조차 몰랐다. 하지만 그가 하는 일은 늘 옳았고, 그 때문에 병사들은 그를 신처럼 숭배했다. 입에서 입으로 이야기가 옮겨 가면서 전설도 탄생했다. 그가 주교에 대한 증오 때문에 악마와 계약을 맺었고, 아리따운 이국 여자로 변장한 마녀를 자신의 성에 기거하게 하면서 이따금씩 그 마녀와 밀회를 즐긴다는 것이었다.

이 이야기를 처음 들었을 때 케텐 영주의 반응은 겉으로 보기에는 딱히 불쾌해 하는 것도 유쾌해 하는 것도 아닌 듯했다. 그러나 자신의 표정이 기쁨으로 인해 짙은 황금빛으로 물드는 것만큼은 감출 수 없었다. 막사 주변의 모닥불이나 농가의 화롯가에 앉아 있을 때면 빗물에 젖어

딱딱해진 가죽이 다시 부드러워지듯 자신이 겪은 힘든 하루도 그 온기 속에 녹아든다는 느낌이 들었다. 그럴 때 그는 트리엔트의 주교를 떠올렸다. 자신이 늑대처럼 적들의 주변을 배회하는 동안 주교는 아마도 깨끗한 아마포 침구에 누워 학식 높은 성직자들과 자신이 거느리는 화공들에 둘러싸여 있을 것 같았다. 자신도 그런 것들을 누릴 수 있었다. 자신의 성에는 정서적 안위를 꾀하기 위해 불러들인 사제가 있었고, 책 읽어 주는 사람과 재미난 성격의 시녀도 있었다. 음식 때문에 향수병을 앓는 일이 없도록 먼 곳에서 요리사도 불러들였고, 여행 중인 학자 혹은 그 제자들과 함께 대화를 나누며 지친 마음을 위로할 수도 있었다. 값비싼 양탄자와 걸개그림이 벽을 장식하고 있기도 했다. 다만 그 자신만이 모든 것들로부터 멀리 떨어져 있을 뿐이었다.

일 년 동안 그는 멋진 말들을 쏟아 냈다. 머나먼 길을 이동하면서 농담과 아부의 말들을 내뱉었다. 강철이든 강한 맛을 내는 포도주든, 말馬이든, 분수의 물줄기든, 제대로 만들어진 모든 것들이 그렇듯 카테네 영주 역시 자기만의 고유한 정서를 지니고 있었던 것이다. 하지만 그의 고향은 너무도 멀리 있었고, 그의 본질 역시 몇 주 동안 그 방향을 향해 달려도 결코 도달하지 못하는 무언가일 뿐이었다. 지금도 그는 이따금씩 신중치 못한 말들을 내뱉곤 했지만, 어디까지나 말들이 마구간에서 쉬고 있는 동안에만 그렇게 했다. 그는 밤이 되면 왔다가 아침이면 다시 떠나거나 아침 기도 때 왔다가 만종이 울릴 때면 떠났다. 그녀에게 있어 그는 오랫동안 입어 온 옷 정도의 익숙함밖에 지니지 않은 존재였다. 내가 웃으면 옷도 껄껄 웃고, 내가 걸을 때면 옷도 함께 걸어 다니며 내 손이 내 몸을 쓰다듬을 때면 옷의 감촉을 느낄 수 있지만 어느 순간 옷을 벗어 손에 들고 똑바로 바라볼 때면 옷은 침묵하며 시선을 다른 곳으로 돌려 버리는 것이다.

만약 그가 한 번이라도 오래 머물렀다면 아마도 그때에는 자신의 진정한 모습을 보여 주었을는지도 모르겠다. 하지만 그는 자신이 그녀에게 자신은 이러저러한 사람이라는 것을 단 한 번도 말한 적이 없다는 것을 깨달았다. 그는 그녀에게 늘 사냥과 모험 그리고 자신이 하고 있는 일에 대해서만 이야기했다. 그녀 또한 젊은 사람들이 으레 그렇게 하는 것과는 달리 그가 이러저러한 문제에 대해서 어떻게 생각하느냐고 물어보거나 나이가 든 후 어떤 모습으로 살고 싶다는 등의 얘기를 한 적이 없었다. 그녀는 그저 방금 전에 보여 주던 것과 같은 활기를 띤 채 장미꽃처럼 봉오리를 틔웠고, 기사가 언제든지 말을 달리기 위해 디딤돌을 밟듯 그녀만의 삶을 향해 언제든지 나아갈 듯한 자세로 교회 계단 위에 서 있었다.

그는 자신의 두 아들에 대해 알고 있는 바가 거의 없었다. 하지만 두 아들은 말귀를 알아듣기 시작했을 때부터 그 조막만 한 귀로 아버지의 명성을 익히 들어 왔기에 먼 곳에 있는 아버지를 열정적으로 사랑했다. 둘째 아들이 태어나게 된 계기가 된 그날 밤의 기억은 그에게 묘하게

다가왔다. 그가 도착하던 날 밤, 그녀는 진회색 꽃들이 수놓인 연회색 드레스를 입고 있었다. 검은 머리는 잠자리에 들기 위해 한 가닥으로 묶은 상태였고, 아리따운 콧날은 조명등 불빛 아래로 펼쳐진, 신비한 그림으로 가득한 책 사이로 살짝 삐져나와 있었다. 마법 같은 광경이었다. 값비싼 가운에 수많은 주름을 늘어뜨린 치마를 입고 있는 그녀의 모습은 그 자체에서 솟아 나왔다가 다시 그 안으로 사그라지는 무엇, 다시 말해 분수와도 같았다. 그런데 분수라 한들 마법과 기적에 의해서가 아니라면 그렇게 홀연히 사라졌다가 굳건하면서도 요동치는 존재로부터 스스로 다시 솟아오를 수 있었을까? 그 여자를 끌어안고 싶다고 생각하고 다가갔다가 한순간의 마법에 의한 어떤 저항에 부딪히지는 않을까? 저항에 부딪히지는 않는다 하더라도 부드러운 태도가 오히려 더 섬뜩하게 느껴지지는 않을까? 그녀는 마치 오랫동안 즐겨 입다가 한동안 눈에 띄지 않아 낯설어진 외투를 다시 껴입듯 방 안으로 조용히 들어오는 그를 바라보았다.

간계로 가득한 전장, 정치적 허언, 분노와 죽음이 오히려 더 익숙하게 느껴졌다! 그곳에는 행동이 있고 거기에 따른 반응이 있었다. 주교는 금괴를 신뢰했고 전장의 지휘관은 귀족들의 저항력에 기대었다. 명령은 분명했다. 그곳에서의 삶은 대낮만큼 환했고 손에 잡히는 물건만큼 확실했다. 밀려 올라간 갑옷의 깃 아래를 창으로 찌르는 것만큼 간단한 것은 없었다. 손가락으로 그곳을 가리키며 "여기가 바로 거기야."

라고 말할 수 있었다. 하지만 전장이 아닌 곳에서의 삶은 달만큼이나 낯설었다.

　그러나 케텐 영주는 그 낯선 상황이 내심 반가웠다. 그는 질서나 가문의 정착, 부의 축적 같은 것에서 기쁨을 느끼지 못했다. 비록 몇 년째 타인의 소유물을 둘러싼 전쟁에 참가하고 있기는 했지만 그의 욕망은 무언가를 취득함으로써 얻는 평화와는 질이 달랐다. 그보다는 마음 깊은 곳에서 원하는 것을 얻고 싶었다. 물론 그의 이마에는 카테네 가문의 폭력성이 똬리를 틀고 있었지만 그것은 어디까지나 무언의 폭력이었다. 매일 아침 날이 밝아 말안장에 오를 때마다 그는 물러서지 않는 자의 기쁨을 뼛속 깊이 만끽했다. 하지만 저녁이 되어 말에서 내릴 때면 딱히 뭐라 이름 부를 수도 없는, 아름다운 것을 얻기 위해 하루 종일 자신의 온 힘을 다한 그날의 피로가 언짢은 권태로움으로 어깨 위에 내려앉을 때가 적지 않았다. 비열한 주교는 케텐 영주에게 몰릴 때 신께 기도할 수 있었지만 케텐 영주는 뻣뻣한 풀밭 위를 달리다가 말이 달리기를 거부하면 박차를 가하며 마법처럼 자상함을 발휘해야 할 뿐이었다. 하지만 그는 그런 상황이 나쁘지 않다고 생각했다. 살아갈 수 있다는 것, 그리고 다른 어떤 생각도 하지 않은 채 누군가를 죽일 수 있다는 것이 좋았다. 그 상황은 마치 멍하니 바라볼 때에는 살금살금 다가갈 수 있는 불이 존재하는 것 같다가도 가위에 눌려 꿈이 깨고 정신이 번쩍 들어 뒤돌아보면 불 따위는 존재하지 않는다며 모든 것을 부인하는 것과 유사했다. 케텐 영주는 자신의 모든 행위의 대상인 주교와 자신 사이의 얽히고설킨 관계를 떠올려 보았고, 결국 기적만이 그 관계를 정리할 수 있다고 생각했다.

그의 아내는 책 속 그림을 들여다보고 있지 않을 때면 성을 관리하는 하인들 중 직급이 가장 높은, 나이 많은 하인을 데리고 숲 속을 거닐었다. 숲은 이내 눈앞에 펼쳐졌지만 숲의 영혼은 한 발짝 물러났다. 그러면 그녀는 나뭇가지들을 헤치고 나아가 암벽을 기어올랐고, 짐승의 발자국과 동물들을 눈으로 확인했다. 하지만 사소한 놀라움과 극복해 낸 난관들, 충족된 호기심 이상의 것들을 집까지 가져올 수는 없었다. 그안에 담긴 모든 긴장감들이 숲을 빠져나오는 순간 소멸되어 버린 것이다. 이 나라로 오기 전, 이곳에 대해 사람들로부터 들은 푸르른 이미지역시 억지로 기억해 내지 않는 한 등 뒤에서 문을 닫아 버렸다.

그럼에도 불구하고 그녀는 성 관리를 그럭저럭 잘해 나갔다. 그러나 이따금씩은 바다를 구경조차 하지 못한 두 아들이 정말 자신의 아이들인지 의심했다. 그녀에게 그 아이들은 때로 어린 늑대들처럼 느껴졌다. 한번은 누군가가 늑대 한 마리를 숲에서 데려와 그녀에게 주었는데 그녀는 그 늑대도 보살폈다. 그런데 늑대와 덩치 큰 개 사이에 불편한 기운이 흘렀다. 서로 그 어떤 신호도 주고받지 않은 채 상대의 존재를 묵인하는 것이었다. 케텐 영주가 안뜰을 거닐 때면 늑대와 개는 일어나앉아 그를 쳐다보았지만 짖거나 으르렁거리지는 않았다. 영주도 힐끔 힐끔 곁눈질을 하기는 했지만 앞을 똑바로 바라보았고, 걸음을 늦추거나 다리의 긴장을 푸는 일 따위는 결코 없었다. 겁먹은 티를 내지 않기 위해서였다. 늑대는 여주인이 어디를 가든 졸졸 따라다녔다. 애정이나 신뢰의 기미는 보이지 않았다. 강인한 눈빛으로 여주인을 바라볼 때는 많았지만 그 눈빛은 그 어떤 것도 말하고 있지 않았다. 그녀는 그 늑대를 매우 좋아했다. 힘줄과 갈색 털, 침묵하는 야성과 눈빛에 담긴 힘이 케텐 영주를 연상시키기 때문이었다.

드디어 고대하던 순간이 현실로 다가왔다. 주교가 병환으로 세상을 떠난 것이었다. 대성당 참사회는 지도자를 잃었다. 케텐 영주는 동산은 처분하고 부동산은 저당을 잡혔으며, 그 외에 자신이 지닌 모든 것을 총동원해 자기만의 소규모 군대를 조직했다. 그러고는 협상에 들어갔다. 참사회는 새로운 수장이 부임하기도 전에 이제 막 새로 조직된 부대와 예의 그 지루한 싸움을 이어갈 것인지 불리한 타협에 응할 것인지 결정해야 했다. 참사회는 후자를 선택했고, 이후 최후의 강자이자 위협자의 위치에 놓인 케텐 영주가 대부분의 이익을 차지하고 대성당 참사회는 약하고 우유부단한 자들에게서 강탈한 자금으로 손실을 메우게 되리라는 사실은 불을 보듯 뻔했다.

매일 아침 식사를 하면서 바라보기는 하지만 실은 바라보고 있지 않은 벽과도 같던 일, 그러니까 사 대째 이어 내려온 일이 그렇게 끝났다. 단번에 모든 것이 사라졌다. 지금까지 케텐가 사람들에게 있어 그것은 전부를 의미했다. 이제 케텐 영주가 해야 할 일은 마무리하고 정리하는 일뿐이었는데, 그 작업은 영주가 아니라 수공업자에게나 어울리는 일이었다.

그런데 말을 타고 집으로 향하던 중 파리 한 마리가 영주를 물었다.

그 즉시 손이 부어올랐고 영주는 극심한 피로감을 느꼈다. 그는 가난에 찌든 듯한 어느 작은 마을의 선술집에 들러 기름때가 절어 붙은 목재 탁자 앞에 앉았다. 이루 말할 수 없는 졸음이 엄습했고, 그는 결국 더러운 탁자에 머리를 박고 잠들어 버렸다. 저녁이 되어 눈을 떴을 때에는 온몸이 펄펄 끓었다. 급한 일이 있었다면 그럼에도 불구하고 계속 말을 달렸겠지만 지금은 딱히 다급한 일이 없었다. 아침이 되어 다시 말을 타려던 영주는 기운이 없어 말에서 미끄러지며 쓰러졌다. 팔과 어깨까지 퉁퉁 부어 있었다. 억지로 껴입은 갑옷을 다시 벗어야만 했다. 사람들이 갑옷을 벗기는 동안 가만히 서 있기만 했는데도 온몸에 지금까지 단 한 번도 겪지 못한 오한이 일었다. 근육에 경련이 일어나 손이 말을 듣지 않을 정도로 마구 떨렸고, 반쯤 벗다 만 갑옷의 쇠붙이들이 폭풍우에 찢어진 처마 홈통처럼 덜거덕거렸다. 그는 그런 자신의 꼴이 우스꽝스러워서 격노한 표정으로 웃어 댔다. 하지만 다리는 어린아이만큼이나 약해져 있었다. 그는 심부름꾼 한 명을 아내에게 보냈고, 외과의사와 이름난 명의 한 명에게도 각기 사람을 보냈다.

가장 먼저 도착한 이는 외과의였다. 그는 약초 찜질을 처방하며 상처

부위에 칼을 대도 되겠느냐고 허락을 구했다. 어서 집에 가고픈 마음에 평소보다 마음이 훨씬 더 조급해진 케텐 영주는 이미 자신의 몸에 난 상처 개수의 절반쯤에 해당되는 상처를 새로 입히는 정도라면 칼을 대도 좋다고 명령했다. 자신의 몸에 누군가가 상처를 입히고 있건만 아무런 방어도 할 수 없는 상황이 이상하게만 느껴졌다. 이후 영주는 온몸에 약초 찜질을 하며 이틀을 누워 있었고, 머리부터 발끝까지 붕대를 감은 채 집으로 데려가 달라고 지시했다. 집으로 가는 데에는 사흘이 걸렸다. 그런데 그를 죽음으로 몰아넣을 수 있었을 만큼 잔인하고, 그가 지닌 방어력 모두를 소진시켜 버릴 만큼 무자비했던 그 치료가 증상을 완화시킨 듯했다. 목적지에 도착했을 때 독파리에 물린 영주의 몸은 여전히 뜨거웠지만 고름이 더 이상 퍼지지는 않았다.

신열은 드넓은 초원을 태우는 불길처럼 몇 주 동안이나 지속되었다. 환자는 하루가 다르게 말라 갔지만, 독 기운 역시 그와 함께 소진되며 증발되는 듯했다. 이름난 명의조차도 영주의 상처에 대해 더 이상 뭐라 말할 수 없었다. 포르투갈 여자가 방문과 침대에 은밀하게 부적을 붙여 둔 것이 유일한 대비책이었다. 그러다가 케텐 영주에게 남은 것이라고는 부드럽고 뜨거운 재밖에 없다 싶던 어느 날, 열이 갑자기 뚝 떨어지더니 부드럽고 조용하게 그 상태를 유지했다.

통증은 어떻게 손을 쓸 수도 없을 만큼 기이했지만 환자는 그 이후의 일들을 마치 자신이 그 일의 중심에 서 있는 것이 아닌 것처럼 겪어 냈다. 잠도 많이 잤지만, 눈을 뜨고 있을 때에도 정신이 나간 사람처럼 멍했다. 이따금씩 정신을 차릴 때도 있었지만 그의 몸은 그 어떤 의지도 지니지 않은 것처럼 무기력했다. 아이처럼 따스한 그 몸은 그의 것이 아니었다. 공기의 미세한 떨림에도 금세 스러질 것처럼 나약한 영혼 역시 그의 것이 아니었다. 어쩌면 이미 세상과 이별한 채 그동안 줄곧 다시 한 번 세상으로 돌아가야 할 시점만 기다리고 있던 것인지도 몰랐다. 그는 죽음이 이토록 평화로운지 몰랐다고 생각했다. 자신의 존재 일부가 먼저 저세상으로 가 방랑객 무리들처럼 이리저리 흩어진 것 같았다. 뼈대는 아직 침대 위에 누워 있었지만, 침대도 그 자리에 있었고 아내가 자기 쪽으로 상체를 굽히고 있기도 했지만, 호기심에서, 기분 전환도 할 겸 걱정 가득한 아내의 표정이 어떻게 변하는지 관찰해 본 결과, 자신이 사랑했던 모든 것들은 이미 어디론가 사라져 버리고 없는 듯했다. 달밤처럼 고혹적인 그 여자는 영주와 더불어 그의 내부로부터 분리되어 조용히 멀어져 갔다. 성큼성큼 몇 걸음만 뛰면 그들을 따라잡을 수 있을 것 같았지만, 지금 자신이 그들과 함께 있는 것인지, 아니면 홀로 남아 있는 것인지는 알 수 없었다.

그런데 그 모든 상황들이 어느 자비롭고 거대한 손 위에 놓여 있는 것 같았다. 그 손은 요람처럼 부드러우면서도 저울처럼 모든 것을 치밀하게 재고 있었는데, 결과에 대해서는 담담한 듯했다. 그 존재는 신일 수밖에 없었다. 그는 그 사실에 대해 의심을 하지 않았지만 그렇다고 거기에 동요된 것은 아니었다. 그는 조용히 기다리기만 할 뿐, 자신의 몸 위로 드리워진 미소나 부드러운 말에 아무런 대답도 하지 않았다.

그러던 중 온 힘을 다해 삶을 부여잡지 않으면 그날이 자신의 마지막 날이 될 것이라는 사실을 단번에 알 수 있는 날이 왔고, 열이 뚝 떨어진 것도 바로 그날 저녁이었다.

그는 건강을 회복했다는 사실을 가슴속에만 간직한 채 그 직후의 날들 동안 매일 툭 튀어나온 바위 위쪽에 있는, 울타리 없이 사방이 탁 트인 작은 초원으로 나갔다. 담요를 덮어쓴 채로 햇볕을 쬐며 누워 있었다. 잠을 잔 것인지 깨어 있던 것인지, 둘 중 어느 쪽이었는지 자신도 몰랐다.

그러다가 한번은 눈을 떴는데 늑대가 바로 앞까지 와 있었다. 쫙 찢어진 늑대의 눈을 바라보기는 했지만 꼼짝도 할 수 없었다. 얼마인지 모를 시간이 흐른 뒤에는 아내가 그의 곁에 있었고, 늑대는 그녀의 무릎께에 앉아 있었다. 그는 마치 정신이 들지 않았던 것처럼 다시 눈을 감았다. 하지만 침대로 옮겨진 뒤에는 석궁을 갖다 달라고 했다. 그러나 그는 시위를 당기지도 못할 정도로 쇠약해진 상태였고, 그런 자신의 상태에 스스로도 놀랐다. 그는 곁에 있던 하인에게 눈짓을 하며 석궁을 건넸고, 늑대를 데리고 오라고 명령했다. 망설이는 하인을 향해 영주는 아이처럼 고집을 피웠고, 그날 저녁 늑대의 가죽이 성 안뜰에 내걸렸다. 그 광경을 목격한 포르투갈 여자는 하인에게 자초지종을 캐물었다.

온몸의 피가 그대로 멈추는 듯한 느낌이 들었다. 그녀는 남편이 누워 있는 침대로 갔다. 그는 그곳에 벽처럼 창백하게 누워 있었고, 오랜만에 다시 그녀의 눈을 쳐다보았다. 그녀는 웃으며 이렇게 말했다. "그 가죽으로 모자를 만든 뒤 저녁이 되면 당신의 피를 다 빨아먹어 버릴 거예요."

이후 그는 언젠가 자신에게 "주교는 신께 기도를 할 수 있어요. 그러면 영주님이 위험에 빠질 겁니다."라고 말해 놓고서는 나중에는 극도로 번지르르한 말들만 늘어놓던 성직자를 내보내려 했다. 하지만 자신의 뜻을 단박에 실천에 옮기지는 못했다. 포르투갈 여자가 끼어들어 그 사제가 달리 기거할 곳을 찾을 때까지만이라도 기다려 달라고 부탁했던 것이다. 케텐 영주는 못 이기는 척 양보했다. 아직도 그는 쇠약했고, 풀밭에서 햇볕을 쬐며 잠자는 시간이 많았다.

그러던 어느 날 다시금 풀밭 위에서 눈을 떴는데 아내의 어린 시절 친구가 와 있었다. 포르투갈 여자 곁에 서 있는 그 남자는 그녀의 고향에서 왔다고 했다. 북방 지역에서 보자니 그의 외모가 그녀와 꽤 닮은 듯했다. 그는 영주에게 기품 있게 인사를 건넸고, 표정으로 미루어 보건대 커다란 호의가 담긴 듯한 말들을 건넸다. 그러는 동안 케텐 영주는 한 마리 개처럼 잔디에 누워 수치심을 느꼈다.

그 만남이 두 번째 만남이라는 생각도 들었다. 그만큼 영주의 정신이 오락가락했던 것이다. 자신의 모자가 너무 헐렁해졌다는 사실도 뒤늦

게야 깨달았다. 고정시킨 것처럼 잘 맞던 부드러운 털모자가 지금은 귀 있는 곳까지 미끄러진 상태에서 귀에 걸려 더 이상 내려오지 않고 있었다. 세 사람이 함께 있는 자리에서 그의 아내가 이렇게 소리쳤다. "어머나 세상에, 당신 머리가 작아졌어요!"

맨 처음 든 생각은 머리를 너무 짧게 잘랐나 하는 것이었다. 하지만 언제 머리를 잘랐는지 기억조차 나지 않았다. 영주는 손으로 머리를 슬쩍 쓰다듬어 보았다. 머리는 필요 이상으로 길었고, 병든 이후 제대로 관리하지 않은 티가 났다. 그렇다면 모자가 늘어난 것일 수밖에 없다는 생각이 머리를 스쳤다. 하지만 그 모자는 새 것이나 다름없었다. 어떻게 상자에 보관만 한 모자가 늘어날 수 있단 말인가. 결국 그는 너무 오랫동안 교양 있는 기사들 대신 전장의 노예들하고만 같이 지내다 보니 자신의 뇌가 작아진 것이 틀림없다는 농담으로 사태를 무마하려 했다. 하지만 말하는 내내 입 안에 뭔가가 걸려 있는 듯했고, 뇌의 크기가 줄어들 수 있기나 한 것인지에 대한 의문도 해결되지 않았다. 혈관이 약해질 수는 있고 두피 아래의 지방이 신열 때문에 조금 녹을 수는 있겠지만 그래서 어떻게 된다는 말인가?! 때로는 머리를 정리하는 것처럼, 때로는 땀을 닦는 것처럼 행동하기도 했고, 무심코 그늘에 몸을 기대는 시늉도 해 보았고, 두 손가락을 석공들이 사용하는 컴퍼스처럼 벌린 채 머리 여기저기를 눌러 보기도 했다. 하지만 자신의 머리가 작아졌다는 데에는 의심의 여지가 없었다. 눈으로 보지 못하는 상태에서 손으로 더

듣기만 하자니 실제보다 더 작게 느껴지는 것 같았다. 작은 그릇 두 개가 서로 달라붙어 덜커덩거리고 있다는 느낌마저 들 정도였다.

세상에는 설명할 수 없는 일들이 많겠지만, 잠든 것처럼 보이는 사람을 앞에 두고 얘기를 나누는 두 사람을 향해 고개를 돌리는 것만큼 어깨에 짊어지기 어려운 짐도 없는 듯했다. 케텐 영주는 그들이 나누는 외국말을 몇몇 표현만 제외하고는 이미 오래전에 잊어버렸지만, 한 문장만큼은 똑똑히 들렸다. "넌 네가 원하는 건 아무것도 하지 않고 있고, 네가 하고 있는 모든 일들은 네가 원하지 않는 일들이야." 농담보다는 경고에 가까운 목소리였다. 대체 무슨 말을 하고 싶었던 것일까?

두 번째 사건은 영주가 창밖으로 몸을 쑥 내밀고 강물이 흐르는 소리를 듣고 있을 때에 일어났다. 그는 장난삼아 자주 그렇게 했는데, 아무렇게나 마구 쌓아 놓은 건초더미에서 나는 것 같은 윙윙대는 소음 때문에 귀가 먹먹해질 지경이었다. 그런데 그 먹먹함에서 벗어난 순간, 먼 곳으로부터 아내와 그 사내가 나누는 이야기 소리가 들려왔다. 아내는 그와 무언가에 대해 열심히 이야기하고 있었다. 두 사람의 마음이 서로 통하는 것 같았다.

세 번째 사건은 두 사람의 뒤를 밟으면서 일어난 것이었다. 두 사람은 저녁이 되어서도 안뜰을 서성이고 있었다. 그들이 야외 계단 맨 위에 켜진 횃불을 지날 때쯤이면 그들의 그림자가 나무 꼭대기에 드리워질 터였다. 그림자가 드리워지자 영주는 재빨리 몸을 굽혔다. 하지만 그들의 그림자는 무성한 나뭇잎들 때문에 하나로 뭉쳐지고 말았다.

평소 같았으면 영주는 말이든 하인이든 모두 다 동원해서라도 자기 몸 안에 고인 독을 완전히 제거하거나 포도주로 독을 태워 버렸을 것이다. 하지만 사제와 서기는 입가에 흘러넘칠 정도로 술을 마시고 음식을 먹어 댔고, 젊은 기사는 두 마리 개를 화해시키려는 사람처럼 웃으며 그들과 잔을 부딪쳤다. 학자인 척하는 그 무리들이 술잔을 기울이는 모습을 보니 역겨움마저 일 지경이었다. 그들은 천년 왕국에 대해 이야기했고, 공부 꽤나 했다는 이들이 할 법한 이야기들을 나누었으며, 음담패설도 주고받았다. 독일어로도 이야기하고 교회에서 쓰는 라틴어로 대화를 나누기도 했다. 그러다가 그들의 이야기를 포르투갈 여자가 이해하지 못할 때면 유랑 중인 인문학자 한 명이 통역을 하기도 했다. 여행 중 발목이 접질렸다며 참으로 오랫동안 그 성에 머무르던 이였다.

"토끼 한 마리가 갑자기 뛰어나오는 바람에 말에서 떨어졌답니다." 서기가 농담조로 말했다.

그러자 머뭇거리며 그들 곁을 서성이던 케텐 영주도 내키지 않는 말투로 농담을 건넸다. "아마도 날개 없는 용이나 되는 줄 알았나 보군."

"말도 아마 착각을 했겠죠!" 사제가 말했다. "그러지 않았다면 그토록 펄쩍 뛰지 않았을 테고요. 학자님께서 아마도 영주님보다 말에 대해 더 잘 알고 있었나 봅니다!"

술 취한 이들은 케텐 영주를 조롱했고, 영주는 그들을 물끄러미 바라보다가 한 발짝 다가서서 사제의 뺨을 후려쳤다. 농민 출신에 뚱뚱한 몸집을 지닌 그 젊은 사제는 당황해서 머리끝까지 새빨개졌지만, 이내 다시 낯빛이 파리해지며 주저앉아 버렸고, 젊은 기사는 슬그머니 웃으며 여자 친구를 찾아 나섰다.

자기들끼리만 남게 되자 토끼 때문에 말에서 떨어졌다는 그 인문학자가 사제에게 물었다. "그냥 심장을 찔러 버리지 그랬어요?"

"영주는 황소 두 마리만큼이나 강한 자요." 사제가 답했다. "아까와 같은 상황에서 자제심을 발휘할 수 있었던 것은 종교의 가르침 덕분이기도 할 거요."

그러나 사실 케텐 영주는 아직도 쇠약한 상태였고, 정상적인 삶은 너무도 느린 속도로 돌아오고 있었다. 다음 단계의 회복으로 넘어가기까지는 너무도 먼 여정이 남아 있는 듯했다.

방문객은 떠날 생각을 하지 않고 그의 아내는 남편이 보내는 신호들을 제대로 이해하지 못했다. 그녀는 십일 년 동안 남편을 기다렸다. 십일 년 동안 명성과 환상에 둘러싸인 그를 연모해 온 것이다. 그런데 지금 병환으로 쇠약해져 성채와 안뜰을 거니는 그의 모습은 방문객의 젊음과 세련된 기품에 비하면 차라리 평범해 보였다. 그녀는 거기에 대해 깊이 고민하지는 않았지만, 말로 표현할 수 없는 것들을 약속한 이 나라에 조금은 염증을 느끼고 있었다. 하지만 남편이 언짢은 표정을 짓고 있다는 이유만으로 자신에게 고국의 향기와 웃음을 선물해 준 그 오랜 친구를 떠나보내야겠다는 마음은 들지 않았다. 자책할 이유도 없었다. 요 몇 주 동안 조금 가볍게 행동한 것은 사실이지만 그 덕분에 기분이 한결 좋아졌고, 요즘 들어 얼굴빛이 종종 몇 년 전처럼 환하게 빛난다는 사실을 스스로 느낄 수 있을 정도였으니 말이다.

케텐 영주는 답답한 마음에 점쟁이를 찾아갔고, 점쟁이 여자는 영주에게 업무를 완수해야만 완전히 치유될 수 있다고 가르쳐 주었다. 하지만 그 업무가 무엇인지 물어보자 여자는 입을 꼭 다문 채 대답을 회피하다가 결국 자신도 그게 무슨 일인지 모른다고 고백했다.

영주는 방문객에 대한 호의를 저버리지 않으면서 그 모든 것을 언제든지 단칼에 끝낼 수 있는 방법을 잘 알고 있었다. 생명의 존엄성이나 방문객의 권리에 대해 모르는 바는 아니었지만 수년 동안 적들에게 불청객이었던 이에게 있어 그런 것쯤은 능히 극복할 수 있는 장애물에 지나지 않았다. 그러나 더딘 회복 과정에 놓여 있던 영주는 아무것도 할 수 없는 것처럼 행동하는 것이 차라리 더 명예롭게 느껴졌고, 교활한 술수를 쓰는 행위는 젊은 방문객의 유치한 언변보다 나을 게 없다는 생각이 들었다. 그런데 병마의 안개에 둘러싸인 채 바라보니 신기하게도 아내의 태도가 원래보다 더 부드럽게 느껴졌다. 예전에도 오랫동안 집을 비웠다가 돌아왔을 때 자신에 대한 아내의 사랑이 더 강렬해진 것을 보고 놀란 적이 있었다. 그가 자리를 비웠다는 것만으로는 설명이 되지 않는 변화였다. 그는 예전에, 그러니까 죽음이 훨씬 더 가까이 있을 때에도 그랬듯 지금도 자신이 기쁜지 슬픈지조차 알 수 없었다. 꼼짝도 할 수 없었다. 자세히 들여다본 아내의 눈은 마치 지금 막 세공을 마친 유리 같았다. 그 유리의 표면에 비친 것은 바로 영주 자신의 모습이었건만 그녀는 더 이상의 깊은 눈빛을 허락하지 않았다. 기적이 일어나지 않는 한 그 상황은 달라지지 않을 것 같았다. 본디 운명이 입을 다물 때에는 다가올 일에 귀를 기울이는 수밖에 없는 법이었다.

어느 날 그들은 함께 산을 올랐는데, 산꼭대기의 성문 앞에 새끼 고양이 한 마리가 앉아 있었다. 그 고양이는 고양이들이 보통 하는 방식으로 담을 뛰어넘는 대신 사람들이 성문을 통과하는 방식으로 안쪽으로 들어가겠다는 듯 허리를 굽혀 절하고는 고양이의 존재에 이유 없이 놀란 키 큰 성문지기들의 옷자락과 장화에 몸을 비벼 댔다. 성문지기들은 먼 곳에서 찾아온 손님을 환대하듯 고양이를 통과시켰는데, 당장 이튿날부터 어쩌면 고양이가 아니라 어린아이를 받아들인 것이 아닐까 하는 의심이 들기 시작했다.

그 우아한 동물은 지하실이나 다락방을 기어 다니는 것으로 만족하지 않았고, 사람에게서 한시도 떨어지려 하지 않았다. 게다가 모두가 자기를 위해 시간을 쓰게 만드는 재주까지 지니고 있었다. 실로 받아들이기 어려운 일이었다. 고양이보다는 쓸모가 많은 동물들을 돌봐야 할 필요도 있었고, 그렇지 않다 하더라도 본디 사람은 혼자서 해야 할 일이 많은 법이었다. 하지만 모두들 그 작은 존재를 보기 위해 눈길을 아래로 향할 수밖에 없었다. 어린 고양이의 태도라고 보기에는 있는 듯 없는 듯 너무도 얌전했고, 심지어 우수에 잠긴 채 사색에 빠진 것 같은 태도를 보일 때도 있기 때문이었다. 그 고양이는 사람들이 자신에게 원하는 게 무엇인지 다 알고 있다는 듯 무릎 위로 기어올랐고, 심지어 억지로 애교를 짜내는 듯하기도 했다. 그러나 그것이 고양이의 본모습이 아니라는 것쯤은 누구나 알 수 있었다. 그런데 바로 그 사실, 그러니까 보통의 고양이들이 지니지 못한 바로 그 능력 때문에 그 고양이 안에 또 하나의 존재가 있는 것처럼 느껴졌다. 그 존재는 그 고양이의 주변을 배회하는 어떤 존재일 수도 있었고 조용한 광채를 발산하는 어떤 존재일 수도 있었다. 그러나 그 누구도 감히 그런 이야기를 입에 담을 엄두를 내지 못했다.

포르투갈 여자는 자신의 무릎 위에 누워 오락가락 장난치듯 움직이는 자신의 손가락을 마치 어린아이처럼 자그마한 발톱으로 툭툭 건드리는 그 고양이를 부드럽게 내려다보았다. 그녀의 젊은 친구도 웃으며 몸을 깊이 숙여 고양이와 그녀의 무릎을 들여다보았는데, 케텐 영주는 그들의 그러한 장난질을 보며 자신의 질병을 떠올렸다. 그 질병과 질병이 지닌 치명적 부드러움이 마치 그 작은 짐승에게로 옮아간 듯했는데, 온전히 간 것은 아니고 아직도 둘 사이에 머무르고 있는 듯했다. 그때 하인 하나가 고양이에게 옴이 오른 것 같다고 말했다.

케텐 영주는 자기가 그 사실을 인지하지 못했다는 것에 짐짓 놀랐다.

그때 하인이 다시금 입을 열어 더 늦기 전에 그 짐승을 제거해야 한다고 말했다.

새끼 고양이는 그사이 동화책에 등장하는 이름 하나를 가지게 되었다. 예전보다 더 부드럽고 온순해지기도 했다. 누가 봐도 병에 걸려 이전보다 확실히 더 쇠약해졌다는 것을 알 수 있었다. 세상과 담을 쌓고 누군가의 무릎 위에 앉아 있는 시간이 더 길어졌다는 것도 누가 보아도 알 수 있을 만큼 확연했다. 고요한 두려움 속에서 자그마한 발톱으로 늘 누군가를 부여잡고 있었던 것이다. 주변을 두리번거리기도 했다. 창백한 얼굴의 케텐 영주를 쳐다볼 때도 있었고, 자신에게 시선을 고정시킨 채 몸을 숙이고 있는 젊은 포르투갈 여자를 바라보거나 자기가 누워 있는 그 무릎의 움직임에 집중하기도 했다. 고양이는 또 마치 자신이 은밀하게 겪는 고통이 처참하게 보일 수도 있다는 점을 사과라도 하는 듯 주위 사람들을 둘러보기도 했다. 그러고는 고양이의 고행이 시작되었다.

어느 밤 시작된 구토는 아침까지 이어졌다. 새날이 밝을 때쯤 고양이는 완전히 늘어졌고 머리를 수없이 가격 당한 것 같은 어지럼증을 느꼈다. 어쩌면 사람들이 그 고양이를 지나치게 아낀 나머지 먹을 것을 너무 많이 주었는지도 모른다. 그 이유에서든 어떤 이유에서든 그 이후로 고양이를 방 안에서 키울 수 없게 되었고, 고양이는 결국 하인들의 손에 넘어갔다. 하지만 그로부터 이틀 뒤, 하인들은 고양이의 상태가 호

전되지 않는다고 호소했다. 어쩌면 그날 밤, 그들이 고양이를 바깥으로 내던져 버렸는지도 모를 일이었다. 이제 고양이는 구토를 할 뿐 아니라 볼일도 못 보는 지경에 이르렀고, 누구도 고양이의 앞날을 장담할 수 없었다. 눈에 잘 보이지도 않는 광채와 끔찍한 불결함 사이를 오가자니 힘겹기 그지없었고, 결국 모두가—그간 고양이가 어디에서 왔는지 밝혀진 상태였다—원래 있던 곳으로 돌려보내자는 데에 동의했다. 고양이의 원래 집은 산 아래쪽 강가의 어느 농가였다. 지금 사람들은 그들이 무언가를 책임지고 싶은 마음도 조롱거리가 되고 싶은 마음도 없기에 고양이를 고향으로 돌려보내는 거라고 하겠지만, 사실 그들 모두는 엄청난 양심의 가책을 느끼고 있었다. 고양이를 보낼 때 우유와 약간의 고기, 심지어 돈까지 함께 보낸 것도 지저분한 것이 일상인 농가 사람들이 고양이를 잘 돌보게 만들기 위한 최선의 배려였다. 그럼에도 불구하고 하인들은 주인들의 결정에 고개를 절레절레 흔들었다.

고양이를 원래 집으로 데려간 하인은 자신이 발길을 돌리자 고양이도 그 뒤를 졸졸 따라와서 결국 다시 한 번 몸을 틀어야 했다고 전했다. 그로부터 이틀 뒤, 고양이가 다시 성에 나타났다. 개들은 고양이를 슬슬 피했고, 하인들은 주인들의 눈치를 살피느라 차마 고양이를 내쫓지 못했다. 고양이를 본 주인들은 모두들 입을 다문 채 이제 그 누구도 고양이가 산꼭대기의 그 성에서 최후를 맞이하는 것을 막지 못하리라는 사실을 직감했다. 고양이는 비쩍 말라 윤기가 모두 다 빠져나간 상태였지만, 다행히 구토를 일으키던 고통만큼은 극복한 듯했다. 하지만 체중은 급속도로 줄어들고 있었다. 이후 이틀 동안은 지금까지 겪은 모든 고통들이 강도를 한층 높여 나타났다. 자신의 집 안에서도 느릿느릿 움직였다. 눈앞에서 종이를 흔들면 그것을 잡기 위해 앞발을 내밀면서 이따금씩 웃음을 짓기도 했지만, 네 발로 몸을 지탱하고 있음에도 불구하고 워낙 쇠약해진 탓에 가끔씩은 비틀거렸다. 이튿날에는 몇 번이나 모로 쓰러졌다. 사람이 그렇게 옆으로 쓰러졌다면 특별히 이상할 것이 없겠지만 동물이 그렇게 사람처럼 행동하는 것은 분명 이상했다. 그들은 경외심에 가까운 마음으로 고양이를 바라보았다. 각자 자기만의 특별한 상황에 놓여 있던 세 사람 중 그 누구도 마치 자신의 운명을 목격하고 있는 듯한 느낌에서 자유롭지 못했다. 그들의 운명이 이미 반쯤은 속세를 떠난 새끼 고양이에게로 옮아간 듯했다. 그 다음 날에는 구토와 불결한 일들이 다시 시작되었다. 그 곁에는 하인이 지키고 서 있었다. 비록 그 하인은 다시 한 번 그 말을 입에 담지 못했지만, 그의 침묵은 고양이를 죽여야 한다고 똑똑히 말하고 있었다. 포르투갈 여자는 시험에 빠진 것처럼 고개를 숙였다. 그때 그녀의 젊은 친구가 그녀에게 자기 역시 마치 자기 자신에게 사형 선고를 내리는 것 같은 느낌이 들지만 달리 방법이 없다고 말했다. 그 말이 떨어지자마자 모두들 일제히 영주를 쳐다보았다. 백지장처럼 창백한 얼굴을 한 영주는 일어서서 그 자리를 떠 버렸다. 그러자 포르투갈 여자가 하인에게 말했다. "고양이를 데려가세요."

하인은 병든 고양이를 자신의 거처로 데려갔고, 다음 날 고양이는 멀리 떠났다. 누구도 어디로 갔는지 물어보지 않았다. 모두들 그 하인이 고양이를 때려 죽였다는 것을 알고 있었고, 누구 할 것 없이 형언할 수 없는 죄책감에 시달렸다. 자신들의 일부가 떨어져 나간 것 같았다. 아무것도 모르는 아이들만이 어차피 같이 놀 수도 없는 고양이이니 때려 죽여 마땅하다고 생각했다. 하지만 성에서 기르던 개들은 이따금씩 햇볕이 내리쬐는 풀밭에 코를 대고 킁킁거리며 네 발을 쭉 뻗고 털을 꼿꼿이 세우며 곁눈질을 해 댔다. 케텐 영주가 포르투갈 여자와 마주친 것도 그런 순간들 중 하나였다. 두 사람은 나란히 서서 개들을 쳐다보면서 아무 말도 주고받지 않았다. 모종의 기미는 조성된 것 같았지만 그것을 어떻게 해석해야 좋을지, 어떤 일이 일어나야 좋을지를 몰랐던 것이다. 고요라는 이름의 둥근 지붕이 두 사람 사이에 드리워져 있는 듯했다.

케텐 영주는 저녁이 될 때까지 아내가 그 녀석을 떠나보내지 않으면 그를 죽이고야 말겠다고 다짐했다. 하지만 저녁이 되어서도 아무 일이 벌어지지 않았다. 간단한 저녁 식사도 마친 터였다. 케텐 영주는 미열로 몸이 뜨거워진 상태에서 심각한 표정을 지으며 앉아 있다가 열을 식히기 위해 안뜰로 나갔다. 지금까지는 그 어떤 결정이든 가볍게 내려왔건만 바로 그 순간만큼은 아무런 결정도 내릴 수 없었다. 말에 안장을 얹고 갑옷을 입고 투구를 쓰고 검을 차는 것처럼 간단한 결정들조차도 거슬릴 지경이었다. 싸움을 거는 것은 의미 없이 낯설기만 한 행동처럼 느껴졌다. 단검을 사용하면 간단한 일일 테지만 그 짧은 일마저 임무를 완수하기 전에 말라 죽을 만큼 길고도 멀게만 느껴졌다. 그렇다고 고통을 감당할 수 있는 것도 아니었다. 스스로 벗어나지 않으면 결코 예전의 상태로 다시 돌아갈 수 없을 것만 같았다. 게다가 그 두 가지 생각과 더불어 또 다른 생각까지 머릿속에 똬리를 틀었다. 소년 시절부터 도저히 오를 수 없을 것만 같던 성채 아래의 그 절벽을 갑자기 기어오르고 싶은 마음이 들었던 것이다. 말도 안 되는, 차라리 자살에 가까운 생각이었지만 신이 자신에게 그 소명을 내렸거나 기적이 일어날 것 같은 예감이 들었다. 자기 자신이 차마 가지 못한 그 길을 저세상으로 간 고양이라면 갈 수 있을 것 같은 느낌도 들었다. 그는 머리가 아직 제자리에 달려 있다는 것을 확인이라도 하려는 듯 조용히 웃으며 고개를 가로저었다. 그러나 그러면서 저도 모르게 이미 산 아래로 이어지는 울퉁불퉁한 길을 한참 동안이나 걸어 내려가고 있었다.

강 깊은 곳까지 간 뒤에야 그는 방향을 틀었다. 물길 사이에 놓인 징검다리를 모두 건넌 뒤 덤불을 지나 절벽을 향했다. 달빛이 그림자를 드리우며 손가락, 발가락으로 짚을 수 있는 지점들의 위치를 알려 주었다. 그때였다. 딛고 있던 바위가 부스러져 내렸다. 그 충격이 힘줄까지 전달되더니 이내 심장에 닿았다. 케텐 영주는 숨을 죽이고 기다렸다.

118

딛고 있던 돌멩이는 영원의 시간이 지난 뒤에야 물속으로 떨어지는 것 같았다. 이미 절벽의 삼분의 일을 기어오른 듯했다. 그제야 그는 정신이 번쩍 들었고, 자기가 지금 무슨 일을 하고 있는지 알아차렸다. 아래로 내려가는 일은 곧 죽음을 의미했고, 악마가 아닌 이상 위쪽 끝까지 기어오를 수 없을 것 같았다. 더듬더듬 길을 찾았다. 열 손가락의 힘줄에 그의 삶이 달려 있었다. 이마에서 땀이 흐르고 온몸이 달아올랐다. 온 신경이 굳는 것 같았다. 그런데 신기하게도 사투를 벌이는 그 상황에서 오히려 힘과 에너지가 다시 온몸으로 퍼지는 듯한 느낌이 들었다. 몸 밖 어딘가에 있다가 다시 몸 안으로 흘러드는 것 같았다. 그러면서 도저히 불가능할 것 같은 일이 일어났다. 튀어나온 바위 하나를 비껴갔더니 비로소 창틈에 팔을 걸칠 수 있게 된 것이었다. 그 창틈에 기어오르는 것 외에는 정말이지 달리 방도가 없었다. 그는 창틈을 짚고 도약해서 창틀에 걸터앉아 다리를 방 안으로 던져 넣었다. 그러면서 예전에 지녔던 야성도 제자리로 돌아왔다. 그는 숨을 내쉬었다. 옆구리에 차고 있던 단검은 여전히 그 자리에 있었다. 침대에 아무도 없다는 느낌이 들었지만 심장과 폐가 안정을 되찾을 때까지 기다렸다. 시간이 지날수록 그 방에 자기 혼자뿐이라는 사실이 점점 더 분명해졌다. 그는 침대로 기어가 그날 밤 누구도 그 침대에 들지 않았다는 것을 확인했다.

케텐 영주는 처음 그곳을 방문한 사람이라면 안내자 없이는 절대로 찾을 수 없을 만큼 복잡한 길을 더듬었다. 여러 개의 방과 복도, 그리고 문들을 지나 아내의 침실로 향했다. 귀를 기울이며 조용히 기다렸지만 그 어떤 속삭임도 들리지 않았다. 영주는 그녀의 침실로 미끄러져 들어 갔다. 포르투갈 여자는 고른 숨을 쉬며 잠들어 있었다. 그는 몸을 굽혀 어두운 구석들을 돌아다니며 벽을 더듬었다. 그 방 밖으로 다시 나올 때쯤에는 그간의 불신을 떨쳐 냈다는 기쁨에 노래라도 부를 수 있을 것 같았다. 밖으로 나와서도 예기치 않았던 기분 좋은 일에 즐거워하는 사 람처럼 마룻바닥과 타일 바닥이 삐걱대는 소리를 들으며 성 안을 마구 돌아다녔다.

안뜰로 나간 뒤에는 하인 하나를 불러 자기가 누구인지를 밝히고 방 문객의 행방을 물어보았다. 하인은 달이 뜰 때쯤 손님이 길을 떠났다고 대답했다. 케텐 영주는 껍질이 반쯤 벗겨진 나무 더미 위에 앉았고, 보 초를 서던 이는 영주가 거기에 얼마나 앉아 있을지 궁금해 했다.

그때 갑자기, 지금 다시 아내의 방에 가면 포르투갈 여자가 거기에 없을 것 같은 불안감이 엄습했다. 쿵쾅거리는 가슴을 안은 채 그녀의 방에 들어갔다. 젊은 아내는 꿈속에서 마치 그를 기다리기라도 한 듯 깜짝 놀라며 일어났는데 그가 그 방을 떠나기 전과 같은 옷을 입고 그 를 바라보고 있었다. 영주의 의심은 확인되지도 부인되지도 않았다. 하 지만 그녀는 아무것도 묻지 않았고 그 또한 아무것도 물을 수 없었다. 그는 창가의 두툼한 커튼을 열어젖혔다. 그러자 굉음을 품은 장막 하나 가 드러났다. 카테네가 사람들은 모두가 그 뒤에서 태어나고 세상과 이

별해 왔다.

　포르투갈 여자는 "신이 만약 인간으로 나타날 수 있다면 고양이로도 둔갑할 수 있을 거예요."라고 말했고, 영주는 신성 모독을 방지하기 위해서라도 그녀의 입술에 손을 갖다 대야만 했다. 그러나 사실 그들은 자신들을 둘러싼 울타리 밖으로 그 어떤 소리도 새어 나가지 않는다는 것을 잘 알고 있었다.

다 시 생 각 하 는
포르투갈 여자

다 시 생 각 하 는
포르투갈 여자

영토를 확장하는 일, 궁극적으로 자신의 성을 적극적으로 지켜 내는 일은 아마도 남자에게는 유전자에서 유전자로 계승되는 본능과도 같은 일일 것이다.

케텐 영주 또한 조상 대대로 세습되어 온 그 '싸움'을 상속받은 존재이다.

그는 포르투갈의 아름다운 여자를 아내로 맞아, 자신의 땅으로 돌아오던 날로부터 십일 년간을 외지로 떠돌며 전투를 벌인다. 대단한 위세의 주교를 상대로 벌이는 전쟁이었기에 그 전쟁은 매우 혹독했는데, 병사들은 용맹한 그를 신처럼 떠받들었다.

불현듯 일어난 주교의 죽음을 기화로 전쟁은 끝을 맺고 사 대에 걸친 싸움을 종식시켰으니, 그것은 태어나는 순간부터 운명처럼 그를 둘러싸고 있던 거대한 공간이 느닷없이 사라져 버린 것과 같았다.

어이없게도 그는 한 마리 파리에 쏘여 죽을 고비를 넘나든다.

늑대와도 같던 그는 고열에 시달리며 한 마리 개처럼 쇠락한 느낌이 들었다. 그러나 그는 마치 순교하는 생명 같은 고양이의 죽음을 지켜보며, 새로운 탄생의 순간을 가파른 절벽을 건너면서 경험한다.

전형적인 남성의 모습으로 표상되는 케텐 영주는 세습되어 온 전쟁이 끝나자 무너진다. 남성에게 요구되는 사회적 자아에 길들여져서 자기 자신이 되는 법을 몰랐던

것이다.

그것은 케텐 영주에게 닥친 진정한 위기이다. 어떻게 헤쳐 나가야 하는지 아무도 가르쳐 줄 수 없기 때문이다. 전쟁터가 아닌 자신의 성에서 일어난 일들은 그에게 낯설고 이해하기 힘들었으며, 보이지 않는 적인 육체의 질병과 질투, 분노는 그를 절벽으로 몰고 가기에 충분했다.

포르투갈 여자가 품고 온 달과 바다, 그것은 어쩌면 케텐 영주에겐 영원히 이해할 수 없는 세계일 것이다. 그러나 그녀가 아름다운 그의 아들을 낳았듯 그것은 생명을 품고 있는 신비일 테니, 한 편의 신화 같은 이 작품은, 영원한 여성에 대한 그리움으로 읽힌다.

이블린
제임스 조이스

제임스 조이스
James Augustine Aloysius Joyce,
1882~1941

아일랜드 더블린 출생. '의식의 흐름'이라는 소설의 새로운 기법으로 20세기 모더니즘 문학에 변혁을 일으킨 세계적인 작가로 손꼽힌다.

18세를 갓 넘긴 1900년 노르웨이의 극작가 입센의 연극에 관한 비평 「입센의 새로운 극」을 《포트나이틀리 리뷰》지에 발표했다. 아일랜드 문예부흥운동에 반발하여 1902년 학교 졸업과 동시에 더블린을 떠나 파리로 갔으며 취리히, 파리, 트리에스테 등을 이주해 다녔다. 1909년과 1912년에 그는 마지막으로 아일랜드를 방문했는데, 이는 「더블린 사람들」의 출판을 위해서였다. 이 작품은 1914년 영국에서 출판되었다. 그리고 유일한 희곡인 「망명자들」(1915)과 「젊은 예술가의 초상」(1916)을 잇따라 내놓았다. 조이스는 바로 「율리시스」의 작업에 착수하였는데 재정적으로는 심한 궁핍을 겪어야만 했다. 또 2년간 연재를 지속하다가 외설 시비와 고소로 인해 중단, 1922년 마침내 파리에서 출판되었다. 1939년에 「피네간의 경야」가 출간되었고, 이어 가족과 함께 다시 스위스로 옮아갔다. 두 달 뒤인 1941년 1월 조이스는 병으로 사망하였다.

옮긴이 유 영

서울대학교에서 불어불문학과 박사 학위를 받았으며 현재 전문번역가로 활동 중이다. 옮긴 책으로는 「노아의 아이들」 「구름」 「검은 두목」 「프랑켄슈타인」 「위고 서한집」 「더버빌 가의 테스」 「80일간의 세계일주」 「스쿼시」 등 다수가 있다.

그녀는 창가에 앉아 창문 커튼에 머리를 기댄 채, 어둠이 거리를 엄습하는 걸 지켜보고 있었다. 먼지투성이 크레톤[1] 냄새가 콧속으로 파고들었다. 그녀는 지쳐 있었다.

지나가는 사람은 거의 없었다. 맨 끝집에 사는 사내가 자기 집으로 돌아가느라 앞으로 지나갔다. 멀리서 그의 발소리가 들려왔다. 그는 콘크리트길을 따라 터벅터벅 걷다 새로 지은 빨간 집들 앞에 깔아 놓은 석탄재를 바삭바삭 밟으며 걷고 있었다. 한때 이곳은 벌판이었으며 그녀의 형제들은 저녁마다 여기서 다른 집 아이들과 함께 놀곤 했었다. 그런데 벨파스트에서 온 어떤 사람이 이 땅을 사들여 여기다 집을 몇 채 지었다. 이들이 사는 조그만 갈색 집과는 달리 반짝거리는 지붕에

---

1) 사라사 무명의 일종. 가구 장식품, 벽걸이, 커튼 등으로 많이 쓰인다.

밝고 산뜻한 벽돌집이었다. 이 거리 아이들은—더바인네, 워터네, 던네 등 여러 집의 아이들, 절름발이 꼬마 키오우, 그녀와 그녀의 남매들—늘 이 벌판에서 뛰어놀았으나 어니스트만은 같이 놀지 않았다. 그러기엔 너무 커 버렸던 것이다. 그녀의 아버지는 종종 인목鱗木 지팡이를 들고 나와 여기서 놀고 있는 아이들을 집으로 불러들이곤 했다. 그러나 대개는 꼬마 키오우가 망을 보고 있다가 그녀의 아버지가 오는 게 보이면 소리쳐 알려주곤 했다. 이들에겐 그 시절이 더없이 행복했던 것 같다. 그때만 해도 아버지의 행실은 그리 나쁘지 않았고 어머니도 살아 계셨으니까. 그러나 이건 오래전 일이다. 그녀의 남매들은 모두 다 자랐고 어머니도 세상을 떠나고 없기 때문이다. 티지 던도 세상을 떠났고 워터네는 잉글랜드로 돌아가고 없었다. 세상 모든 건 변하게 마련인 법, 이제 그녀도 다른 사람들처럼 집을 버리고 떠날 참이었다.

집! 그녀는 방 안을 둘러보며 낯익은 물건들을 찬찬히 살펴보았다. 여러 해 동안, 일주일에 한 번씩 이 물건들에 쌓인 먼지를 털어 내며, 대체 이 먼지들이 어디서 오는 건지 그녀는 의아해 했었다. 이것들과 떨어질 거라곤 꿈에도 생각지 못했는데, 이젠 두 번 다시 보지 못할 것이다. 하지만 그녀는 지금까지도 그 사제의 이름을 알아내지 못했다. 누렇게 변해 가는 그의 사진은 망가진 풍금 위쪽 벽에 걸려 있었고, 그 옆엔 성녀 마가렛 메리 엘러코크[2]가 받은 은혜로운 약속들이 새겨진 채색 판화가 있었다. 이 사제는 아버지의 학창 시절 친구였다. 손님들에게 이 사진을 보여 줄 때마다 아버지는 늘 무심한 어조로 "그는 지금 멜버른에 있죠."라고 얼버무리며 사진을 지나쳐 버리곤 했다.

그녀는 결국 집을 떠나 멀리 가자는 제안에 승낙하고 말았다. 과연 이것이 현명한 결정이었을까? 그녀는 이 질문의 양쪽 측면을—그렇다 와 그렇지 않다—꼼꼼히 따져 보려 애썼다. 어쨌든 집에선 잠자리나 먹을 건 걱정할 필요가 없고, 주위엔 평생 알고 지낸 낯익은 사람들이 많이 있었다. 물론 집에서나 일터에서나 일은 고되게 해야 했지만 말이 다. 그녀가 어떤 사내와 달아났다는 걸 알게 되면 상가 사람들은 뭐라 고 할까? 바보라고 할지도 몰랐다. 그리고 그녀의 자리는 광고를 내면 곧 채워질 것이다. 모르긴 해도 미스 게번은 무척 좋아할 것이다. 항상 그녀한테 으스대곤 했으니까. 특히 사람들이 듣고 있을 땐 더 그랬다.

"미스 힐, 이 숙녀 분들이 기다리고 계시는 게 안 보여요?"

"제발 꾸물거리지 좀 말아요, 미스 힐."

상가를 떠나는 건 그리 슬픈 일이 아니었다.

그러나 새 가정을 꾸리게 될 먼 미지의 나라에선 이와 같지 않을 것 이다. 그녀, 이블린은 거기서 결혼을 할 테고 사람들은 그녀를 정중히 대할 것이다. 적어도 그녀의 어머니와 같은 취급은 당하지 않을 테니 까. 열아홉 살이 넘은 지금도 그녀는 종종 아버지의 폭력 앞에 위협을

---

2) Margaret Mary Alacoque ; 1647~1690. 프랑스 태생으로 엄격하고 신비주의적 성향의 성녀로 알려져 있다. 어려서부터 신심이 대단했으며 그리스도의 환시를 네 번이나 경험했다고 한다.

느끼곤 했다. 가슴에 울렁증이 생긴 것도 바로 이 때문이었다. 물론 자식들이 자랄 때, 그녀의 아버지는 딸이라는 이유로 그녀에겐 해리나 어니스트에게 하듯 함부로 손을 대진 않았다. 그러나 최근엔 죽은 아내만 아니라면 그녀에게도 뭔 짓을 할지 모른다며 위협하기 시작했다. 게다가 이제 그녀를 보호해 줄 사람은 아무도 없었다. 어니스트는 이미 죽고 없었고 교회 장식업에 종사하는 해리는 거의 언제나 시골 어딘가에 내려가 있었기 때문이다. 더욱이 토요일 밤이면 어김없이 벌어지는 돈에 대한 말다툼이 그녀를 한없이 지치게 했다. 그녀는 언제나 칠 실링 정도 되는 자신의 급료를 모조리 내놓았고, 해리도 제 능력껏 돈을 보내왔다. 그러나 정작 아버지에게서 돈을 타 내기란 괴롭기 그지없는 일이었다. 아버지는 그녀에게 돈을 헤프게 쓴다는 둥, 생각이 없다는 둥, 애써 번 돈을 거리에 흥청망청 뿌리라고 주진 않을 거라는 둥 끝없이 잔소리를 늘어놓았는데, 토요일 밤이면 늘 거나하게 취해 있기 때문이었다. 하지만 결국 그녀에게 돈을 내주며 일요일 저녁거리를 살 생각이냐고 물었다. 그러면 그녀는 검은 가죽지갑을 움켜쥐고 얼른 뛰쳐나와 장을 보러 나섰고, 팔꿈치로 사람들 사이를 헤쳐 가며 찬거리를 가득 사 가지고 느지막이 집으로 돌아오곤 했다. 그녀는 집안 살림을 돌보고 자신에게 맡겨진 두 동생을 학교에 보내고 이들의 식사를 꼬박꼬박 챙겨 주기 위해 부단히 몸을 놀려야 했다. 이건 정말 힘든 일, 아니 고단한 삶이었다. 그러나 이젠 이 일도 마지막이라 생각하니 아주 싫은 것만은 아니었다는 생각이 들었다.

그녀는 프랭크와 새로운 삶을 개척하려는 참이었다. 프랭크는 더없이 친절하고, 남자답고, 너그러웠다. 그녀는 그와 함께 밤배로 떠나 그의 아내가 되어 부에노스아이레스에 정착할 예정이었다. 그곳엔 이미 그녀를 위한 보금자리가 마련되어 있었다. 그녀는 프랭크와의 첫 만남을 또렷이 기억하고 있었다. 마치 몇 주 전 일처럼 생생히! 그는 그녀가 자주 방문하던 중심가의 어떤 집에 묵고 있었다. 하루는 그가 대문 앞에 서 있었는데 챙모자를 뒤로 젖혀 쓰고 있어 머리칼이 구릿빛 얼굴 위로 흘러내려 있었다. 그날 두 사람은 서로 알게 되었고, 매일 저녁 그는 상가 밖에서 그녀를 만나 집까지 바래다주곤 했다. 한번은 그녀를 극장으로 데려가 〈보헤미아 처녀〉[3]를 보여 주었는데, 그와 함께 낯선 극장의 좌석에 앉자 그녀는 왠지 우쭐한 기분이 들었다. 그는 음악을 무척 좋아했고 노래도 제법 불렀다. 둘이 사귀는 걸 사람들이 알고 난 뒤에는 뱃사람을 사랑하는 처녀에 관한 노래를 불러 주곤 했는데, 그때마다 그녀는 부끄러우면서도 기분이 좋았다. 그는 농담 삼아 그녀를 포펜즈[4]라 부르곤 했다. 무엇보다 자신에게 남자가 있다는 사실이 그녀를 설레게 했고 차츰 그를 좋아하게 되었다. 그는 먼 나라에 관한 이야기들을 많이 알고 있었다. 그는 처음에 캐나다로 출항하는 알란 기선회

---

3) 1843년 발표된 마이클 윌리엄 벨프의 대표적 오페라.
4) 노래 속에 나오는 처녀의 이름.

사 소속의 한 배에서 한 달에 일 파운드를 받고 갑판원으로 뱃일을 시작했노라고 했다. 그는 자신이 탔던 배들의 이름과 다른 회사의 선박들 이름을 말해 주었고, 마젤란 해협을 지났던 일과 무시무시한 파타고니아 인들에 관한 이야기도 들려주었다. 그는 부에노스아이레스에서 큰 행운을 잡았으며 고국엔 잠시 휴가차 들렀을 뿐이라고 했다. 그녀의 아버지는 이 일을 알게 되자 딸에게 그와 말도 섞지 말라고 단단히 이른 뒤 이렇게 덧붙였다.

"난 그런 뱃놈들을 아주 잘 알거든."

어느 날 아버지는 프랭크와 말다툼을 벌였고, 그 후 그녀는 연인과 몰래 만나야만 했다.

거리에 어둠이 짙어 가고 있었다. 그녀의 무릎에 놓인 두 통의 흰 편지도 점점 희미해져 잘 보이지 않았다. 한 통은 해리에게, 또 한 통은 아버지에게 쓴 것이었다. 그녀는 어니스트를 가장 아끼고 좋아했지만 해리도 좋아했다. 아버지는 최근 들어 부쩍 늙어 가고 있었다. 그녀가 가 버리고 나면 아버진 그녀를 그리워할 것이다. 이따금 아버지가 몹시 자상할 때도 있었다. 얼마 전 그녀가 종일 아파 누워 있을 땐, 유령 이야기 책을 읽어 주기도 하고 손수 토스트를 구워 주기도 했다. 또 언젠가 어머니가 살아 계실 적에 온 식구가 하우드 언덕으로 소풍을 갔었는데, 그때 아버지는 어머니의 보닛[5]을 쓰고 모두를 웃게 만들기도 했었다.

약속 시간은 가까워지고 있었으나 그녀는 여전히 창문 커튼에 머리를 기댄 채, 먼지투성이 크레톤 냄새를 맡으며 계속 창가에 앉아 있었다. 저 멀리 거리에서 손풍금 소리가 들려왔다. 그녀가 아는 곡이었다. 이상한 일이었다. 하필이면 오늘 저녁 이 곡이 들려와 어머니와 했던 약속을, 가능한 오래도록 집안 살림을 보살피겠다는 그 약속을 상기시키다니! 병상에 계시던 어머니의 마지막 날 밤이 떠올랐다. 그때처럼 그녀는 또다시 현관 맞은편의 밀폐된 컴컴한 방에 앉아, 밖에서 들려오는 우울한 이탈리아 곡조를 듣고 있다. 그때 아버지는 풍금 연주자에게 육 펜스를 주며 꺼지라고 말한 뒤 거들먹거리며 병실로 돌아와 이렇게 말했다.

"빌어먹을 이탈리아 놈들! 여기까지 오다니!"

이렇듯 생각에 빠져들자, 결국 광기로 끝나 버린 보잘 것 없는 희생의 삶이었던, 어머니 인생의 애처로운 환영이 살아 있는 존재인 그녀에게 마법을 걸었다. 끊임없이 헛소리를 해 대던 어머니의 목소리가 다시 들려오는 듯하자 그녀는 온몸을 떨며 진저리를 쳤다.

"데레보온 세로온! 데레보온 세로온!"[6]

갑자기 공포가 몰려와 그녀는 자리에서 벌떡 일어섰다. 달아나자! 달아나야 해! 프랭크가 구해 줄 거야. 그는 그녀에게 새 삶을 주고 아마

---

5) 여자들이 쓰는 끈 달린 챙모자.
6) 오랫동안 의미 없는 말로 간주되어 왔으나, 게일 방언으로 '쾌락의 끝은 고통' 이란 뜻이라는 주장이 있다.

사랑도 줄 것이다. 그녀는 정말 살고 싶었다. 왜 그녀가 불행해져야 한단 말인가? 그녀도 행복할 권리가 있었다. 프랭크는 분명 그녀를 두 팔로 꼭 감싸 안아줄 테지. 그리고 그녀를 구해 줄 것이다.

*

그녀는 노스월 역의 북적거리는 군중들 틈에 서 있었다. 프랭크가 그녀의 손을 잡았다. 그녀는 그가 앞으로의 항해에 관해 뭔가를 계속 되풀이하고 있음을 알았다. 역은 갈색 짐꾸러미를 든 군인들로 가득 차 있었다. 그녀는 창고의 널따란 문들을 통해 안벽에 정박 중인 검은 덩어리 같은 배를 슬쩍 엿보았다. 배의 현창舷窓엔 불이 환히 켜져 있었다. 하지만 그녀는 아무 대꾸도 하지 않았다. 두 뺨에 핏기가 가시고 싸늘해지는 걸 느끼며, 혼란스런 고통 속에서 하느님께 기도를 드렸다. 자신의 길을 인도해 주시고 자신이 마땅히 해야 할 바를 알려 달라고. 안개 속에서 길고 구슬픈 뱃고동 소리가 울려 퍼졌다. 만일 이대로 떠난다면, 내일쯤 그녀는 프랭크와 함께 바다 한가운데에서 부에노스아이레스를 향해 나아가고 있으리라. 이들의 선편은 예약되어 있었다. 과연 그녀는 프랭크가 자신을 위해 마련한 모든 걸 취소할 수 있을까? 괴로움이 극에 달하자 그녀는 속까지 메슥거렸다. 그래서 소리 없이 입술을 달싹이며 미친 듯 기도를 해 댔다.

종소리가 그녀의 가슴을 파고들었다. 프랭크가 그녀의 손을 잡는 게

느껴졌다.

"자, 갑시다!"

온 세상 바다들이 그녀의 가슴에서 사정없이 요동쳤다. 프랭크가 이 바다 속으로 자신을 끌고 가는 것만 같았다. 물속에 빠뜨려 숨을 끊어 놓으려는 듯 말이다. 그녀는 두 손으로 쇠난간을 움켜쥐었다.

안 돼! 안 돼! 안 돼! 이럴 순 없어. 그녀는 더욱 맹렬히 쇠난간을 움켜쥐었고, 요동치는 바다들 가운데서 고통스런 비명을 내질렀다.

"이블린! 이비!"

프랭크가 재빨리 난간을 넘어가 그녀에게 따라오라고 소리쳤다. 사람들이 앞으로 나가라고 고함을 내질렀으나 그는 여전히 그녀를 부르고 있었다. 그녀는 마치 의지할 데 없는 동물처럼 파리한 얼굴로 힘없이 그를 쳐다보았다. 그녀의 눈빛엔 사랑한다거나 잘 가라는 표시도 없었고, 그를 알아보는 듯한 흔적도 보이지 않았다.

다 시 생 각 하 는 이블린

가난과, 마치 꼭두각시처럼 움직여야 하는 상점 직원으로서의 생활 그리고 가부장적이고 폭력적인 아버지로 인해 끝없이 쌓이는 먼지처럼 지쳐 가는 이블린.

어느 날 그녀 앞에 나타난 프랭크는 그녀에게 미지의 나라, 삶다운 삶에 대한 희망을 품게 만들었다. 선원인 그와 함께 드디어 떠날 수 있는 순간이 왔는데도 그녀를 꼼짝 못하게 만든 것은 무엇이었을까.

이미 그녀는 희망을 선택할 수 있는 힘이 마비된 상태인 것이다.

그것은 그녀의 청춘이 마비된 것을 뜻한다.

그때에 그녀에게 남아 있는 삶은 어머니로부터 물려받은 불행한 여성이라는 고리의 답습일 뿐이다.

청춘의 아름다움과 그녀 자신의 삶을 살 기회, 비록 그것이 그녀 스스로의 독자적인 발돋움이 아니라 프랭크와의 결혼이라는 의존적 행태에 근거하고 있기는 하지만, 바다 건너 다른 나라로의 탈출이 이루어지지 않은 것은, 이 단편이 실려 있는 『더블린 사람들』에서 더블린이라는 회색 도시에 발이 묶인 가혹한 운명의 희생자로서의 한 여자의 삶과 궤를 같이하고 있다.

아버지의 폭력과 어두운 현실에 의해 희생되는 것은 고단한 일상은 물론이거니와, 더 깊숙이는 판단력이나 행동력 자체를 무효화시키는 것임을 작가인 조이스는

이블린의 돌처럼 창백하고 무표정한 얼굴을 통해 알리고 싶었으리라.

한 마리 동물처럼, 보이지 않는 현실의 철책에 갇힌 채 간신히 쇠난간만을 움켜잡고 서 있는 '잿빛 포로'인 것이다.

눈 目

라빈드라나트 타고르

라빈드라나트 타고르
Rabindranath Tagore,
1861~1941

인도 콜카타 출생. 벵골 문예부흥운동을 이끌었던 아버지의 영향으로 어려서부터 시를 썼다. 16세 때 첫 시집 『들꽃』을 발표하면서 벵골의 P. B. 셸리라는 별칭을 얻었다.

초기의 작품들은 유미적 경향을 띠었으나, 가난한 농민들의 생활을 목격하면서 작풍에 현실미와 종교적 색채를 더하게 되었다. 1913년 시집 『기탄잘리』(1909)로 아시아인으로는 최초로 노벨 문학상을 받았다.

그 후 세계 각국을 순방하면서 동서 문화의 융합에 힘썼고, 캘커타 근교에 샨티니케탄(평화학당)을 창설하여 교육에 헌신하였으며, 벵골분할 반대투쟁 때에는 스와라지 운동의 이념적 지도자가 되는 등 독립운동에도 힘을 쏟았다. 1929년, 일본 방문 중 조선을 위해 「동방의 등불」이라는 시를 지어 한민족의 독립을 염원하였으며, 최남선의 부탁으로 「패자(敗者)의 노래」라는 시를 써 주기도 하였다.

시집으로 『초승달』(1913) 『정원사』(1913), 희곡에 『암실의 왕』(1910) 『우체국』(1911), 소설에 『고라』(1924) 등이 있다.

옮긴이 김세미

이화여자대학교 정치외교학과를 졸업했고 『미트포드 이야기』 『죽음 앞의 교훈』 『크리스마스 캐럴』 『지킬 박사와 하이드』 등을 우리 말로 옮겼다. 번역 오류 지적을 비롯해 전하고 싶은 말이 있는 독자와는 samiam@hanmail.net으로 교감할 수 있기를 바라고 있다.

1

아주 어린 신부였을 적에 나는 아기를 사산하면서 거의 죽을 뻔한 고비를 넘겼다. 체력은 아주 더디게 회복되었고, 내 시력은 점점 약해져 갔다.

내 남편은 당시 의학을 공부하고 있었다. 의학적인 지식을 나에게 시험할 기회가 생겨서인지 그는 전적으로 슬퍼하지만은 않았다. 그러고는 직접 내 눈을 치료하기 시작했다.

오빠는 법률가 시험을 보려고 공부를 하고 있었다. 어느 날 오빠는 나를 만나러 왔다가 내 상태에 깜짝 놀랐다.

"뭘 하고 있는 건가?" 오빠는 남편에게 말했다. "쿠모의 눈을 자네가 망가뜨리고 있어. 당장 훌륭한 의사에게 진찰을 받아야 해."

남편은 화를 내며 말했다. "뭐라고요? 훌륭한 의사라고 해서 나보다 뭘 더 할 수 있다는 겁니까? 이건 꽤 간단한 병이라 치료법이 잘 알려져 있다고요."

오빠는 멸시를 담아 대꾸했다. "자네는 자네가 다니는 의대 교수나 자네나 별 차이가 없다고 생각하는가 보군."

남편이 성이 나서 대답했다. "처남이라면 만약 결혼을 해서 처남댁의 재산 때문에 분쟁이 생긴다면 법에 관해 제 조언을 듣겠습니까? 그런데 왜 지금 의학에 대해 조언을 하려고 나서는 겁니까?"

남편과 오빠가 말다툼을 하는 동안 나는 고래 싸움에 터지는 건 늘 새우 등이라고 마음속으로 혼잣말을 했다. 논쟁은 그 둘이 벌이지만, 거기서 타격을 입는 건 나였다.

또 친정 가족들이 나를 출가시켜 놓고 그 후로도 참견하는 것은 몹시 부당하다는 생각이 들었다. 어쨌든 내 기쁨과 고통은 내 남편의 관심사이지, 그들이 관여할 바가 아니지 않은가.

그날로부터 내 눈이라는 하찮은 문제 때문에 남편과 오빠의 사이가 상하고야 말았다.

놀랍게도 어느 날 오후 남편이 집을 비웠을 때 오빠가 의사를 데려와 나를 진찰하게 했다. 의사는 내 눈을 세심하게 검사하더니 심각한 얼굴이 되었다. 그는 계속 방치하면 위험해질 수 있다고 말했다. 의사가 처방전을 써 주었고, 오빠는 당장 약을 구해 오게 했다. 낯선 의사가 떠나자 나는 오빠에게 참견하지 말아 달라고 애원했다. 의사의 비밀스러운 왕진에서 좋은 결과가 나올 턱이 없다고 나는 확신했다.

오빠에게 그렇게 말할 용기를 끄집어낼 수 있다니 나는 나 자신에게 깜짝 놀랐다. 여태까지 나는 늘 오빠를 두려워했다. 분명히 오빠도 내 대담함에 놀랐을 것이다. 그는 잠시 침묵을 지키다가 이윽고 나에게 말했다. "알았다, 쿠모. 의사는 이제 데려오지 않을게. 하지만 약이 오면 약은 꼭 먹도록 해."

오빠는 떠났다. 약사에게서 약이 왔다. 나는 약병들이며 가루약이며 처방전이며 할 것 없이 죄다 움켜쥐어 우물에 처넣었다!

남편은 오빠의 간섭으로 화가 났기 때문에 내 눈을 한층 더 열심히 치료하기 시작했다. 그는 온갖 치료법을 시도했다. 나는 남편이 시키는 대로 눈에 붕대를 감기도 하고, 색이 들어간 남편의 안경을 쓰기도 했으며, 남편의 안약을 눈에 넣기도 하고, 남편이 준 가루약을 전부 먹었다. 목구멍이 반란을 일으키려 하긴 했지만 심지어 남편이 나에게 준 간유까지 마셨다.

병원에서 돌아올 때마다 남편은 걱정스러운 듯이 내 상태가 어떤지 묻곤 했고, 나는 "아, 훨씬 좋아졌어요."라고 대답하곤 했다. 실제로 나는 자기 기만의 달인이 되었다. 눈의 분비액이 한층 많아지면 나쁜 액체가 그만큼 많이 없어지니 좋은 일이라고 자위했고, 분비액이 덜 나오면 남편의 솜씨에 내가 의기양양해졌다.

그러나 얼마간 시간이 지나자 통증이 참을 수 없을 정도로 심해졌다. 내 시력은 차츰 사라졌고, 밤낮으로 계속 두통에 시달렸다. 나는 남편이 얼마나 불안해 하는지 알 수 있었다. 남편의 태도로 볼 때 그가 의사의 왕진을 부탁할 구실을 찾고 있다는 것을 짐작할 수 있었다. 그래서 나는 남편에게 의사를 부르는 편이 좋지 않겠냐고 넌지시 말했다.

그 말에 남편이 몹시 안도하는 것을 알아차릴 수 있었다. 그는 바로 그날 영국인 의사를 불렀다. 그들이 어떤 이야기를 했는지는 모르지만 그 백인 의사가 남편에게 심한 말을 했다는 것은 짐작할 수 있었다.

의사가 간 후에도 남편은 한참 동안 아무 말도 하지 않았다. 나는 남편의 손을 꼭 잡고 말했다. "정말이지 예의라곤 전혀 모르는 금수 같은 사람이로군요! 인도 의사를 부르지 그랬어요. 그게 훨씬 나을 뻔했어요. 그 사람이 당신보다 제 눈을 잘 안다고 생각하시는 건 아니겠죠?"

남편은 한동안 침묵을 지키다 잠긴 목소리로 말했다. "쿠모, 당신은 눈 수술을 받아야만 하오."

나는 그 사실을 내게 그렇게 오랫동안 숨긴 것에 화를 내는 척했다.

"당신은 그걸 알고 있으면서도 저에게 아무 말도 하지 않으셨군요!" 내가 말했다. "제가 수술을 무서워하는 어린애라도 된다고 생각하시는 건가요?"

그 말에 남편은 다시 기운을 찾았다. 그가 말했다. "겁을 내지 않고 수술을 기다릴 수 있을 만큼 용감한 사람은 남자 중에도 정말 드물다고."

나는 코웃음을 쳤다. "그래요. 그럴 거예요. 남자들이란 자기 아내 앞에서만 용감하죠!"

남편은 심각한 눈으로 나를 보더니 말했다. "당신 말이 전적으로 옳소. 우리 남자들은 허영심만 강하지."

나는 남편의 심각함을 웃어 넘겼다. "허영심에서라도 남자들이 우리 여자들을 이길 수 있다고 정말 확신해요?"

오빠가 왔을 때 나는 그를 한쪽으로 데려갔다. "오빠, 오빠가 모셔 왔던 의사가 권한 치료는 저에게 굉장히 도움이 되었을 거예요. 다만 운이 나빴어요. 제가 그 혼합 물약을 로션으로 착각했지 뭐예요. 그래서 그만 처음부터 실수를 저질렀고, 제 눈이 계속 나빠지더니 이제 수술이 필요하게 되었어요."

오빠가 나에게 말했다. "너는 네 남편의 치료를 받고 있었잖니. 그것 때문에 내가 너를 만나러 오지 않기로 했고."

"아니에요." 내가 대답했다. "실은 오빠가 모셔 왔던 의사가 지시했던 대로 몰래 저 혼자서 치료했답니다."

아! 우리 여자들은 얼마나 거짓말을 해야 하는지! 어머니가 되면 아이들을 달래기 위해 거짓말을 하고, 아내가 되면 아이들의 아버지를 달래기 위해 거짓말을 한다. 우리는 이런 숙명에서 결코 벗어날 수 없다.

내 속임수는 남편과 오빠 사이에 한층 호의적인 감정을 가져오는 효과를 낳았다. 오빠는 남편에게 비밀을 가지라고 나에게 요구했다며 자신을 책망했고, 남편은 처남의 조언을 처음부터 받아들이지 않은 것을 후회했다.

마침내 둘 모두의 동의 아래 영국인 의사가 와서 내 왼쪽 눈을 수술했다. 그러나 그 눈은 큰 부담을 견디기에는 너무 약했고 깜박이던 마지막 빛줄기마저 꺼져 버렸다. 그러더니 다른 쪽 눈도 점차 어두움에 잠겨 보이지 않게 되었다.

어느 날 남편이 내 침대 곁으로 왔다. "더 이상 당신 앞에서 뻔뻔스럽게 굴 수가 없을 것 같소." 그가 말했다. "쿠모, 당신의 눈을 망가뜨린 것은 바로 나요."

그가 눈물로 목이 멘 것을 느낄 수 있었기 때문에 나는 양손으로 그의 오른손을 꼭 잡고 말했다. "왜요. 당신은 그저 옳은 일을 하셨어요. 당신의 것에 손을 댔을 뿐이에요. 생각해 보세요. 낯모르는 의사가 와서 제 시력을 앗아 갔다고 생각해 보세요. 그러면 제가 무슨 위안을 찾을 수 있겠어요? 하지만 결국 모든 게 가장 좋은 방향으로 되었다는 걸 전 이제 느낄 수 있어요. 당신 손에 제 눈을 잃었다는 걸 알게 돼서 얼마나 위안이 되는지 몰라요. 람찬드라가 신을 경배하기에는 모자라게 연꽃을 한 송이밖에 찾지 못했을 때 그는 자신의 눈을 연꽃을 놓을 자리에 바쳤지요. 저는 제 눈을 신께 바치기 싫어요. 이제부터 당신의 마음에 기쁨을 가져다주는 것을 보거든 늘 그걸 저에게 설명해 주세요. 당신 눈에 비친 것에서 마지막 신성한 선물인 당신의 말로 저는 살아가겠어요."

물론 나는 그 자리에서 작정하고 그런 말을 한 것이 아니었다. 즉석에서 이런 것들을 이야기하기란 불가능하기 때문이다. 나는 며칠이고 계속해서 쉬지 않고 이런 말을 생각하곤 했다. 그리고 몹시 의기소침해지거나 헌신적인 사랑의 빛이 어둠침침해지고 불운한 내 운명이 불쌍해지면 나는 어린애들이 들은 이야기를 되풀이하듯이 내 마음으로 하여금 이런 문장들을 하나씩 소리 내어 말하게 했다. 그렇게 하면 평화와 사랑의 평온한 공기를 다시 한 번 호흡할 수 있었다.

함께 이야기를 나누던 바로 그때 나는 남편에게 내 마음속에 있던 것들을 충분히 털어놓았다.

"쿠모." 그가 나에게 말했다. "내 어리석은 생각으로 저지른 해악은 어떻게 해도 미화될 수 없을 거요. 하지만 난 한 가지 일은 할 수 있소. 나는 언제까지나 당신 곁에 머무를 거요. 그리고 사라진 당신 시력을 내 힘이 닿는 한 보상할 거요."

"아니에요." 내가 말했다. "절대로 그렇게 하시면 안 돼요. 저는 결코 당신의 집을 맹인 병원으로 바꾸도록 청하지 않을 거예요. 당신이 하셔야 할 일은 한 가지 뿐이에요. 당신은 다시 결혼을 하셔야 해요."

이것이 꼭 필요한 이유를 남편에게 설명하려 애쓰면서 내 목소리가 조금 잠겼다. 나는 기침을 해서 내 감정을 숨기려고 노력했지만 그가 갑자기 말을 꺼냈다.

"쿠모, 나는 내가 바보에 허풍선이 등등이라는 걸 알고 있소. 하지만 난 악당은 아니오! 만약이라도 내가 다시 결혼을 한다면, 당신에게 맹세하겠지만—우리 가문의 신인 고피나스에 걸고 가장 엄숙하게 당신에게 맹세하건대—모든 죄악 가운데 가장 흉악한, 부모를 살해하는 죄악이 내 머리 위에 떨어질 거요!"

아! 절대로, 절대로 남편에게 그렇게 무서운 맹세를 하게 해서는 안 되는 것이었는데. 그렇지만 눈물에 목이 잠겨 목소리가 나오지 않은 데다, 참을 수 없는 기쁨에 한 마디 말도 할 수 없었다. 나는 장님이 된 얼굴을 베개에 감추고 울고, 또 울었다. 마침내 비 오듯 쏟아지던 눈물이 멈추자 나는 그의 머리를 끌어당겨 내 가슴에 안았다.

"아, 왜 그렇게 끔찍한 맹세를 하셨어요?" 내가 말했다. "당신 혼자만의 쾌락을 위해 다시 결혼을 하시라고 제가 청했다고 생각하세요? 아니에요! 저는 제 자신을 생각하고 있었어요. 그녀라면 제가 시력이 있었을 때 당신을 위해 해 드리곤 했던 제 몫의 봉사를 할 수 있을 테니까요."

"봉사라고!" 그가 말했다. "봉사라니! 그런 건 하인들도 할 수 있소. 내가 노예를 집에 들여 여기 있는 내 여신과 왕좌를 나누게 할 만큼 제정신이 아니라고 생각하는 거요?"

그는 '여신'이라는 말을 하면서 내 얼굴을 양손으로 잡고 눈썹 사이에 키스를 했다. 바로 그 순간 신성한 지혜를 가진 제3의 눈이 그가 키스한 곳에 열렸고 진실로 나는 정화되었다.

나는 마음속으로 말했다. '좋아. 이제 집안일 같은 지상의 일로는 그

에게 도움이 될 수 없어. 하지만 나는 더 높은 곳으로 오를 거야. 난 하늘의 축복을 가져오겠어. 더 이상 거짓말은 하지 않을 거야! 더 이상 나를 기만하지 않을 거야! 이제까지 내가 살았던 삶에 존재했던 모든 옹졸함과 위선은 영원히 떨쳐 버릴 거야!'

그날 나는 온종일 내 안에서 충돌이 계속되는 것을 느낄 수 있었다.

이런 엄숙한 맹세를 한 다음 남편이 다시 결혼하는 건 불가능하다는 생각에서 비롯된 기쁨이 내 마음에 깊이 뿌리를 내렸고 나는 그것을 뽑아낼 수 없었다. 하지만 내 안에서 왕좌를 새로 차지한 새로운 여신이 말했다. "네 남편이 맹세를 깨뜨리고 다시 결혼하는 것이 좋을 때가 올 거야." 그러나 내 안의 여자는 말했다. "그럴지도 몰라요. 하지만 그래도 맹세는 맹세예요. 그 맹세를 벗어날 방법은 없어요." 내 안에 있는 여신이 대답했다. "그건 네가 의기양양해 할 이유가 되지 못해." 그러나 내 안에 있는 여자가 대꾸했다. "당신이 말씀하시는 건 사실이에요. 물론 그렇죠. 그래도 그는 맹세를 했어요." 같은 이야기가 몇 번이고 반복되었다. 마침내 여신은 아무 말도 하지 않고 눈살을 찌푸렸고 무서운 불안의 어둠이 나에게 내려앉았다.

회개를 하고 싶은 남편은 하인들이 내 일을 하게 두지 않았다. 모든 일을 그가 직접 해야 했다. 처음에는 아무리 사소한 것이라도 매사에 그에게 의존하는 것이 나에게 무한한 기쁨을 주었다. 그것은 그를 내 옆에 계속 두기 위한 수단이었고, 눈이 먼 이래 그를 내 곁에 두고 싶은 욕구는 강렬해졌다. 잃어버린 그의 존재감을 내 다른 감각들이 갈망했다. 그가 내 곁에 있지 않을 때면 나는 공중에 매달린 듯했고, 실재하는 모든 것들과 멀어진 느낌이 들곤 했다.

전에는 남편이 병원에서 늦게 돌아올 때면 나는 창문을 열고 길을 주시하곤 했다. 그 길은 남편의 세상과 내 세상을 연결하는 고리였다. 이제 눈이 멀어 그 고리를 잃게 되니 내 몸 전체가 그를 찾으러 나가곤 했다. 우리를 결합시켰던 다리가 무너졌고, 이제는 가장 넓은 틈만 남았다. 그가 내 곁을 떠나면 그 심연이 크게 입을 벌리는 것 같았다. 나는 그가 자신이 있는 기슭에서 내가 있는 쪽으로 건너 돌아올 때만 기다릴 수밖에 없었다.

그러나 그렇게 격렬한 갈망과 전적인 의존은 결코 좋은 결과를 낳을 수 없다. 아내란 그 자체로 남편에게 부담이 되는데, 더욱이 장님이라는 부담까지 도의상 져야 한다면 그의 인생은 참을 수 없는 것이 될 터였다. 나는 혼자서 견뎌야지, 결코 나를 지배하는 어둠의 타래로 남편을 칭칭 감진 않겠다고 맹세했다.

믿을 수 없을 정도로 짧은 시간 안에 나는 감촉과 소리와 냄새의 도움을 받아 집안일들을 모두 해낼 수 있을 정도로 단련되었다. 사실 나는 전보다 훨씬 잘해 낼 수 있다는 것을 곧 알게 되었다. 때로는 시력이 우리를 돕기보다 주의를 흐트러뜨리기 때문이다. 마찬가지로 산만하게 움직이던 내 눈이 더 이상 제 역할을 하지 못하게 되자 다른 모든 감각들이 조용하면서도 완전하게 눈이 하던 일들의 뒤를 이었다.

부단한 연습으로 경험을 쌓게 되자 나는 남편이 계속 집안일을 하게 두지 않았다. 처음에 남편은 속죄의 고행을 하지 못하게 한다며 쓸쓸하게 한탄했다.

그러나 나는 넘어가지 않았다. 입으로 무슨 말을 하든 간에 이런 집 안일이 끝났다는 데 대해 그가 진정으로 안도하는 것을 나는 느낄 수 있었다. 눈이 먼 아내의 시중을 매일 든다는 것은 결코 한 남자의 삶을 완전하게 할 수 없는 법이다.

2

남편은 마침내 의학 공부를 마쳤다. 그는 의사로 수련을 쌓기 위해 캘커타를 떠나 작은 읍으로 갔다. 그 시골에서 나는 눈이 멀었음에도 불구하고 기쁘게도 어머니의 팔에 다시 안긴 느낌을 받았다. 나는 여덟 살 때 내가 태어난 고향 마을을 떠나 캘커타로 갔다. 그때로부터 십 년이 흘렀고, 대도시에서 내 고향 마을에 대한 기억은 희미해졌다. 내게 시력이 있었던 동안에는 눈코 뜰 새 없이 바쁜 캘커타 생활 때문에 어린 시절의 추억을 떠올릴 수 없었다. 하지만 시력을 잃게 되자 캘커타는 눈을 미혹시켰을 뿐이지, 마음을 채우지 못했다는 걸 처음으로 알수 있었다. 이제 앞이 보이지 않으니 유년 시절의 장면들이 하루가 끝날 무렵 저녁 하늘에 하나씩 나타나는 별처럼 다시 한 번 반짝이며 빛을 발했다.

우리가 캘커타를 떠나 하싱푸르로 간 것은 11월 초였다. 처음으로 가는 곳이었지만 시골의 냄새와 소리가 나에게로 몰려들었다. 막 쟁기질을 해서 뒤엎은 땅에서 불어오는 상쾌한 아침의 산들바람과 꽃을 피운 겨자의 달콤하고 섬세한 향기, 그리고 멀리서 들려오는 목동의 피리 소리와 달구지가 무거운 짐을 싣고 울퉁불퉁한 시골길을 오르며 삐걱거리는 소리조차 내 세상을 기쁨으로 가득 채웠다. 말로 표현할 수 없는 향기와 소리를 가진 지난 삶의 기억이 생생하게 내 앞에 펼쳐졌다. 눈은 보이지 않았지만 나는 틀리지 않았다. 나는 과거로 다시 돌아가 어린 시절의 추억에 잠겼다. 한 가지만 빠져 있었다. 어머니가 나와 함께 계시지 않았다.

나는 커다란 인도보리수나무들이 마을 연못의 가장자리를 따라 자라는 광경과 함께 우리 집을 떠올릴 수 있었다. 그리고 마음의 눈으로 나이 많은 할머니가 숱이 적은 머리를 묶지 않은 채 바닥에 앉아 등에 햇볕을 쬐면서 요리를 하는 데 쓸 렌즈콩 경단을 만드는 모습을 그릴 수 있었다. 하지만 어째서인지 할머니가 가냘프고 떨리는 목소리로 혼자서 낮게 흥얼거리던 노래들은 떠올릴 수 없었다. 저녁에 소들이 음매하고 우는 소리가 들리면 항상 불을 붙인 램프를 손에 들고 가축우리를 빙 돌아가던 어머니의 모습을 볼 수 있었다. 축축한 꼴 냄새와 짚불의 매캐한 연기가 내 마음속에 들어오곤 했다. 강둑에서 불어오는 산들바람에 실려 사원의 종소리가 멀리서 들려오는 듯했다.

소란스럽고 온갖 소문이 난무하는 캘커타는 마음을 불쾌하게 만든다. 거기서는 삶의 모든 아름다운 의무들이 신선미와 순결함을 잃는다. 어느 날 한 친구가 나를 찾아와 이런 말을 했던 기억이 난다. "쿠모, 왜 화를 내지 않는 거야? 내 남편에게 당신과 같은 취급을 받는다면 난 다시는 남편의 얼굴을 보지 않을 거야."

그녀는 나를 분개하게 만들려고 했다. 내 남편이 그렇게 늦게야 의사를 불렀다는 이유에서였다.

"내 눈이 먼 것은 그거 하나만으로도 충분히 나쁜 일이에요." 내가 말했다. "남편에 대한 증오심을 키워 봤자 상황이 악화되기밖에 더하겠어요?"

겨우 건방진 계집아이에 불과한 젊은 여자의 입에서 그런 구식 이야기를 들은 친구는 대단히 경멸스럽다는 듯 고개를 흔들었다. 그녀는 나를 업신여기며 가 버렸다. 그러나 그때 내 대답이 어떤 것이었건 간에 그녀의 이런 말은 해로운 독을 남겼다. 그리고 일단 말을 한 번 내뱉으면 그 악의는 결코 영혼에서 완전히 사라지지 않았다.

그러니 소문이 끊이지 않는 캘커타는 정말이지 사람의 마음을 심란하게 만드는 곳이다. 그렇지만 시골로 돌아오자 예전에 가졌던 희망과 믿음들, 어린 시절에 진실되게 품었던 모든 것들이 다시 새롭고 선명해졌다. 신이 나에게 와서 내 마음과 내 세상을 가득 채웠다. 나는 그에게 머리를 조아리고 말했다.

"당신께서 제 눈을 가져가셨으니 다행입니다. 당신께서 저와 함께 계십니다."

아! 그러나 나는 정확한 사실 이상의 것을 말했다. "당신께서 저와 함께 계십니다."라고 말하는 것은 추측이었다. 우리가 말할 수 있는 것은 "저는 당신께 충실하겠습니다." 정도이다. 우리에게 아무것도 남아 있지 않을 때에도 우리는 계속 살아가야 하는 법이다.

3

우리는 함께 몇 달을 행복하게 보냈다. 남편은 의사로 어느 정도 명성을 얻었다. 그리고 돈이 그 명성에 따라왔다.

그러나 돈에는 해악이 있다. 어느 특정한 사건을 딱 집을 수는 없지만 맹인들에게는 다른 사람들보다 예리한 직관이 있기 때문에 나는 재산이 늘어나면서 내 남편에게 생긴 변화를 깨달을 수 있었다.

더 젊었을 때 그는 강한 정의감을 가지고 있어서 의사로 개업을 하게 되면 가난한 사람들을 돕겠다는 열망을 이따금 나에게 이야기하곤 했다. 그는 진료비를 받기 전에는 가난한 환자의 맥조차 짚지 않으려 하는 동료 의사들을 고결하게 경멸했다. 하지만 이제 나는 달라진 점이 있다는 것을 알아차렸다. 그는 이상할 정도로 쌀쌀맞게 변했다. 언젠가 가난한 여인이 와서 하나뿐인 자식의 목숨을 가엾게 여겨 구해 달라고 애원했을 때도 그는 퉁명스럽게 거절했다. 내가 그녀에게 합세해서 간청을 하자 그제서야 그는 마지못한 듯이 진찰을 했다.

우리가 덜 부유했을 때 남편은 돈 문제에 예민하게 구는 것을 싫어했다. 그는 그런 일에 양심적으로 고결했다. 하지만 은행에 거액을 예치한 계좌를 갖게 된 이후로는 지주의 대리인인 건달과 분명히 좋을 것이 없는 의도로 몇 시간이고 밀담을 나누곤 했다.

그는 어디로 가 버린 것일까? 나의 남편—눈이 멀기 전에 내가 알았던 내 남편, 내 눈썹 사이에 키스를 하고 여신의 왕좌에 나를 올렸던 내 남편—은 어떤 사람이 되어 버린 것일까? 갑작스런 계기로 열정이 티끌만 하게 줄어든 사람은 여신의 새롭고 강력한 자극이 있으면 다시 일어날 수 있다. 그러나 나날이 도덕적인 힘 자체가 고갈되어 가는 사람들, 외부의 기생충이 성장해서 조금씩 영적인 생활에 점차 방해를 받는 사람들은 어떻게 될까? 그런 불쌍한 사람들에게는 어느 날 전혀 치유될 수 없는 죽음만이 남을 뿐이다.

눈이 보이지 않아서 생기는 간격은 그저 물리적인 하찮은 문제이다. 그러나, 아! 내가 눈이 멀었다는 것을 알게 되었던 그때에 그가 나와 함께 있었던 곳에 그는 더 이상 나와 같이 있지 않다는 것을 알게 되자 나는 숨이 막혔다. 그것이야말로 진짜 간격이다!

새로워진 사랑과 꺾이지 않은 믿음을 가진 나는 마음속에 있는 내면의 성소를 벗어나지 않았다. 그러나 내 남편은 영원하고 빛이 바래지 않는 그런 것들에 다소 냉담해졌다. 그는 빠르게 불모지, 황금에 대한 애타는 갈망으로 메마른 황무지로 사라지고 있었다.

가끔 상황이 보이는 것만큼 나쁘지는 않다는, 어쩌면 내가 앞이 보이지 않기 때문에 너무 과장하고 있는지도 모른다는 느낌이 들 때도 있다. 만일 내 시력이 손상되지 않았다면 나는 보이는 대로 세상을 받아들였을 것이다. 어쨌든 적어도 남편은 내 기분과 몽상을 그렇게 보았다.

어느 날 늙은 이슬람교도 한 명이 집에 찾아왔다. 그는 남편에게 어린 손녀를 왕진해 달라고 청했다. 그 노인이 말하는 것이 들렸다. "선생님, 저는 가난한 사람입니다. 하지만 저와 함께 가 주세요. 그러면 알라께서 선생님께 복을 내리실 겁니다."

남편은 냉담하게 대꾸했다. "알라의 복으로는 문제가 해결되지 않지. 나는 댁이 나에게 뭘 해 줄 수 있는지 알고 싶소."

그 말을 들었을 때 나는 신께서 나를 장님으로 만드셨듯이 귀머거리로도 만드셨으면 좋았을 거라고 생각했다. 노인은 깊은 한숨을 내쉬고 떠났다. 나는 하녀를 보내 노인을 내 방에 불러오게 했다. 그리고 안채의 문가에서 그를 맞아 약간의 돈을 그의 손에 쥐어 주었다.

"할아버지 손녀를 위해 이 돈을 가져가세요." 내가 말했다. "가서 믿을 만한 의사를 구해서 손녀딸을 돌보게 하세요. 그리고 제 남편을 위해 기도해 주세요."

하지만 그날 내내 나는 아무것도 먹을 수 없었다. 오후에 낮잠을 자고 일어난 남편이 나에게 물었다. "당신 얼굴이 왜 그렇게 창백하지?"

나는 과거에 그랬듯이 "오! 아무것도 아니에요."라고 막 대답을 하려다 솔직하게 말하기로 했다. 이제 기만의 날들은 끝났다.

"당신에게 어떤 말을 해야 될지 며칠이나 망설이고 있었어요." 나는 말했다. "제가 하고 싶은 말이 정확히 어떤 것인지 궁리하기가 쉽지 않았거든요. 지금도 제 마음속에 있는 말을 잘 설명할 수 없을지도 몰라요. 하지만 당신은 무슨 일이 일어났는지 잘 알고 계시리라 생각해요. 우리의 관계는 소원해졌어요."

남편은 어색하게 웃더니 말했다. "바뀌는 것은 자연의 법칙이요."

나는 그에게 말했다. "저도 알아요. 하지만 영원한 것들도 있지요."

그러자 그의 표정이 딱딱해졌다.

"세상에는 정말로 슬퍼할 이유를 가진 여자들이 많소." 그가 말했다. "돈을 벌어오지 않는 남편들도 있다고. 남편에게 사랑을 받지 못하는 여자들도 있지. 그런데 당신은 아무것도 아닌 걸로 자신을 비참하게 만들고 있소."

그때 내가 장님인 덕분에 모든 변화를 넘어서는 세계를 볼 수 있는 힘을 부여받았다는 사실이 분명해졌다. 그렇다! 그것은 사실이다.

나는 다른 여자들과 다르다. 그리고 내 남편은 결코 나를 이해할 수 없을 것이다.

4

우리 둘의 삶은 한동안 지루한 일상을 따라 흘러갔다. 그러다 단조로운 생활에 변환점이 찾아왔다. 남편의 숙모가 우리를 방문한 것이다.

첫인사를 마치자마자 그녀는 불쑥 이런 말을 꺼냈다.

"그래, 쿠모, 네가 앞을 보지 못하게 된 건 정말 안됐구나. 그렇지만 너의 괴로움을 왜 네 남편에게 강요하는 거니? 당연히 네 남편에게 다른 아내를 얻어 줘야지."

어색한 침묵이 흘렀다. 남편이 뭐든 농담을 던지거나 숙모의 면전에서 대놓고 면박을 줬다면 모든 상황이 끝났을 것이다. 그렇지만 그는 말을 더듬으며 망설이다가 마침내 안절부절못하면서 칠칠치 못한 어조로 말했다. "숙모님은 정말 그렇게 생각하세요? 숙모님, 정말이지 그렇게 말씀하시면 안 되죠."

숙모는 나에게 항의했다. "쿠모, 내가 틀렸니?"

나는 공허하게 웃었다.

"더 적당한 사람에게 묻는 게 좋지 않겠어요? 소매치기가 주머니를 털려고 하는 사람에게 허락을 구하지는 않잖아요." 내가 말했다.

"네 말이 정말 옳아." 그녀는 차분하게 대꾸했다. "아비나시, 얘야, 우리 조용히 이야기 좀 나누자꾸나. 어때?"

며칠 후 남편은 내가 있는 자리에서 내 집안일을 도울 점잖은 가문의 아가씨를 아는지 그녀에게 물었다. 그는 나에게 아무런 도움도 필요하지 않다는 걸 잘 알고 있었다. 나는 침묵을 지켰다.

"오! 물론 많이 있지." 그의 숙모가 대답했다. "내 사촌에게 막 결혼할 나이가 된 딸이 있는데 정말 훌륭한 아가씨란다. 그 애의 가족들은 너를 사위로 볼 수 있다면 몹시 기꺼워할 거야."

그는 다시 그 어색하게 머뭇거리는 웃음소리를 내더니 말했다.

"하지만 결혼이라는 말은 하지 않았어요."

"점잖은 가문의 아가씨가 어떻게 결혼도 하지 않고 네 집에 살러 올 수 있을 거라고 생각하니?" 그의 숙모가 물었다.

그는 이 말이 합당하다는 것을 인정하지 않을 수 없었고, 쭈뼛거리며 침묵을 지켰다.

그가 떠난 후 나는 보이지 않는 눈이라는 닫힌 문 뒤에서 나의 신을 부르며 기도했다. "오, 신이여, 제 남편을 구원하소서."

며칠 후 집 안의 성소에서 아침 예배를 마친 후 내가 나왔을 때 숙모는 내 양손을 따뜻하게 잡았다.

"쿠모, 우리가 지난번에 이야기했던 아가씨가 이 아이란다." 그녀가 말했다. "이름은 헤만기니야. 이 아이도 너를 만나게 되어 기쁠 거야. 헤모, 이리 와서 네 자매에게 소개를 하거라."

바로 그 순간 남편이 방으로 들어왔다. 그는 낯선 아가씨를 보고 놀라는 척하면서 방을 나가려고 했다. 그러나 그의 숙모가 말했다. "아비나시, 얘야, 왜 도망가는 거니? 그럴 필요 없단다. 여기 내 오촌 조카인 헤만기니가 너를 만나러 왔구나. 헤모, 그에게 인사를 하렴."

의외의 일에 놀란 것처럼 그는 숙모의 재방문에 대해 언제, 왜, 어떻게 따위의 질문을 퍼붓기 시작했다.

그 모든 일이 공허했기 때문에 나는 헤만기니의 손을 잡고 내 방으로 그녀를 이끌었다. 나는 그녀의 얼굴과 팔과 머리칼을 부드럽게 어루만졌고, 그녀가 열다섯 살가량 되었으며 굉장히 아름답다는 걸 알게 되었다.

내가 그녀의 얼굴을 더듬자 그녀는 갑자기 까르르 웃음을 터뜨렸다. "어머나! 뭘 하시는 거예요? 저에게 최면을 거시는 건가요?"

감미롭게 울리는 그녀의 웃음소리는 우리 사이에 존재하던 어두운 구름을 한순간에 일소했다. 나는 오른팔로 그녀의 목을 껴안았다.

"귀여운 아가씨." 내가 말했다. "난 지금 아가씨를 보려고 노력하는 거예요." 나는 다시 그녀의 부드러운 얼굴을 내 왼손으로 어루만졌다.

"저를 보려고 노력한다고요?" 그녀가 다시금 웃음을 터뜨리며 말했다. "제가 언니의 정원에서 자라는 호박 같은가요? 그래서 제가 얼마나 말랑말랑한지 보려고 저를 전부 더듬는 거예요?"

내가 시력을 잃었다는 것을 그녀가 모른다는 게 갑자기 생각났다.

"자매여, 나는 눈이 보이지 않아요." 내가 말했다.

그녀는 침묵했다. 나는 그녀의 크고 여린 눈이 호기심으로 가득 차서 내 얼굴을 응시하는 것을 느낄 수 있었다. 그 눈에 동정이 넘치는 것을 알 수 있었다. 동시에 생각에 잠겼던 그녀는 당혹스러워 했고, 잠시 멈췄다가 말했다.

"아! 이제 알겠어요. 그래서 언니 남편이 여기 와서 계시라고 아주머니를 초대하셨군요."

"아니에요!" 내가 대답했다. "아가씨는 크게 오해하고 있어요. 남편은 그분을 오시라고 청하지 않았답니다. 그분은 자청해서 오셨어요."

헤만기니는 웃음을 터뜨렸다. "그건 저희 아주머니랑 똑같네요." 그녀가 말했다. "초대도 받지 않고 오시다니 고맙지 않으세요? 하지만 이제 그분이 오신 이상 한동안 움직이시게 할 수 없을걸요. 틀림없어요!"

그러고 나서 그녀는 잠시 말을 멈췄고, 어리둥절한 것처럼 보였다.

"그런데 아버지는 왜 저를 보냈을까요?" 그녀가 말했다. "언니는 이유를 알아요?"

우리가 이야기하고 있는 사이에 숙모가 방으로 들어왔다. 헤만기니가 그녀에게 말했다. "아주머님, 언제 돌아갈 생각이세요?"

숙모는 굉장히 못마땅한 것처럼 보였다.

"무슨 그런 질문이 다 있니!" 그녀가 말했다. "나는 너처럼 안달복달하는 아이를 본 적이 없구나. 이제 막 왔는데 언제 돌아가냐고 묻다니!"

"아주머님은 언제까지든 머무르셔도 괜찮겠지요." 헤만기니가 말했다. "이 집은 아주머님이랑 가까운 친척의 집이니까요. 하지만 저는요? 솔직히 저는 여기서 계속 머무를 순 없다고요." 그러더니 그녀는 내 손을 잡고 말했다. "언니, 언니는 어떻게 생각하세요?"

나는 그녀를 내 심장께로 끌어당겼지만 아무런 말도 하지 않았다. 숙모는 큰 곤경에 빠졌다. 그녀는 상황이 자신의 마음대로 되어 가지 않는다는 생각이 들었다. 그래서 조카딸에게 같이 목욕을 하러 가야 한다고 말했다.

"싫어요! 우리 둘이 같이 갈 거예요." 헤만기니가 나를 껴안으며 말했다. 숙모는 떼어 놓으려 했다가는 반항에 부딪힐까 봐 양보했다.

강으로 내려가면서 헤만기니가 나에게 물었다. "왜 언니는 아이를 갖지 않으세요?"

나는 그녀의 질문에 깜짝 놀라 대답했다. "내가 어떻게 알겠어요? 신께서 아기를 한 명도 주지 않으셨답니다. 그게 이유예요."

"아니에요. 그건 이유가 아니에요." 헤만기니가 재빨리 말했다. "언니는 뭔가 죄를 저지른 게 틀림없어요. 아주머니를 보세요. 아주머니는 아이가 없으시죠. 그건 아주머니의 마음에 나쁜 구석이 있기 때문일 거예요. 언니의 마음에는 어떤 나쁜 구석이 있나요?"

그 말은 나를 상처 입혔다. 나는 악함이라는 문제에 제시할 해결책이 없었다. 나는 깊은 한숨을 쉬고 영혼의 침묵 속에서 말했다. "신이여! 당신은 이유를 아시겠지요."

"어머나! 어떡해요." 헤만기니가 놀라서 소리 질렀다. "왜 한숨을 쉬세요? 아무도 제 말은 진지하게 받아들이지 않는다구요."

그녀의 웃음소리가 강 맞은편까지 울렸다.

5

이 일이 있은 후 나는 남편이 툭하면 진료를 멈춘다는 것을 알게 되었다. 그는 멀리서 오는 왕진 요청을 모두 거절하고 지척에 사는 환자에게 왕진을 갔다가도 서둘러 돌아오곤 했다.

전에 그가 안채로 들어올 수 있었던 것은 점심을 먹을 때와 밤 시간뿐이었다. 하지만 지금은 쓸데없이 숙모의 안위를 염려하며 하루 중 아무 때나 그녀를 찾아가곤 했다. 그가 숙모의 방에 들어가면 나는 즉시 알 수 있었다. 그녀가 헤만기니에게 물 한 잔을 가져오라고 부르는 소리가 들렸기 때문이다. 처음에 그녀는 들은 대로 따르곤 했지만 나중에는 완전히 거부했다.

그러면 숙모는 다정한 목소리로 부르곤 했다. "헤모! 헤모! 헤만기니." 하지만 그 아가씨는 동정심으로 나에게 달라붙어 떨어지지 않았다. 두렵고 슬픈 느낌 때문에 그녀는 침묵했다. 가끔 그녀는 무슨 일이 닥칠 것인지 잘 알지 못하는 궁지에 몰린 사냥감처럼 내 앞에서 움츠러들었다.

이 무렵 오빠가 캘커타에서 나를 방문하러 왔다. 오빠의 관찰력이 얼마나 예리한지, 오빠가 얼마나 엄격한 판관인지 나는 알고 있었다. 나는 남편이 변명을 하고 오빠 앞에서 심판을 받아야 하는 상황이 될까 두려웠다. 그래서 나는 요란스럽고 쾌활하게 굴며 가면 뒤에 진짜 상황을 숨기기 위해 노력했다. 하지만 내가 너무 과할까 봐 두렵기도 했다.

그런 태도는 나에게 부자연스러웠다.

남편은 노골적으로 조바심을 내면서 오빠가 얼마나 머무를 것인지 물었다. 마침내 그가 초조함에 못 이겨 무례하게 굴면서 오빠는 떠날 수밖에 없게 되었다. 가기에 앞서 그는 내 머리에 손을 올리고 한동안 그런 채로 있었다. 나는 조용히 나를 축복하는 오빠의 손이 떨리고, 그 눈에서 눈물이 떨어지는 것을 알아챘다.

나는 그날이 4월의 저녁이었고, 장날이었다는 것을 똑똑히 기억한다. 읍내로 나왔던 사람들이 장터에서 집으로 돌아가고 있었다. 곧 태풍이 다가올 것 같은 분위기가 감돌았다. 축축한 흙의 냄새와 바람에 습기가 충만했다. 나는 옷에 불이 붙거나 무슨 사고가 날까 봐 혼자 있을 때에는 침실에 결코 램프를 켜지 않았다. 나는 어두운 방바닥에 앉아 내 눈 먼 세상의 신을 불렀다.

"오, 나의 주님이여." 나는 울었다. "당신의 얼굴은 감춰져 있나이다. 저는 볼 수가 없나이다. 저는 눈이 멀었나이다. 제 손에서 피가 흐를 때까지 이 부서진 마음의 열쇠를 꼭 잡나이다. 제가 감당하기에는 파도가 너무 커졌나이다. 언제까지 저를 시험하시려 하시나이까, 신이시여? 언제까지?"

나는 침대의 틀에 엎드려 흐느껴 울기 시작했다. 그러고 있는데 침대 틀이 살짝 움직이는 것이 느껴졌다. 헤만기니가 내 옆에 있었다. 그녀는 내 목을 껴안더니 조용히 내 눈물을 닦아 냈다. 그날 저녁 헤만기니가 내실에서 누구를 기다리고 있었는지, 어스레한 가운데 왜 거기에 혼자 누워 있었는지 나는 모른다. 그녀는 나에게 아무것도 묻지 않았다. 그녀는 아무런 말도 하지 않았다. 그저 차가운 손을 내 이마에 얹고 키스를 하더니 방을 나갔다.

다음 날 아침 내가 있는 자리에서 헤만기니가 자신의 아주머니에게 말했다. "아주머님은 계속 머무르고 싶으시면 그렇게 하세요. 하지만 전 아니에요. 저희 집 하인이랑 함께 집으로 가겠어요."

숙모 역시 떠날 예정이었기 때문에 그녀에게 혼자 가라고 말할 필요는 없었다. 그때 숙모가 짐짓 점잔을 빼고 미소를 지으며 사치스러운 상자에서 진주가 박힌 반지 세트를 꺼냈다.

"봐라, 헤모야." 그녀가 말했다. "내 조카 아비나시가 너를 위해 가져온 반지가 정말 예쁘지 않니?"

헤만기니는 숙모님의 손에서 반지를 잡아챘다.

"보세요, 아주머님." 그녀가 빠르게 대답했다. "제가 얼마나 멋지게 던지는지 잘 보시라구요." 그녀는 창문 너머의 저수지를 겨냥해서 반지를 휙 던져 버렸다.

숙모는 경악과 분노와 놀라움으로 어찌할 바를 몰라 고슴도치처럼 바짝 곤두섰다. 나에게 돌아선 그녀는 나를 손으로 잡았다. "쿠모, 이런 유치한 장난짓거리는 아비나시에게 입도 뻥끗하면 안 된다. 그 애는 무섭게 화를 낼 거야."

나는 그녀에게 걱정하지 말라고 안심시켰다. 이 일에 관해서는 한 마디도 그에게 들어가게 하지 않을 터였다.

다음 날 집으로 출발하기 전에 헤만기니는 나를 껴안고 말했다. "너무나 사랑하는 언니, 저를 마음에 간직해 주세요. 저를 잊지 마세요."

나는 그녀의 얼굴을 몇 번이나 내 손가락으로 어루만지며 말했다. "자매여, 눈이 먼 사람은 기억력이 좋지요."

나는 그녀의 머리를 내 쪽으로 끌어당겨 머리칼과 이마에 키스했다. 내 세상이 갑자기 암울해졌다. 그렇게 내 가까이에 머물던 모든 아름다움과 웃음과 다정한 젊음이 헤만기니가 떠나면서 사라졌다. 나는 버림받은 내 세상에 존재했던 것을 찾으려고 애쓰며 팔을 뻗어 손으로 계속 더듬었다.

남편은 늦게 돌아왔다. 그는 이제야 숙모님과 헤만기니가 떠났다며 크게 안도한 척했지만, 그것은 과장되고 공허했다. 그는 숙모의 방문 때문에 일을 제대로 하지 못한 척했다.

그때까지 남편과 나 사이에는 눈이 멀었다는 장벽 하나밖에 존재하지 않았다. 이제 다른 장벽―헤만기니를 고의적으로 언급하지 않는 암묵―이 추가되었다. 그는 전혀 관심이 없는 체했지만 나는 그가 그녀에 대한 증서를 지니고 있다는 것을 알았다.

5월 초였다. 어느 날 아침 내 하녀가 방으로 들어와 물었다. "강가 선착장에서 준비되고 있는 것들이 다 무엇인가요, 마님? 주인 나리는 어디를 가시는 건가요?"

뭔가가 닥쳐오고 있다는 것을 알 수 있었지만 하녀에게는 이렇게 말했다. "말해 줄 수 없구나."

하녀는 감히 더 이상 질문을 하려 하지 않았다. 그녀는 한숨을 쉬더니 밖으로 나갔다.

그날 밤 늦은 시간에 남편이 나에게 왔다.

"시골에 사는 환자를 왕진가야 하오." 그가 말했다. "내일 아침에 굉장히 일찍 출발해야 하고 이삼 일 떠나 있어야 할지도 모르오."

나는 침대에서 일어났다. 나는 그의 앞에 서서 큰 소리로 울부짖었다. "왜 저에게 거짓말을 하시나요?"

남편이 더듬거리며 말했다. "내, 내가 무, 무슨 거짓말을 했다는 거요?"

나는 말했다. "결혼을 하시려는 거잖아요."

그는 아무 말도 하지 않았다. 한동안 방 안에는 아무런 소리도 나지 않았다. 그러다가 내가 침묵을 깨뜨렸다.

"대답하세요." 나는 울며 말했다. "그래, 라고 말하세요."

그는 대답했다. 희미한 메아리처럼. "그렇소."

나는 큰 소리로 외쳤다. "안 돼요. 절대로 당신이 그렇게 하게 놔두지 않겠어요. 이 대재앙에서, 이 무서운 죄악에서 제가 당신을 구하겠어요. 이런 일에 동의한다면 어떻게 제가 당신의 아내겠어요? 도대체 왜

168

저는 신께 늘 예배를 드린 건가요?"

방은 쥐 죽은 듯 고요했다. 나는 바닥에 엎어져 남편의 무릎에 매달렸다.

"제가 뭘 잘못했나요?" 나는 물었다. "저에게 부족한 부분이 있나요? 솔직하게 말해 주세요. 왜 다른 아내를 원하시는 건가요?"

남편은 느릿느릿 말했다. "솔직히 말하겠소. 나는 당신이 두렵소. 당신은 눈이 멀었고 그걸로 성벽을 둘러치고 성벽 안에 틀어박혔는데, 나는 그 안으로 들어갈 수가 없소. 나에게 이제 당신은 여자가 아니오. 당신은 내가 모시는 신처럼 무서운 존재요. 나는 당신과 일상생활을 할 수가 없다오. 나는 자유로이 꾸짖거나 달래거나 애정을 나눌 수 있고, 잔소리를 할 수도 있는 여자,—그냥 평범한 보통 여자—를 원하오."

오, 눈물이 내 마음의 눈을 뜨게 했다. 보라! 내가 보통 평범한 여자가 아니면 어떤 존재란 말인가? 나는 갓 결혼했을 때와 마찬가지였다. 그때와 똑같이 믿음과 신뢰와 열애에 대한 욕구가 충만한, 같은 여자였다.

내가 정확히 무슨 말을 했는지는 기억나지 않는다. 그저 이렇게 말했던 것만 기억한다. "만일 제가 진정한 아내라면, 그렇다면 신께서 제 증인이 되어 당신이 이런 사악한 짓을 하지 못하게 하고, 당신이 스스로 맹세한 것을 깨뜨리지 못하게 하시겠지요. 당신이 그런 죄받을 짓을 저지르기 전에 제가 과부가 되거나 헤만기니가 죽겠지요."

그런 다음 나는 기절해서 바닥에 쓰러졌다. 정신을 차렸을 때도 여전히 캄캄했다. 새들은 조용했다. 남편은 가 버렸다.

그날 나는 집에 있는 성소에 앉아 온종일 예배를 드렸다. 저녁에 천둥 번개를 동반한 사나운 폭풍우가 휘몰아쳤고 집이 흔들렸다. 그 시간에 남편은 강 위에서 위험에 처해 있을 게 뻔했지만 나는 성소 앞에 웅크리고 있으면서도 남편을 구해 달라고 신께 청하지 않았다. 나는 나에게 무슨 일이 생기든 남편이 이 커다란 죄악에서 구원받기를 청했다.

밤이 지나갔다. 다음 날도 나는 종일 예배드리는 자리를 지켰다. 저녁이 되었을 때 문을 뒤흔들며 두드리는 소음이 들렸다. 문이 부서져 열렸을 때 사람들은 의식을 잃은 채 바닥에 누워 있는 나를 발견하고 내 방으로 옮겼다.

마침내 정신을 차렸을 때 나는 누군가가 귓전에 속삭이는 소리를 들었다.

"언니."

나는 내가 내 방에서 헤만기니의 무릎을 베고 누워 있다는 것을 깨달았다. 머리를 움직이자 그녀의 드레스 자락이 스치는 소리가 들렸다. 신부가 입는 비단옷의 소리였다.

오, 신이시여, 나의 신이시여! 내 기도는 이루어지지 않았구나! 내 남편은 죄악에 빠졌구나!

헤만기니는 머리를 깊이 숙였고 감미로운 목소리로 속삭였다. "언니, 너무나 사랑하는 언니, 저는 우리의 결혼을 축복해 달라고 왔어요."

순간 번개에 맞은 나무처럼 온몸이 뻣뻣하게 굳었다. 그러나 나는 일어나 앉아 애써서 억지로 말했다. "내가 왜 너를 축복하지 않겠니? 너에게는 아무런 잘못이 없단다."

헤만기니는 명랑한 소리로 웃었다.

"잘못이라고요!" 그녀가 말했다. "언니가 결혼한 건 옳고 제가 결혼하는 건 잘못이라는 건가요?"

나는 그녀의 웃음에 답하는 미소를 지으려고 애썼다. 나는 마음속으로 말했다. '이 세상에서 내 기도가 결정적인 것은 아니야. 그분의 의지가 전부이지. 충격이 내 머리를 엄습하는구나. 하지만 내 신앙과 신에 대한 기대는 흔들리지 않고 남기를.'

헤만기니는 머리를 숙여 내 가까이 다가왔다. "네가 행복하기를." 나는 그녀를 축복했다. "그리고 온전히 번성하기를."

헤만기니는 그러고도 만족하지 못했다.

"너무나 사랑하는 언니." 그녀가 말했다. "저에 대한 축복만으로는 충분하지 않아요. 언니는 우리의 행복을 완전하게 만들어 주셔야 해요. 언니의 그 깊은 신앙심이 담긴 손길로 언니의 집에 제 남편도 받아들여 주세요. 제가 남편을 데려올게요."

나는 말했다. "그래. 그를 데려오려무나."

잠시 후 익숙한 발소리와 질문이 들렸다. "쿠모, 어떻게 지냈니?"

나는 벌떡 일어나 머리를 숙여 인사하며 외쳤다. "오빠!"

헤만기니는 웃음을 터뜨렸다.

"아직도 오빠라고 부르세요?" 그녀가 물었다. "말도 안 돼요! 이제부턴 무조건 동생이라고 부르겠다고 하세요. 이제 언니의 동생인 저랑 결혼했으니 말이에요."

그 말과 동시에 나는 이해했다. 내 남편은 그 커다란 죄악에서 구원받았다. 그는 타락하지 않았다.

내가 알기로 오빠는 결코 결혼하지 않기로 결심했었다. 어머니가 돌아가신 이래 혼인을 하라고 헌신적으로 애원하는 어머니의 소원도 이제 없었다. 하지만 나의, 그의 여동생의 비통하고 간절한 필요로 어머니의 소원이 이루어졌다. 그는 나를 위해 결혼을 했던 것이다.

기쁨의 눈물이 눈에서 펑펑 솟았고 뺨을 따라 흘렀다. 아무리 애를 써도 눈물을 멈출 수 없었다. 오빠는 손가락으로 천천히 내 머리를 빗어 주었다. 헤만기니는 나를 껴안고 계속 웃었다.

나는 그날 밤의 대부분을 깨어 있는 채로 침대에 누워 긴장과 불안에 싸인 채 남편이 돌아오기를 기다렸다. 그가 수치심과 실망으로 인한 충격을 어떻게 견딜지 짐작이 되지 않았다.

자정이 훨씬 지났을 때 천천히 방문이 열렸다. 나는 침대 위에 일어나 앉아 귀를 기울였다. 남편의 발소리였다. 내 심장은 거세게 뛰기 시작했다. 침대까지 온 그가 내 손을 잡았다.

"당신의 오빠가 나를 파멸에서 구했소." 그가 말했다. "나는 그때 순간적인 광기에 타락하고 있었소. 도망갈 수 없을 것 같은 뭔가에 홀렸지. 그날 내가 보트에 탈 때 어떤 것에 취해 있었는지는 신만이 아실 거요. 갑자기 강에 폭풍우가 덮치더니 하늘까지 뒤덮더군. 너무나 무서운 가운데서도 내 마음속 깊은 곳에는 차라리 빠져 죽기를, 그래서 내가 맺은 인연에서 해방되기를 바라는 비밀스러운 소망이 있었소. 나는 마투르간지에 도착했소. 그런데 거기서 나를 자유롭게 해 줄 소문을 들었던 거요. 당신의 오빠가 헤만기니와 결혼을 했다는 것이었소. 그 소문을 듣고 내가 얼마나 기뻤는지, 얼마나 부끄러웠는지 말로는 설명할 수 없을 거요. 그 길로 나는 서둘러 다시 보트를 탔소. 그렇게 뜻밖의 사건이 생겨 나를 돌아다보게 된 순간, 나는 당신 없이는 행복할 수 없다는 걸 깨닫게 된 거요. 당신은 나의 여신이라오."

나는 우는 동시에 웃으면서 말했다. "아니, 아니, 아니에요! 나는 이제 여신은 되지 않을래요. 그저 당신만의 사랑스러운 아내가 되겠어요. 나는 평범한 여자예요."

"사랑하는 당신." 그가 대답했다. "나도 당신에게 하고 싶은 말이 있소. 제발 다시는 나를 당신의 신이라고 불러서 부끄럽게 만들지 말아 주오."

다음 날 작은 읍내는 나팔 소리로 흥겨웠다. 하지만 모든 것이 거의 사라질 때까지 그 광기의 밤에 대해서는 아무도 입에 올리지 않았다.

우리는 누구나 마치 생의 조건이기나 한 듯, 다양한 형태의 고통과 맞닥뜨리며 살아가고 있다. 그것을 받아들이고 극복해 나가는 방식이 곧 그 사람일 것이고, 그 과정이 인생이라 할 수 있을 것이다.

의대생의 아내인 쿠모는 눈이 아팠는데, 남편이 잘못된 치료방법을 고집하는 것을 순종하는 마음으로 따르다가 급기야는 실명하고 만다.

쿠모를 '여왕'이라 부르며 돌봐 주던 남편은 의사가 되고 수입이 늘자, 환자들을 대하는 마음에서도 초심을 잃고, 쿠모에게도 차츰 소홀해진다. 급기야는 다른 여자와의 재혼까지 생각하게 된다.

생을 구도의 여정으로 보고 있는 타고르의 시선이 느껴지는 작품이다.

그리고 구도란 무엇보다 최선을 다해 주어진 삶을 살아 내는 것임을 말하고 있다. 그때에 자신의 주변 사람들, 그들과 함께 일어나는 희로애락의 모든 일들이 바로 구도의 도구임을 깨닫게 한다.

자신을 '실명'과 '배반'이라는 이중의 암흑으로 몰고 간 남편.

그러나 쿠모는 자신의 운명을 받아들이고, 오히려 그를 위해 기도드린다. 그녀는 암흑 속에서도 길을 잃지 않은 여자이며, 그렇기에 남편이 돌아올 수 있었을 것이다.

실명해서 맹인이 된 쿠모가 남편의 심안을 눈뜨게 한다는 역설적인 상황은, 눈에 보이는 세계 너머의 세계를 우리에게 제시하고 있다.

'눈'으로 상징되는 '빛'의 세계.

현실의 어두움은, 어쩌면 우리가 미망에 사로잡혔던 눈을 뜨는 순간 거둬지는 것인지도 모르겠다.

그렇다면 우리들의 암흑은, 시처럼 빛의 은유인 것은 아닐까?

귀여운 여자

안톤 체홉

안톤 체홉
Anton Pavlovich Chekhov,
1860~1904

러시아 타간로크 출생. 16세
때 아버지가 파산하여, 대학에
입학한 후에는 유머러스한 단
편들을 잡지나 신문사 등에 기
고하여 받은 원고료로 생계를 유지하였다. 그러다가 1880
년부터 7년간 '안토샤 체혼테' 라는 필명으로 사백여 편 이
상의 단편을 썼다. 1886년 본인의 이름으로 첫 작품 「추도
식」을 발표했다. 단편집 『해질녘』(1887)으로 1888년 푸시
킨상을 받았다.

대표적인 작품으로 「결투」(1891) 「검은 옷의 수도사」(1894)
「개를 데리고 다니는 부인」(1899) 등이 있으며, 희곡으로
「갈매기」(1896) 「바냐 아저씨」(1898) 「세 자매」(1901) 「벚꽃
동산」(1904) 등이 있다.

건강이 급격히 악화되어 1899년 얄타로 이주하였다. 사망
할 때까지 창작열을 불태웠으나 1904년 여름, 병세는 더욱
나빠졌고 44세의 나이로 숨을 거두었다.

1899년 《세미야》지에 발표한 「귀여운 여자」는 톨스토이의
극찬을 받으며 러시아 문단에서의 입지를 더욱 굳히는 계
기가 되었다.

옮긴이 김윤희
단국대학교 노어노문학과와 한국외대 통번역대학원을 졸업했다.
현재 전문 통번역사로서 활동 중이다.
톨스토이 회고전 책자, 정부백서 다국어 출간, 러시아 법전 등 다양
한 분야의 번역 프로젝트에 참여하였다.

퇴직한 팔등문관 플레먄코프의 딸 올렌카는 현관으로 이어지는 계단에 앉아 생각에 잠겨 있었다. 푹푹 찌는 더위 속에 파리들이 성가시게 윙윙거렸다. 그래도 곧 저녁이 될 거라고 생각하니 올렌카는 한결 마음이 편해졌다. 동쪽 하늘에서는 검은 비구름이 다가오고 있었다. 덕분에 이따금 습기를 머금은 바람이 불어왔다.

마당 한가운데에는 야외극장 '티볼리'의 소유주이자, 경영자인 쿠킨이 서 있었다. 그는 올렌카 집의 별채에 세 들어 살고 있었다. 쿠킨은 하늘을 올려다보며 탄식했다.

"또야? 또 비가 올 모양이군! 허구한 날 비야! 골탕이라도 먹이려는 거야? 목을 옥죄는군! 영락없이 파산이야! 매일같이 손해만 진탕 보잖아!"

그는 답답하다는 듯 손바닥을 치며 올렌카에게 푸념을 늘어놓았다.

"올가 세묘노브나, 세상 사는 게 이렇습니다. 통곡할 지경이죠. 죽어라 일하고, 애를 쓰고, 맘을 졸이고, 밤마다 뒤척이고, 어떻게든 잘해 보려고 고심하지만, 그게 다 무슨 소용입니까? 대중들은 하나같이 무식하고 미개하기 짝이 없습니다. 아무리 훌륭한 오페레타며, 몽환극, 풍자 공연을 상연한들 사람들이 관심이나 갖는 줄 아세요? 사람들이 수준 높은 작품들을 이해나 한답니까? 대중들은 그저 광대놀이나 원합니다. 저속한 공연만 원한단 말입니다! 게다가 이놈의 날씨 좀 보십시오. 허구한 날 비가 오잖습니까! 5월 10일부터 벌써 두 달째 매일같이 비가 오고 있으니, 한마디로 죽을 맛입니다! 객석은 텅텅 비었는데, 극장 임대료와 배우들 출연료는 무슨 수로 내겠습니까?"

다음 날 저녁 무렵에도 여지없이 비구름이 몰려왔다. 쿠킨은 미친 사람처럼 웃어 대며 말했다.

"그래? 어디까지 하나 한번 보자! 빌어먹을 장맛비! 극장도 나도 모조리 싹 쓸어 버려라! 나란 인간이 그렇지 뭐. 이 세상에서나 저세상에서나 복도 지지리 없는 인간이지! 배우들도 날 고소하라지. 그깟 재판이 무서울쏘냐? 시베리아 유배도 상관없다. 아예 나를 단두대에 매달지 그래! 하하하!"

그 다음 날도 상황은 마찬가지였다.

올렌카는 말없이 심각한 표정으로 그의 푸념을 듣고 있었다. 그녀는 가끔 눈물을 글썽이기도 했다. 결국 쿠킨의 불행을 지켜보던 올렌카는 그를 사랑하게 되어 버렸다. 그는 땅딸막하고 비쩍 마른 데다, 얼굴은 누랬다. 그는 옆머리를 찰싹 붙여 빗고 다녔으며, 고음의 가냘픈 목소리로 말했다. 심지어 말할 때는 입을 비죽거리는 버릇도 있었다. 게다가 늘 죽상을 하고 다녔다. 이런 그가 올렌카의 마음을 움직이고, 진한 애정을 느끼게 만든 것이다. 사실 올렌카는 항상 누군가를 사랑하며 살아왔다. 그러지 않고는 못 버티는 사람이었다. 이제는 병들어 어두운 방 안 의자에 몸을 누인 채 가쁜 숨을 몰아쉬고 있는 아버지에 대해서도 각별한 애정을 갖고 따랐던 적이 있었다. 또 일 년에 겨우 두 번 브랸스크에서 찾아오는 숙모를 사랑했고, 예비중학교 시절에는 프랑스어 선생님을 사랑했다. 올렌카는 조용하고, 마음이 고우며, 정이 많은 아가씨였다. 그녀는 온화하고 부드러운 눈망울을 갖고 있었으며, 항상 활기차 보였다. 그녀의 통통하고 홍조 띤 뺨, 까만 점이 난 새하얗고 부드러운 목덜미, 기분 좋은 얘기를 들을 때면 떠오르는 순수하고 부드러운 미소 앞에서 남자들은 하나같이 녹아내리며 웃었다. 집에 찾아오는 아주머니들조차 담소를 나누다가도 올렌카를 보면 손을 잡으며 말했다.

"어머나, 귀여워라!"

올렌카가 지금 살고 있는 집은 그녀가 태어난 곳이자, 유산으로 상속받은 것이었다. 이 집은 마을 근교 '티볼리' 야외극장에서 멀지 않은 곳에 있어서, 저녁 늦게까지 쿵쿵거리는 음악 소리가 들려왔다. 올렌카는 마치 그 소리가 쿠킨이 운명을 원망하며, 자신의 주적인 무관심한 대중

을 향해 진격하는 것처럼 여겨졌다. 그때마다 그녀는 미묘한 감동을 느꼈으며, 잠을 이룰 수 없었다. 새벽녘에 쿠킨이 집으로 돌아오면, 올렌카는 그의 침실 창문을 톡톡 두드리곤 커튼 사이로 얼굴과 한쪽 어깨만 살짝 내밀며 웃어 보였다…….

마침내 쿠킨은 그녀에게 청혼을 했고, 두 사람은 결혼식을 올렸다. 쿠킨은 그녀의 목선과 동그란 어깨선을 보곤 감탄하여 손을 흔들며 말했다.

"아! 귀여운 여자!"

그는 행복했다. 하지만 결혼식 날에도 온종일 비가 내렸기 때문에 그의 얼굴에선 그늘이 가시지 않았다.

결혼 후 두 사람은 잘 지냈다. 올렌카는 남편 극장의 매표소를 보고, 극장 안을 정리하고 다녔다. 그녀는 장부를 쓰고, 배우들에게 봉급도 나눠 주었다. 또 두 볼에 홍조를 띠고, 귀엽고 순수하고 빛나는 미소를 지으며 매표소를 지키기도 하고, 무대 뒤를 둘러보기도 하고, 간이식당에 들르기도 했다. 자신이 아는 사람들을 만날 때면, 이 세상에서 가장 훌륭하고 소중한 것은 바로 극장이며, 오직 극장에서만 진정한 즐거움을 느끼고, 교양과 인덕을 갖춘 사람으로 거듭날 수 있다고 말했다.

"하지만 대중들이 그걸 이해나 하나요? 그저 광대놀이만 원할 뿐이죠! 어제 저희 극장에서 〈개작改作 파우스트〉를 상연했는데도 객석은 텅텅 비었답니다. 만일 저와 바네치카가 저속하기 그지없는 공연을 상연했더라면, 문전성시를 이뤘겠지요! 내일은 〈지옥의 오르페우스〉를 상연하니까, 구경하러 오세요!"

올렌카는 자신의 남편이 극장과 배우에 대해 말하는 걸 그대로 따라 했다. 자신의 남편과 똑같이 그녀는 대중들이 예술에 무관심하고 무식한 점을 경멸했으며, 배우들의 공연 연습에 참석하여 직접 대사와 연기에 대해 조언하고, 악사들을 감독했다. 지역신문에서 자신들의 극장에 대해 혹평이라도 하면, 올렌카는 눈물을 흘리며 속상해 했으며, 해명하기 위해 신문사를 찾아가곤 했다.

배우들은 올렌카를 좋아했고, 그녀를 '저와 바네치카' 혹은 '귀여운 여자'라고 불렀다. 올렌카는 배우들을 애틋하게 여겨, 약간의 가불도 해 주곤 했다. 간혹 배우들이 약속을 지키지 않았을 때에도 그녀는 몰래 눈물을 훔칠 뿐, 남편에겐 아무런 내색도 하지 않았다.

겨울에도 두 사람은 잘 지냈다. 겨울 내내 사용하려고 극장을 빌렸고, 가끔 소극단, 마술사, 아마추어 배우들에게 단기로 빌려주기도 했다. 올렌카는 보기 좋게 살이 올랐고, 항상 만족스런 표정을 짓고 다녔다. 하지만 쿠킨은 날이 갈수록 마르고, 얼굴은 더욱 누렇게 변했다. 그는 그해 겨울 벌이가 제법 괜찮았음에도 불구하고, 막대한 손실을 봤다며 불평불만을 늘어놓았다. 그는 밤마다 콜록거렸다. 그런 그를 위해 올렌카는 딸기즙, 보리수꽃즙을 구해다 주고, 아로마오일로 마사지를 해 주고, 자신의 부드러운 숄로 감싸 주었다. 그녀는 남편의 머리를 쓰

184

다듬으며 다정한 목소리로 말했다.

"당신은 제게 너무나 좋은 사람이에요! 사랑스러운 사람!"

부활제를 앞두고 대재 기간에 쿠킨은 새로운 극단을 모집하기 위해 모스크바로 출장을 떠났다. 올렌카는 남편 없이 홀로 잠을 이룰 수 없어서 밤새 뒤척이고, 창가에 앉아 별을 바라보곤 했다. 그녀는 자신이 마치 수탉이 없는 닭장에 홀로 남겨져 밤새 불안해 하는 암탉 같다는 생각이 들었다. 쿠킨은 모스크바에 예정보다 더 오래 머물렀다. 그는 부활제 전에는 꼭 돌아올 테니 극장 일을 잘 부탁한다는 편지를 보냈다. 하지만 부활제 전날인 금요일 늦은 저녁 무렵, 불길한 노크 소리가 울렸다. 마치 커다란 나무통을 치듯 누군가 문을 쿵쿵쿵 두드려 댔다. 비몽사몽 잠이 덜 깬 하녀가 질퍽거리는 마당을 맨발로 뛰어나갔다.

"문 좀 열어 보세요! 전보예요!"

문밖에서 굵은 목소리가 재촉했다.

올렌카는 예전에도 남편이 보낸 전보를 받아 본 적이 있지만, 이날은 왠지 온몸이 굳어 버리는 것 같았다. 그녀는 바들바들 떨리는 손으로 봉투를 뜯고 전보를 읽어 나가기 시작했다.

금일 이반 페트로비치 급서急逝, 현쟁 지시를 기다림, 당례식 화요일.

전보에는 이렇게 '당례식', '현쟁' 등 알 수 없는 오타들이 나열되어 있었다. 그리고 한쪽에는 오페레타 극단 감독의 서명이 있었다.

결국 올렌카는 목 놓아 울며 소리쳤다.

"여보! 사랑하는 나의 바네치카! 어째서 나를 당신과 만나게 한 걸까요? 어째서 난 당신을 만나고, 또 사랑했을까요? 당신은 불쌍한 나를, 불행한 올렌카를 대체 누구에게 맡기고 떠난 거예요……."

쿠킨의 장례식은 화요일에 치러졌다. 올렌카는 모스크바 바가니코프 묘지에 남편을 묻고, 수요일에 집으로 돌아왔다. 그녀는 집에 들어서자마자 침대에 엎드려 온 동네가 떠나갈 듯 큰 소리로 통곡했다.

이웃 사람들은 가슴에 성호를 그으며 말했다.

"귀여운 올렌카, 안쓰럽기도 하지."

"가여운 올가 세묘노브나, 얼마나 가슴이 아플까!"

남편이 떠나고 석 달이 지난 어느 날, 슬픈 표정의 올렌카가 상복 차림으로 교회 예배를 다녀오는 길이었다. 누군가 그녀 옆에서 나란히 걷고 있었다. 그 사람도 교회 예배를 다녀가는 길이었다. 그는 이웃집에 사는 바실리 안드레이치 푸스토발로프였다. 그는 바바카예프라는 목재상의 창고 관리인이었다. 푸스토발로프는 밀짚모자를 쓰고, 하얀 조끼에 금시곗줄을 걸고 있었다. 그 모습은 상인보다 지주에 가까워 보였다.

"올가 세묘노브나, 모든 존재에게는 정해진 운명이란 게 있습니다."

그는 차분한 목소리로 연민의 마음을 담아 말했다.

"가까운 누군가가 저세상 사람이 되었어도, 그 모든 것이 신의 뜻이니, 우리는 묵묵히 슬픔을 이겨 내야만 합니다."

그는 올렌카를 집 앞까지 바래다주고는 인사를 하고 돌아갔다. 그날 이후, 올렌카는 하루 종일 그의 차분한 목소리가 귓가에 맴돌고, 눈앞에 그의 검은 턱수염이 아른거리는 것 같았다. 그녀는 그 사람이 몹시 마음에 들었다. 그 역시 그녀에 대해 좋은 인상을 받은 것 같았다. 며칠이 지나지 않아서, 그녀와 평소 친분이 두텁지도 않던 아주머니가 차를 마시자고 찾아온 것이다. 아주머니는 자리에 앉자마자 푸스토발로프에 대해 얘기했다. 그가 매우 성실하고 좋은 사람이며, 그 정도면 시집오겠다는 여자가 줄을 섰을 것이라는 등 칭찬 일색이었다. 그로부터 사흘 후, 푸스토발로프가 직접 올렌카를 찾아왔다. 그는 불과 십 분 남짓 앉아 있었으며, 몇 마디 하지도 않았지만, 올렌카는 완전히 그에게 매료되었다. 그녀는 밤새 열병이라도 앓는 사람처럼 흥분하여 잠을 이루지 못했다. 결국 다음 날 아침, 올렌카는 예전에 찾아왔던 아주머니를 부르러 사람을 보냈다. 그 후 얼마 지나지 않아 혼담이 성사되었고, 두 사람은 결혼식을 올렸다.

결혼 후 푸스토발로프와 올렌카는 잘 지냈다. 그는 보통 점심 전까지 목재 창고를 관리하고, 이후에는 장사를 하러 나갔다. 그러면 올렌카가 남편을 대신하여 저녁때까지 사무실에 앉아서 계산서도 쓰고, 물건을 팔기도 했다.

"최근에는 매년 목재 값이 이십 퍼센트씩 오르고 있어요."

올렌카는 구매자들과 지인들에게 열변을 토했다.

"예전에는 이 지역 목재를 가져다 팔았지만, 이젠 우리 남편이 매년 모길레프 현까지 목재를 사러 다녀야 해요. 운임이 얼마나 비싼지 몰라요! 정말 어마어마해요!"

그녀는 끔찍스럽다는 듯 두 손으로 얼굴을 감싸며 말했다.

올렌카는 이미 오래전부터 목재를 다룬 것 같은 기분이 들었다. 이제 세상에서 둘도 없이 중요한 것이 바로 목재라고 생각했다. 대들보, 통나무, 판자, 창호, 기둥, 톱밥 등 생소했던 용어들이 이제는 익숙하고 정답게 느껴졌다. 잠을 잘 때마저 그녀는 목재에 대한 꿈을 꾸었다. 두꺼운 판자들, 얇은 판자들이 산더미처럼 쌓이고, 끝없이 이어진 짐마차 행렬이 먼 타지까지 목재를 실어 나르고, 8.5미터나 되는 커다란 통나무가 일렬로 연대를 이뤄 깃발을 들고 북을 치며 목재 창고로 들어오고, 통나무와 대들보, 판자들이 마구 부딪치며 엄청난 굉음을 울리고, 쓰러진 목재들이 다시 벌떡 일어서고, 또다시 쓰러진 목재들 위로 다른 목재들이 쌓이는 그런 꿈을 꾸곤 했다. 올렌카가 꿈을 꾸다 소리를 지르며 깨어나면, 남편이 그녀를 부드럽게 달래 주었다.

"나쁜 꿈이라도 꾼 거야? 괜찮아? 성호를 그으면 나아질 거야."

올렌카의 생각은 항상 남편의 생각과 같았다. 만일 남편이 방 안이 덥다고 느끼거나 요즘 경기가 안 좋다고 생각하면, 그녀 역시 똑같이 생각했다.

이웃 사람들은 그녀에게 이렇게 말하곤 했다.

"두 분은 매일 집 아니면 사무실에만 계시는 것 같아요. 귀여운 올렌카 씨, 극장이나 서커스 구경이라도 다니면 좋을 텐데요."

그럴 때면 올렌카는 차분한 목소리로 대답했다.

"저와 우리 남편은 극장 다닐 시간이 없어요. 노동을 중시하는 우리가 그런 쓸데없는 일에 쓸 시간이 어디 있겠어요? 극장이 뭐 좋은 거라도 되나요?"

두 사람은 매주 토요일마다 저녁 예배를 보러 교회에 다니고, 일요일에는 오전 예배를 갔다가 경건한 표정으로 나란히 집으로 돌아왔다. 두 사람에게선 좋은 향기가 나고, 올렌카의 비단 원피스는 사르륵사르륵 기분 좋은 소리를 내며 바람에 날렸다. 집에 돌아와서는 버터빵에 여러 가지 잼을 발라 차와 함께 먹었다. 그리고 파이도 구워 먹곤 했다. 매일 정오 무렵이면 마당과 담장 너머 길가까지 양배추수프와 양고기 또는 오리고기 굽는 냄새가 진동했다. 육식을 금하는 날이면 생선 굽는 냄새가 퍼져서, 올렌카의 집 앞을 지나는 사람들은 절로 식욕이 돌 정도였다. 사무실에는 항상 사모바르[1]가 끓고 있어서, 손님들이 오면 베이글과 함께 차를 대접했다. 일주일에 한 번씩은 함께 사우나를 다녀왔다.

---
1) 러시아 특유의 물 끓이는 주전자.

사우나 후엔 두 사람 모두 얼굴에 홍조를 띠고 가벼운 발걸음으로 집에 돌아왔다.

올렌카는 지인들에게 이렇게 말하곤 했다.

"좋아요. 잘 지내고 있답니다. 신의 은총 덕분이죠. 다른 사람들도 우리 부부처럼 행복하게 살도록 신의 은총이 내리길 바라요!"

푸스토발로프가 모길레프 현으로 목재를 사러 가고 나면, 올렌카는 외로움에 밤새 잠들지 못한 채 울기만 했다. 가끔 저녁 무렵에 건너편에 세 들어 사는 스미르닌이 찾아왔다. 젊은 군수의사였던 그는 올렌카의 말동무도 되어 주고, 카드놀이도 함께 해 주었다. 올렌카는 스미르닌 덕분에 조금이나마 마음의 위안을 얻을 수 있었다. 올렌카는 그가 자신의 가족에 대해 얘기하는 것을 진지하게 들어 주었다. 그는 결혼을 했고, 아들도 한 명 있지만, 아내와 헤어졌다고 했다. 그의 아내가 배신했기 때문이었다. 그는 아내를 미워하지만, 아이의 양육비로 매달 사십 루블씩 송금해 주고 있다고 했다. 올렌카는 그의 말을 듣고, 그가 안쓰럽게 여겨졌다.

"안녕히 가세요!"

올렌카는 촛대를 들고 현관 계단까지 그를 배웅하면서 자신의 남편과 똑같은 말투로 차분하고 사려 깊게 말했다.

"감사해요. 덕분에 허전하지 않았어요. 그럼 편히 주무시고, 건강하세요!"

그녀는 수의사가 계단을 내려가 벌써 별채 쪽으로 사라진 후였음에도 불구하고, 다시 한 번 그의 이름을 부르며 이렇게 말했다.

"블라디미르 플라토니치! 부인과 화해하시길 바라요! 아드님을 위해서라도 부인을 용서해 주세요! 아드님도 이제 곧 철이 들 나이잖아요!"

푸스토발로프가 돌아오자 올렌카는 목소리를 낮추고 수의사의 불행한 가정사에 대해 얘기해 주었다. 두 사람 모두 한숨을 쉬며, 스미르닌의 아들이 자신의 아버지를 얼마나 그리워하겠냐며 안타까워했다. 그러다 두 사람은 알 수 없는 감정에 휩싸여 성화 앞에 무릎을 꿇고, 바닥에 이마를 대고는 이렇게 기도하였다.

"신이시여! 제발 우리에게도 아이를 주세요!"

두 사람은 서로 사랑하고, 또 사랑받으며 화목하게 지냈다. 그렇게 지낸 지 어느덧 육 년이 지난 어느 날, 푸스토발로프는 사무실에서 뜨거운 차를 마시고 나서 모자도 쓰지 않은 채 목재를 보내러 밖으로 나갔다. 그날 이후로 그는 그만 감기로 몸져누웠다. 소문난 명의들이 치료해 보려고 애썼지만, 결국 사 개월 만에 그는 눈을 감고 말았다. 그렇게 올렌카는 또다시 미망인 신세가 되었다.

"나만 홀로 남겨 두고 가 버리다니, 여보! 이제 난 누굴 의지하고 살라는 거예요!"

올렌카는 남편을 땅에 묻고 흐느껴 울며 말했다.

"당신을 먼저 보내고, 이제 난 어떻게 살아요? 이 가련하고 불행한 여자가 어찌 살까요? 자비로운 여러분! 제발 날 가련히 여겨 주세요. 세상천지 친척 하나 없는 저를요……."

그녀는 검은 상복에 하얀 상장만 달았을 뿐, 모자와 장갑은 착용하지 않았다. 그러고는 교회와 남편 무덤에 다녀올 때를 제외하곤, 마치 수녀처럼 집에만 틀어박혀 있었다. 그렇게 반년이 흐른 뒤에야 상장을 떼고, 창문을 열어 놓기 시작했다. 가끔 아침에 하녀와 함께 시장을 보러 나가는 모습이 눈에 띄기도 했다. 하지만 그녀가 집 안에서 무슨 생각을 하는지, 집안 사정은 어떤지 그저 짐작만 할 뿐, 실제론 어떤지 알 길이 없었다.

간혹 그녀가 마당에서 수의사와 차를 마시거나, 그가 그녀에게 신문을 읽어 준다거나 하는 걸 본 사람도 있었다. 또 올렌카와 안면이 있는 여자가 이런 말을 들었다고도 했다.

"우리 동네에선 가축 검역을 제대로 하지 않아서, 여러 가지 질병이 도는 거예요. 사람들이 우유 때문에 병이 나거나, 병든 말이나 소에서 세균이 감염되었다는 얘기를 하잖아요. 가축의 건강도 사람들 건강 못지않게 아주 주의해서 관리해야 한다고요."

그녀의 말은 수의사가 말한 것과 똑같았다. 이제 그녀는 항상 수의사와 같은 의견을 말했다. 누군가에 대한 애착 없이는 단 하루도 살 수 없는 그녀가 이제 건너편 이웃집에서 자신의 행복을 발견한 게 분명했다. 다른 여자였더라면, 분명 비난받아 마땅했겠지만, 그 누구도 올렌카를 손가락질하지 않았다. 사람들은 이미 그것이 그녀의 삶의 방식이라고 이해한 듯했다. 그녀와 수의사는 두 사람의 관계를 비밀로 하려고 했지만 뜻대로 되지 않았다. 올렌카는 자신의 감정을 숨길 수 있는 사람이 아니었기 때문이다.

수의사와 같은 연대에 근무하는 동료가 찾아올 때면, 올렌카는 차나 식사를 대접하면서, 소나 양의 페스트, 결핵 또는 동네 도살장에 대한 얘기를 장황하게 늘어놓았다. 그럴 때면 수의사는 몹시 당황스러워 했고, 손님이 돌아간 뒤에 그녀를 붙들고 언성을 높여 화난 어조로 말했다.

"제대로 알지도 못하면서 말하지 말라고 부탁했잖아! 수의사들끼리 얘기할 때는 제발 참견하지 마. 쓸데없는 소리니까!"

올렌카는 당황하고 놀라 그를 바라보며 물었다.

"그럼 난 대체 무슨 말을 해요?"

그녀는 눈물이 그렁그렁한 눈으로 그의 품에 안겨서, 제발 화내지 말라고 애원했다. 그러면 두 사람은 다시 행복해졌다.

하지만 그 행복은 그리 오래가지 못했다. 수의사가 속한 연대가 시베리아만큼이나 머나먼 곳으로 이동하는 바람에, 수의사도 영원히 떠나버린 것이다.

올렌카는 철저히 혼자 남겨졌다. 아버지는 이미 오래전에 돌아가셨고, 그가 몸을 누이던 의자는 다리 하나가 부러진 채 다락방에 버려져 있었다. 올렌카는 마르고, 보기 흉해졌으며, 거리에서 마주치는 사람들도 더 이상 그녀를 쳐다보지도 웃어 주지도 않았다. 행복했던 시절은 빛바랜 추억이 되어 버리고, 이제 알 수 없는 미래만이, 생각조차 하기 싫은 나날들이 시작된 게 분명했다. 올렌카는 현관 계단에 앉아 밤을 보내기 일쑤였다. '티볼리'에서 들려오는 음악 소리도, 폭죽 소리도 더 이상 그녀를 감동시키지 못했다. 그녀는 무미건조한 눈빛으로 텅 빈 앞마당을 바라보았다. 아무런 생각도 없이, 원하는 것도 없이 그저 멍한 상태로 앉아 있다가, 밤이 깊어서야 침대에 들었다. 그녀는 자면서도 자신의 휑한 앞마당을 꿈에 보곤 했다. 그녀는 마지못해 먹고 마셨다.

가장 최악인 것은 그녀가 이제 아무런 일에도 흥미를 갖지 못하고, 주관이라고는 전혀 없는 사람이 되어 버렸다는 것이다. 그녀는 자신의 눈을 통해 주변 사물을 바라보고, 주위에서 일어나는 일을 이해하긴 했지만, 그것들에 대한 주관을 표현할 줄 몰랐다. 아무런 주관도, 흥미도 없다는 것이 얼마나 끔찍한 일인가! 눈앞에 병이 세워져 있거나, 비가 오거나, 농부가 짐마차를 타고 지나가도, 그것들이 어떤 의미를 갖는지에 대해 도무지 알 수가 없었다. 쿠킨, 푸스토발로프, 수의사와 함께 사는 동안, 올렌카는 모든 것에 대해 얘기하고, 의견을 말할 수 있었지만, 이제는 그 어떤 것을 보거나 들어도 그녀의 머릿속은 항상 앞마당처럼 텅 비어 있었다. 마치 마당에 자라는 쑥을 잔뜩 집어먹은 것처럼 입 안 가득 씁쓸하고 불쾌한 느낌만 들었다.

그렇게 지내는 동안 그녀가 사는 마을은 점점 확장되었다. 집시 마을의 도로에도 이름이 지어졌다. '티볼리'와 목재 창고 근처에도 새 집들이 들어서서 예전에는 없던 길이 생겨났다. 눈 깜짝할 사이에 오랜 세월이 지난 것이다. 올렌카의 집은 그을음에 찌들고, 지붕은 녹슬고, 헛간은 기울어지고, 마당에는 잡초와 쐐기풀이 무성했다. 그녀의 집처럼 올렌카도 볼품없이 늙어 버렸다.

그녀는 여름에도 현관 계단에 앉아서 시간을 보냈다. 여전히 마음은 텅 비고, 지루했다. 마당의 쓰디쓴 쑥을 먹고 난 기분이었다. 겨울에도 그녀는 멍한 눈빛으로 창밖을 바라보았다. 바람을 타고 봄 향기가 느껴지거나 교회 종소리가 들려올 때면, 불현듯 과거의 추억들이 밀려와 가슴이 저렸다. 그럴 때면 그녀는 지난 시절을 그리워하며 하염없이 눈물을 쏟았다. 하지만 그런 느낌도 잠시뿐, 여전히 그녀는 가슴이 휑하고, 무엇을 위해 살아가는지 알 수가 없었다. 검은 고양이 브리스카가 애교를 부리고, 귀여운 울음소리를 내도, 올렌카는 전혀 기쁘지 않았다. 그녀가 바라는 게 겨우 그것이겠는가? 그럴 리 없다. 그녀는 오직 불같은 감정을 원하는 것이었다. 혼신을 바치고, 자신의 이성을 지배할 그런 사랑의 감정! 자신의 사상과 생활을 모두 지배해 줄 사랑, 늙어 가는 자신의 피를 온기로 채워 줄 그런 사랑을 바라고 있었다. 그녀는 옷자락에 매달려 재롱을 떠는 브리스카가 갑자기 짜증스럽게 여겨져서 이렇게 소리쳤다.

"저리 가. 훠이! 여긴 아무것도 없어!"

그렇게 하루가 가고, 해가 바뀌어도, 그녀는 그 어떤 기쁨도, 의견도 가질 수 없었다. 하녀인 마브라가 무슨 말을 해도, 맘대로 하라는 식이었다.

그러던 7월의 어느 날, 저녁 무렵이었다. 마을의 가축무리가 거리를 지나는 바람에 마당 가득 먼지가 자욱했다. 그때 갑자기 대문을 두드리는 소리가 들렸다. 올렌카는 아무 생각 없이 소리 나는 쪽으로 향했다. 그녀는 힐끔 문밖을 보고는 깜짝 놀라서 그 자리에 굳어 버렸다. 대문 밖에는 수의사 스미르닌이 서 있었다. 그도 이제 나이가 들어 머리카락이 희끗희끗하고, 의사 복장이 아닌 평상복 차림이었다. 올렌카는 지난 추억들이 되살아나는 것 같아서, 왈칵 울음을 터뜨리곤 스미르닌의 가슴에 얼굴을 묻었다. 두 사람은 너무나 감격하여 어떻게 집 안으로 들어와 테이블에 마주 앉았는지 기억조차 나지 않을 정도였다.

올렌카는 기쁨에 떨며 말했다.

"아! 그리웠던 사람! 블라디미르 플라토니치! 어떻게 여길 오게 됐어요?"

"여기 정착하려고 왔어."

스미르닌이 대답했다.

"군대에서 퇴역을 했지. 이제 자유롭게 여기서 일을 하면서 정착하고 싶어. 아들도 벌써 중학교에 입학할 나이가 되었고 말이야. 사실은 아내와도 화해했어."

"그녀는 지금 어디 있어요?"

올렌카가 물었다.

"지금 아들과 여관에 있어. 난 세 들어 살 곳을 찾아보러 나온 거야."

"그래요? 그럼 우리 집으로 오세요! 이 모양이긴 해도 살 만해요. 어때요? 괜찮겠지요? 여기서 지내신다면, 집세도 받지 않을게요."

올렌카는 흥분하며 말하고는 눈물을 흘렸다.

"가족들과 함께 와서 살아 주세요. 안채를 쓰세요. 난 별채도 상관없어요. 아, 정말 제가 얼마나 기쁜지 몰라요!"

올렌카는 다음 날 바로 안채 지붕과 벽에 새로 페인트칠을 했다. 올렌카는 두 손으로 허리를 짚고, 마당 구석구석을 돌아다니며 일을 지시했다. 그녀의 얼굴에서 예전처럼 미소가 빛나기 시작했다. 활기찬 그녀의 모습은 마치 오랜 잠에서 깨어난 것 같았다. 그러던 중 수의사의 아내가 왔다. 그녀는 비쩍 마른 추녀에 머리도 짧고 고집스러워 보였다. 그녀가 데려온 어린 소년은 제 또래에 비해 체구가 작았다. 하지만 볼이 통통하고, 파란 눈망울이 예뻤으며, 양 볼에는 보조개가 들어갔다. 소년의 이름은 사샤였다. 소년은 마당에 들어서자마자 고양이를 쫓아다녔다. 마당 가득 발랄한 아이의 목소리가 울려 퍼졌다.

"아주머니네 고양이예요?"

소년이 올렌카에게 물었다.

"고양이가 새끼 낳으면 저희도 한 마리 주세요. 네? 우리 엄마가 쥐를 끔찍이 싫어하시거든요."

올렌카는 사샤와 얘기하는 동안 가슴에 온기가 전해지고, 전율이 느껴졌다. 마치 자신의 친아들처럼 여겨졌다. 밤에 소년이 식탁에 앉아 복습을 하고 있으면, 올렌카는 연민 어린 눈빛으로 감격에 겨워 아이를 바라보았다. 그러고는 이렇게 속삭였다.

"정말 잘생기고 귀엽구나! 사랑스러운 사샤, 정말 똑똑하구나! 살결도 어쩜 이렇게 희고 고우니!"

소년은 목청껏 책을 읽었다.

"섬이란 사면이 바다로 둘러싸인 육지를 말한다."

"섬이란 사면이 바다로 둘러싸인……."

올렌카는 소년이 말하는 것을 그대로 반복했다. 오랜 침묵과 무념의 껍질을 깨고, 실로 오랜만에 그녀가 확신을 갖고 말한 의견이었다.

이제 그녀는 자신의 주관을 갖고, 저녁식사 자리에서 사샤의 부모에게 이렇게 말했다.

"요즘 중학교 수업은 너무 어려워요. 그래도 실업 교육보다는 역시 전통 교육이 낫죠. 중학교만 졸업하면 길이 활짝 열려서, 의사가 되고프면 의사가 되고, 엔지니어가 되고 싶으면 엔지니어가 될 수 있잖아요."

사샤는 중학교에 입학하였다. 사샤의 어머니는 하리코프에 있는 언니네에 들르러 간 후로 돌아오지 않았다. 사샤의 아버지는 가축검역 일로 출장을 가면 사나흘씩 집을 비우곤 했다. 올렌카는 사샤가 마치 부모로부터 버려진 아이고, 집안의 잉여인간 취급을 받고, 굶주려 죽어가는 것만 같아서 안쓰러웠다. 결국 그녀는 자신이 지내는 별채의 작은 방 하나를 사샤에게 내주었다.

그렇게 사샤가 별채로 옮겨 온 지 어느새 반년이 흘렀다. 아침마다 올렌카가 아이의 방에 들어서면, 아이는 한쪽 팔을 베고 곤히 자고 있다. 올렌카는 그런 소년을 깨우기가 애처로워 조심스럽게 말한다.

"사샤! 이제 그만 일어나야지. 지각하겠다."

그러면 사샤는 일어나서 옷을 챙겨 입고, 신께 기도를 드린 후 차를 마시려고 식탁에 앉는다. 사샤는 차를 세 잔 마시고, 커다란 베이글 두 개, 버터를 바른 프랑스식 빵 반 개를 먹어 치운다. 그러면서도 잠이 덜 깬 듯 부루퉁한 표정이다.

"사샤, 아직 우화를 못 외웠지?"

올렌카는 사샤를 어디 먼 곳에라도 보내는 듯 애틋한 눈길로 바라보며 말한다.

"난 항상 네가 걱정이구나. 우리 사샤, 공부 열심히 해야 한다. 선생님 말씀 잘 듣고, 응?"

"제발 좀 내버려 두세요!"

사샤는 올렌카의 잔소리를 일축하고 집을 나선다. 조그만 체구의 소년이 커다란 모자를 쓰고, 무거운 책가방을 둘러멘 채 학교를 향해 가고 있다. 그럼 올렌카는 그 뒤를 조용히 따라가다가 소년을 불러 세운다.

"사샤!"

소년이 뒤돌아보면 올렌카는 대추나 캐러멜을 손에 쥐어 준다. 학교 앞 골목길로 접어들면, 소년은 키 크고 뚱뚱한 아주머니가 뒤쫓아 오는 게 부끄러워 이렇게 말한다.

"아주머니, 이제 그만 가세요. 나도 혼자 갈 수 있어요."

그럼 올렌카는 어쩔 수 없이 그 자리에 서서 소년이 교문 안으로 사라질 때까지 하염없이 바라본다. 그녀는 이토록 소년을 사랑하는 것이다! 지금 그녀가 소년에 대해 느끼는 애착은 그 어떤 것보다 강렬하다. 시간이 지날수록 올렌카는 소년에 대한 샘솟는 모정을 느낀다. 어쩌면 지금처럼 아무런 욕심이나 바라는 것 없이, 자신의 온 마음을 바쳐 무조건 사랑한 적은 처음인 것 같다. 그녀와 피 한 방울 섞이지 않았지만 이 소년을 위해서라면 목숨이라도 내줄 수 있을 정도이다. 오히려 기쁨과 감격에 겨워 눈물을 흘리며 기꺼이 목숨을 바칠 것이다. 대체 왜 이런 감정이 일어났을까? 누가 알겠는가, 그녀의 마음을?

올렌카는 사샤를 바래다주고는 흐뭇하고, 여유로운 마음으로, 가슴 가득 애정을 품고 천천히 집으로 돌아온다. 사샤와 함께 한 지난 반년 만에 올렌카는 회춘했고, 얼굴에선 미소가 떠나지 않았으며, 눈망울은 다시 반짝거렸다. 이제 거리에서 마주치는 사람들도 그녀에게 관심을 갖고, 말을 건넨다.

"안녕하세요, 귀여운 올가 세묘노브나 아주머니! 어떻게 지내세요?"

"요즘엔 중학교 공부가 그렇게 어렵대요."

그녀는 시장에서도 같은 얘기를 한다.

"정말 농담이 아니라니까요. 글쎄 어제는 중학교 1학년생한테 우화를 외우고, 라틴어를 번역하라는 숙제를 줬지 뭐예요. 그것 말고도 또 있더라고요. 어린애들한테 너무하는 거 아니에요?"

올렌카는 선생님들에 대한 소문, 수업이나 교재에 대한 얘기 등 사샤에게서 들은 얘기들을 그대로 늘어놓는다.

두 시가 넘으면 두 사람은 같이 점심을 먹고, 밤에는 다시 복습과 예습을 하느라 진땀을 뺀다. 소년의 잠자리를 챙겨 주고 나서도, 그녀는 한참 동안 소년에게 성호를 그어 주고 낮은 목소리로 기도를 해 준다. 그러고 나서야 자신도 잠자리에 든다. 잠자리에 들어서도 올렌카는 사샤가 졸업한 후 의사나 엔지니어가 되어 큰 집과 말, 마차를 갖고, 결혼도 하고, 아이도 낳는 먼 미래를 상상한다. 그녀는 자면서도 이런 꿈을 꾸고, 기쁨에 겨워 눈물을 흘린다. 그런 그녀의 옆에서 검은 고양이 브리스카가 울음소리를 낸다.

"가르릉…… 가르릉…… 가르릉."

그때 누군가 문이 부서져라 세차게 두드린다. 올렌카는 소스라치게 놀라 두려움에 숨이 막힐 지경이다. 그녀는 두려운 생각에 사로잡혀 심장이 조여 오는 듯하다. 삼십 초 후 또다시 세찬 노크 소리가 들린다.

올렌카는 온몸을 떨며 생각한다.

'하리코프에서 온 전보일 거야. 사샤 엄마가 하리코프로 사샤를 보내라는 걸 거야……. 아, 어쩌지?'

그녀는 정신이 혼미해지고, 손발에 피가 통하지 않는 기분이다. 자신이야말로 이 세상에서 가장 불행한 존재라는 생각이 든다. 그렇게 일 분여가 흐른 후, 멀리서 말소리가 들려온다. 수의사가 돌아온 것이었다.

'휴우! 살았다. 정말 다행이다!'

무섭게 뛰던 심장도 조금씩 진정되고, 손발도 다시 따스해지는 것 같다. 올렌카는 다시금 안도하며 편안함을 느낀다. 그녀는 잠자리에 누워 다시 사샤 생각에 잠긴다. 같은 시간 사샤가 잠든 옆방에서 깊이 잠든 소년이 이따금 잠꼬대를 한다.

"이런 제길! 저리 비켜! 제발 그만하라고!"

누군가를 사랑할 때 온전히 상대방이 되어 버리는 여자가 있다.

상대방의 세계가 그녀의 것이 되어 버리고 그의 가치관이 곧바로 그녀의 잣대가 되어 버리는 여자. 상대에게 모든 존재성, 즉 이성과 감성과 영혼을 바치는 여자.

그럼으로써 꽃처럼 피어나고 생명력을 갖는 솔직한 성품의 올렌카를 사람들은 귀여운 여자라고 불렀다.

사랑하는 대상이 바뀔 때마다 이전과 상충되는 가치를 역설하면서도, 너무나 몰입되어 있어 그것을 깨닫지도 못하며, 사랑하는 대상이 없으면 생명력을 잃어 버리고, 세상에 대한 자신의 의견을 가질 수 없어서 불행해지는 여자 올렌카.

전혀 다른 기질과 가치관을 가진 사람들과의 두 번의 결혼, 그리고 이미 결혼해서 부인이 있는 군수의사인 스미르닌과의 못 이룬 사랑에 이어, 오랜 공백 끝에 그녀가 찾은 사랑은 스미르닌의 아들인 사샤에게 주는 모성적 사랑이다.

그것은 여자들이 삶에서 겪는 보편적 사랑의 여정일 것이다.

다만 그녀 자신의 아들이 아닌, 사랑했던 사람의 아들이라는 것이 다를 것인데, 그래서 그녀의 모성성은 더욱 확대돼서 느껴지며 근원적 형태로 이미 여자 안에 깃

들어 존재하는 것임을 알 수 있다.

　누군가를 사랑하지 않으면 생명력을 갖지 못하는 올렌카를 통해, 체홉은 여자와
사랑 간의 불가분의 관계, 그 운명적 다리를 수없이 놓아 본 것일 게다.

　여자에게 사랑이란 존재의 한 형태인 것이다.

어떤 사랑 이야기

기쿠치 간

기쿠치 간
菊池寬, 1888-1948

본명은 기쿠치 히로시. 가가와현 출생. 교토제국대학 영문과 재학시절 아쿠타가와 류노스케(芥川龍之介), 구메 마사오(久米正雄) 등과 교우하며 문학 잡지 《신시초》를 펴냈다. 졸업 후 《시사신보》 기자를 역임했다.

1918년 「무명작가의 일기」 「다다나오경 행장기」 등을 당시 권위지 「중앙공론」에 발표함으로써 작가로서 순조로운 출발을 하였다. 1920년 「진주부인」을 《오사카매일신문》 《동경일일신문》에 동시 연재하였고, 그밖에도 「원한을 넘어서」 「도주로의 사랑」 등 오십여 편에 이르는 장편소설을 발표하여 신현실주의 문학의 새 방향을 열었다는 평을 받고 있다.

1923년 종합지 《문예춘추》를 창간하였고, 아쿠타가와 상, 나오키 상 등을 제정하여 신진작가의 발굴과 육성에 이바지하였다.

옮긴이 양영철

일본 도키와대학교 커뮤니케이션학과를 졸업하고 시카고 드폴대학교 대학원에서 수학했다. MBC, EBS 다큐멘터리와 내셔널지오그래픽 다큐멘터리를 다수 번역했고, 다년간 외자유치 업무에 종사했다. 현재 번역자, 저술가로 활동 중이며 PLS에이전시 대표를 맡고 있다. 옮긴 책으로 「세상을 매혹하는 기술, 컨셉」 「아버지가 딸에게 보내는 편지」 「나의 왼발」 등이 있다.

아내의 할머니는 삼사 년 전에 이미 돌아가셨는데, 구라마에에서 미곡 중개상을 하며 검을 차는 특권을 누리던 '묘지타이토고멘'으로, 상당한 위세를 떨치던 야마초—줄이지 않고 말하자면 야마시로야 초베—의 외동딸이었다.

아무튼 구라마에의 미곡 중개상으로 야마초라고 하면, 요즘으로 말하면 정부의 어용상인쯤 된다고 할 수 있다. 재산이 족히 이삼백만 엔쯤은 될 거라고들 하는 쟁쟁한 실업가에 해당하는 위치였다. 그러니 아들이 둘이나 있긴 했지만 외동딸인 할머니가 어릴 때부터 애지중지 보살핌을 받았다는 건 말할 것도 없을 것이다. 할머니의 어린 시절 기억이긴 하지만, 정월인가 언젠가 참배하러 갔을 때는 붉은색 바탕에 금가루로 그림이 그려져 있고, 그 위에 금방울이 달린 나막신을 신었다고 한다. 나막신의 몸통에는 통로가 뚫려 있어서 할머니가 가마에서 내려

나막신을 신을 때면, 그 안으로 따뜻한 물을 흘려 덥히는 아주 사치스러운 것이었다.

할머니는 처녀로 막 접어들 무렵인 열네댓 살 때 이미 구라마에에서 절세가인으로 평판이 자자할 정도로 아름다웠다고 한다. 하지만 결혼 생활은 매우 불행했다. 열일곱 살 때 후카가와 기바에 살고 있던 마에지마 소베라는 덴포[1] 시절에 에도의 자산가 서열로 서쪽 지역 일인자였던 천만장자의 집으로 시집을 가게 된 것이다. 요즘 식으로 말하면 매매혼에 가까웠다. 그 무렵 가세가 기울기 시작했던 할머니의 집은 마에소(마에지마 소베)에게 십만 냥이라는 어마어마한 빚을 지고 있었다. 게다가 마에소라는 사내는 완고한 사람으로도 유명했다. 그런 그가 무섭게 독촉을 해 와 할머니의 아버지는 독촉을 피하고, 또 다른 의미에서 빚을 메우기 위해 마에지마 소베가 후처를 찾고 있는 상황을 이용하여 애지중지하던 소중한 외동딸을 희생시켜 버린 것이다.

할머니가 결혼했을 때 상대인 소베는 마흔일곱 살이었다고 하니, 할머니와는 서른 살이나 차이가 있었다. 전처 소생의 아들과 딸이 모두 네 명이나 됐으니 당연히 할머니의 결혼생활은 행복할 리가 없었다. 소베라는 사내 역시 자산가라면 누구나가 그렇듯 난봉꾼이어서, 할머니에게 진정으로 애정을 쏟지도 않았다. 여기에 채무에 대한 저당이었으

---

1) 닌코 천황 치세에 사용된 연호. 1830년~1844년.

니 자기 멋대로 해도 된다는 생각에 소중한 장난감처럼 대하지 않고, 우롱하고 괴롭히기만 했다. 그 무렵 불과 열일곱 살이었던 진주처럼 청초한 할머니의 가슴에는 이성에 대한 부드러운 애정이 아닌 추악한 압박과 욕정만이 생생히 새겨지게 된 것이다. 하지만 다행인지 불행인지, 소베는 결혼한 다음 해인 안세이²⁾ 5년에 콜레라 대유행으로 갑자기 세상을 떠나게 된다.

그때 할머니는 내 아내의 어머니를 임신하고 있었다. 장남은 스물다섯 살이나 되었고, 게다가 전처 자식이 네 명이나 되었다. 이런 상황에서 소베가 죽은 뒤에도 할머니가 그 집에서 계속 산다는 것은 아직 젊은 할머니를 위해서도, 전처 자식들을 위해서도 좋은 일이 아니었을 터다. 그래서 할머니는 아이를 낳자마자 갓난애를 데리고 그 집을 나오게 된 것이다. 소베의 자식들은 이해심이 많았는지 아량을 베풀어 아이의 양육비로 일만 냥의 거금을 나눠 주었다. 할머니는 그 돈을 받아 아이를 데리고 일단 마을로 돌아왔다. 하지만 아이를 맡기고 재혼을 하라는 부모의 권유와 구름처럼 몰려드는 혼담을 거절하고 딸을 데리고 무코지마로 나가 살게 되었다. 여기서 든든한 하인 부부를 두고 평생을 독신으로 살았다. 아마도 첫 결혼에서 남자가 얼마나 추한 존재인지 질리도록 느끼게 된 데다, 순진하고 상처 입기 쉬운 처녀 시절이었던지라

---

2) 고메이 천황 치세에 사용된 연호. 1854년–1859년.

더 큰 충격을 받는 바람에 치유하기 힘들 정도로 남성을 혐오하게 된 듯하다. 할머니는 무코지마의 작고 조용한 집에서 유신혁명도, 쇼기타이彰義隊 전쟁도 모두 강 건너 불구경하듯 하며 조용히 보냈다. 그리고 메이지[3] 십이삼 년 무렵에, 외동딸을 그 시절 인망이 높은 다죠칸[4] 관리였던 장인에게 시집을 보냈다. 할머니의 결혼생활이 불행했던 것과는 반대로, 딸은 매우 축복받은 결혼생활을 했다. 할머니는 이내 딸네 집으로 들어가 그곳에서 행복한 만년을 보냈다. 손자들을 진심으로 사랑하고, 또 손자들의 진심 어린 사랑을 받으며……

*

내가 아내의 할머니를 알게 된 것은 당연히 아내와 결혼한 뒤의 일이다. 그때 할머니는 일흔을 넘긴 나이였다. 하지만 후처였다 하더라도 부끄럽지 않을 만큼의 몸가짐과 품위를 가진 분이었다. 아내가 할머니의 제일 마지막 손녀였기 때문에 할머니의 애정은 당시 아내가 독점하다시피 했다. 그래서 사흘이 멀다 하고 우리 신혼집을 찾아오셨다. 열여덟 살부터 미망인으로 살아오셨기 때문인지 아름다운 외모와 달리 괄괄한 남자처럼 뭐든 확실하게 말씀하셨다.

언제나 문밖에서 차 소리가 난다 싶으면, 할머니의 화려하고, 또 나

---

3) 메이지 천황 시대의 연호. 1868년~1912년.
4) 지금의 내각에 해당되는 메이지 시대 전기의 최고 관청.

이보다 삼사십은 젊은 듯한 목소리가 들려온다.

"또 늙은이가 방해하러 왔네. 젊은 사람들끼리만 있으면 가끔은 싸움이 나기도 한다니까." 나이에 전혀 어울리지 않는 싹싹하고도 나이 많은 사람치고는 부드러운 목소리로 인사를 건네며 씩씩하게 안으로 들어오시곤 했다. 난 할머니를 인격적으로도 좋아했던 데다 에도 시대, 특히 분카, 분세이[5] 이후의 퇴폐하기 시작한 에도 문명을 연구하는 걸 무척 좋아했다. 이 때문에 나는 그때를 배경으로 한 멋진 역사소설을 쓰고 싶은 마음을 갖고 있었다. 그러던 터에 그 시대를 눈으로 보고 몸으로 겪으며 살아온 할머니를 통해 그 시절의 인정과 풍습과 여러 계급의 다양한 생활상을 듣는다는 건 나에게는 매우 흥미로운 일이었다. 할머니도 자신의 옛날이야기를 열심히 들어 주는 사람이 있다는 사실에 고무되었는지 이런저런 재미있는 이야기를 들려주셨다.

에도의 18대통[6] 이야기나 덴포 시대에 있었던 미즈노 에치젠 수령의 개혁 이야기[7], 아사쿠사 사루와카초의 연극 이야기에, 번성했던 옛날 아사쿠사 칸논 지역[8]의 모습, 료고쿠의 대로에 등장했던 기발한 볼거리 얘기라든가, 상인 집안의 연중 행사 등등, 책에서는 찾아보기 어려운 이야기들이 매우 자세하고 시원시원한 목소리로 할머니의 입을 통

---

5) 에도 시대의 연호. 1804년–1830년.
6) 유곽이나 번화가에서 화려하게 잘 놀거나 모든 일에 달관한 사람을 자처하는 서민.
7) 미즈노 다다쿠니 주도 하에 있었던 막부와 번들에 대한 개혁.
8) 센소사의 별칭.

해 흘러나왔다.

워낙에 열심히 들은 데다 때때로 공책에 내용을 받아 적기도 해서 할머니는 나를 무척 신뢰하고 좋아했다. 아내의 자매는 세 명이나 되었고 모두 도쿄에 집이 있었음에도 불구하고, 할머니는 우리 집에만 너무 빈번하게 찾아왔다.

그러자 결국에는, "너희 집에서만 할머니를 독점하면 못써. 할머니도 그래. 아오야마에만 가시다니 말야!"라며 아내 자매들이 불평할 지경이었다.

*

그때는 할머니의 이야기도 슬슬 바닥이 나기 시작할 무렵이었다. 어느 날, 나는 "뭐 더 재미있는 이야기 좀 없을까요? 할머니께서 직접 겪으신 좀 독특한 일 같은 거 말예요."라고, 방향을 바꿔 다른 이야기를 해 달라고 졸랐다. 그러자 할머니는 잠시 생각에 잠기더니, "글쎄다. 내 얘기 중에 아무에게도 말하지 않은 게 하나 있긴 하지. 평생 동안 아무에게도 말 안 하려고 했으니까······."라며 균형이 잡힌 얼굴을 살짝 붉히시고선, "그래, 그럼 참회하는 마음으로 이야기를 좀 해 볼까. 아야[9] 앞에서는 말하기 곤란한 이야기지만, 마침 자네 혼자뿐이니 말야."라며

_____
9) 남자의 아내의 이름.

할머니는 다음과 같이 이야기를 꺼내셨다. 나는 이제부터 그 이야기를 쓰려고 한다. 하지만 사오 년 전의 이야기라 할머니의 말투까지 그대로 전달할 수는 없을 듯하다. 그런 점을 이해하고 들어 주길 바란다.

"나는 아야 할아버지에게 질릴 대로 질렸었어. 그래서 평생 동안 남자 없이 살리라고 결심을 했었지. 그리고 그 결심을 힘겹게 관철해 나갔지. 그런데 딱 한 번 자칫 각오를 깨뜨릴 뻔한 적이 있었어. 부끄러운 이야기를 해야겠지만⋯⋯." 할머니는 말하기 조금 껄끄러운 듯 보였다. "자랑은 아니지만 아이를 데리고 돌아오긴 했는데, 재혼 이야기가 끊이질 않았어. 삼천 석의 녹봉을 받던 무사 나리라며 재혼이라 해도 괜찮다, 아이를 데리고 와도 전혀 문제가 없다고 열을 올리는 분도 있었지. 하지만 내 각오는 조금도 흔들리질 않았어. 딸아이가 클 때까지는 세상과도 잘 섞이지 않을 심산으로 무코지마에 은둔하다시피 했었고. 그 이야기는 벌써 여러 번 했지만⋯⋯. 무코지마에서 산 지 몇 년째 되던 해더라, 내가 아마도 스물너덧 살이 되던 해였을 게야. 유신이 일어나기 직전이었나. 삶이 외롭고 쓸쓸하다고 느껴지기 시작한 거지. 아무래도 집에만 틀어박혀 사니까 따분해서 그러려니 싶었어. 그래서 다섯 살이던가 여섯 살이 된 딸아이를 데리고 세상 구경에 나서게 된 거지. 그때까진 세상과 최대한 떨어져 살려고 했는데 반대로 세상이 자꾸 그리워지는 거였어. 바로 그 무렵이었을 거야. 나는 어떤 남자를, 요즘 젊은이들 말로 표현하자면, 사랑하게 된 거라네. 웃으면 안 돼. 이 노친네는 지금 참회하는 심정으로 말하는 거니까. 그 남자는 배우였어. 과부가 배우한테 빠지는 일이야 흔하니 자네도 씁쓸하게 생각할지 몰라. 그래도 난 조금 달랐어. 내가 사랑한 배우는 아사쿠사 사루와카초에 있는 모리타 극장(여긴 유신이 일어난 뒤에 츠키지로 옮겨서 신토미 극장으로 이름이 바뀌었는데)에서 배우를 하던 신노스케라는 사람이었어. 소년 역을 맡던 배우로 인기도 없고 집안도 좋지 않은 사람이었지. 하지만 왠지 모르게 이 배우가 무대에 서면 나는 다른 모든 걸 잊고 넋이 나간 사람처럼, 마치 꿈이라도 꾸는 듯한 심정이 되었지. 이 배우는 오타니 도모에몬이라는 교토에서 인기가 높은 배우, 그러니까 요즘으로 치면 간지로 같은 명배우가 있는 극단에 속해서 에도에 오게 된 거였다네. 그런데 처음에는 에도의 물이 맞지 않았는지 무대에 서도 사람들에게 전혀 인기가 없었지. 아무리 웃음을 지어도 얼굴 어딘가에 어두운 그림자가 사라지지 않는 쓸쓸한 표정이 구경꾼들의 호감을 사지 못했던 것 같아. 게다가 이 배우의 동작이 너무 소박하지 뭐야. 다른 가부키 배우들은 화를 낼 때는 눈을 부라리고, 울 때는 큰 소리로 울부짖고, 웃을 때는 무대가 흔들릴 정도로 큰 소리를 내는데, 이 배우는 울 때나 웃을 때나 기복이 없어서 진심으로 울거나 화를 내거나 웃거나 하는 모습도 평범한 사람이 울거나 웃거나 하는 것과 전혀 다를 게 없는 거야. 그 점이 내 가슴에 크게 와 닿았어. 그 시절 사람들에게는 전혀 감흥을 주지 못했던 거지만 말야."

"지금은 그런 연기를 사실주의라고 하지요. 그런 배우를 찾아낸 할머니는 역시 눈이 높으시군요."라며 나는 감탄했다.

"그렇게 놀려 대면 곤란해. 아무튼 이 배우가 관객들에게 인기가 없으면 없을수록 나는 그 사람을 동정하게 됐어. 그의 연기를 보러 오는 건 나 하나밖에 없는 것 같았거든. 그를 처음 본 건 〈가마쿠라 삼대기鎌倉三代記〉의 미우라 노스케를 연기하던 때였지. 내 옆에 있는 사람들은 험담만 늘어놓더라고. '교토에서 온 배우들은 기본이 전혀 안 돼 있다니까. 저기서 도키히메 어깨에 손을 대는 법이 어디 있어.'라느니, '오토와야(그 당시에는 삼 대 기쿠고로였는데)의 미우라 노스케와는 천양지차로군. 도대체가 표정 짓는 법 하나도 모르잖아.'라느니, 정말로 심한 말을 늘어놓더라고.

하지만 나는 틀에 맞는지 어떤지는 잘 몰라도 무대 위의 신노스케는 상처 입은 젊은 용사가 사랑하는 아내와 주군에 대한 의리 사이에서 괴로워하는 미우라 노스케의 속내를 생생히 잘 표현하는 것 같았어. 먼 옛날의 용사가 내 오라버니처럼 느껴져서 호감이 갔지. 그 후로 나는 날마다 모리타 극장에 가고 싶었어. 그래서 아사쿠사에 참배하러 간다는 핑계를 대고, 아무것도 모르는 천진난만한 아야의 엄마를 데리고 모리타 극장엘 간 거야.

하지만 하루 종일 보고 있을 수는 없으니 팔각에, 그러니까 요즘으로 치면 오후 두 시쯤이 되겠네. 신노스케가 나오는 일 막과 이 막만 보러 갔어. 결국에는 아이를 하인에게 맡기고 나 혼자서 날마다 찾아가는 상황까지 되고 말았지. 이렇게 되고 보니 이전까지는 아무런 느낌도 없던 아름답다는 평판이 기쁘게 느껴지더라고. 꼭 무슨 외모 자랑하는 것처럼 들리겠지만……."

할머니는 잠시 말을 흐렸다. 그렇게 말하는 할머니의 얼굴을 보며 스물너덧 살이던 한창 때의 할머니 모습을 상상해 보았다. 그러자 내 눈앞에 자리한 노인의 모습은 순식간에 사라지고 기요나가[10]가 그린 미인도에서 빠져나온 듯한 싱싱하고 요염한 도시 여인의 모습이 생생히 보이는 듯했다.

"그때까지는 아름답다는 말을 들어도 전혀 기쁘지 않았는데, 그때부터 내가 아름답게 태어난 걸 다행이라고 여기게 되었어. 신노스케에게 다가갈 수 있는 유일한 희망은 내 외모라는 생각이 들었으니까."

"그런데 말야." 할머니의 목소리가 갑자기 쾌활해지기 시작했다. "신노스케의 민얼굴을 딱 한 번만이라도 좋으니 보고 싶다고 애타게 바라던 소원이 이뤄진 거야. 멀리서나마 신노스케의 민얼굴을 보게 됐지. 그런데 민얼굴을 한 번 보자마자 석 달가량 계속됐던 내 사랑이 갑자기 식어 버리지 뭐야. 참 우습지 않나? 그날도 나는 하나뿐인 딸도 안 데리고 모리타 극장엘 갔었는데 집으로 돌아가는 시간이 조금 늦어 서둘

---

10) 에도 시대 풍속화 화가 중 최고의 예술가로 손꼽히는 인물.

러 우마미치 거리를 걸어가고 있었어. 그런데 옆에 지나가던 어떤 처자가 '어머, 신노스케가 오네!'라고 하지 뭐야. 나는 그 소리를 듣자마자 가슴이 뛰어 내가 내 다리로 온전히 땅을 딛고 섰는지도 모를 정도로 흥분하고 말았어. 그래도 이 기회를 놓치면 다시는 볼 수 없을 거란 생각에 필사적으로 뒤를 돌아봤지. 그런데 내 바로 뒤에 안색이 파리하다 못해 시커멓고 뺨도 푹 꺼지고 피부도 거친 왜소한 덩치의 사내가 걸어 오지 않겠어. 나는 이 남자가 그 멋지고 의젓한 신노스케일 리가 없다고 생각하며 주위를 살펴보았어. 그런데 그 사람 말고는 술집 직원으로 보이는 꼬마와 열일고여덟 살쯤 되어 보이는 여자애가 걸어오는 게 다였어. 아무리 봐도 신노스케 연배의 남자는 눈에 띄질 않더라구. 하도 신노스케 생각만 하느라 그 처자가 한 말을 잘못 들었나 싶어서 내심 부끄러운 생각이 들었지. 그래도 혹시나 해서 그 파리한 사내의 뒤를 따라가 보기로 했어. 그런데 그 남자는 센소사 경내로 들어가더니 지금은 상가가 자리하고 있는 찻집으로 들어가지 뭐야. 나는 자연스럽게 그 남자 앞쪽에 한 삼 척 정도 거리를 두고 자리를 잡았어. 그는 굵은 줄무늬 기모노에 비단으로 된 겉옷을 입고 있었는데 배우다운 멋이라곤 전혀 없었어. 나는 분명 사람을 잘못 본 거라고 생각하며 그 남자를 지켜봤지. 아무리 봐도 말투에서부터 몸짓까지 무대 위의 신노스케하고 닮은 구석이라곤 찾아볼 수 없는 데다가 상스럽고 천박해 보이는 게 도저히 참을 수 없더라고. 이런 남자가 신노스케라니 말도 안 된다는 생각을 했지.

그런데 마침 짤막한 띠를 두른 한량처럼 보이는 두 사내가 들어와서는 신노스케를 보더니, '이봐, 신노스케. 공연은 벌써 끝났어?'라고 하는 거야. 나는 정신을 놓아 버릴 정도로 실망하고 말았어. 신노스케의 모습은 무대 위에서만 존재하는 환상일 뿐, 진짜는 이렇게 추한 거였나 싶은 생각이 들고 생살을 도려내는 듯한 낙담을 맛보았다네.

그런데 그 한량 같은 사내 하나가 '나리, 어때요? 하나카와도의 다쓰 두목 쪽에서 큰 노름판이 벌어졌대요.'라고 말하지 뭐야. 보아하니 신노스케는 이런 남자들을 상대로 도박이나 하는 품행이 나쁜 사내라는 걸 알 수 있었어. 나는 악몽에서 깨어난 듯한 심정으로 무섭고 지저분한 것에서 도망치듯, 자리를 떠 집으로 돌아왔지."

"잘된 거네요. 만약 할머니께서 그런 배우에게 속기라도 했다면 아야코는 어떻게 됐을지 모를 일이잖아요." 나는 안도하며 이렇게 말했다.

"그런데 이게 또 후일담이 있다니까. 그날 집으로 돌아온 나는 한참을 생각했지. 내가 좋다고 생각했던 건 신노스케라는 배우가 아니라 신노스케가 연기한 미우라 노스케니, 가쓰요리니, 주지로니, 고레모리 같은, 지금은 세상에 없는 멋지고 늠름한 사람들이 아니었을까. 이렇게 생각하니 나름 납득이 가더라고. 영감에게 지긋지긋하게 시달리며 이 세상 남자들이 싫어졌지만, 무대 위에서나 볼 수 있는 먼 옛날의 멋진 남자들은 사랑했던 건지 모르지. 이렇게 생각하니 분장을 안 한 신노스케의 모습이 참을 수 없을 만큼 싫어졌어. 그리고 모리타 극장에 매일

가다시피 했던 내 자신이 부끄럽게 느껴져 그 뒤로는 발길을 끊게 됐어." 할머니는 이렇게 이야기를 끝내려는 듯 보였다.

"그게 다인가요? 그 뒤로는 신노스케라는 사람하고는 만나지 않으셨어요?" 뒷얘기를 끌어내려고 질문을 하자, "그러니까 후일담이 있다고 했잖나. 반년가량은 모리타 극장 근처에도 안 갔어. 그런데 어느 날 딸아이가 '어머니, 요즘은 연극 보러 안 가시네요. 어제 선생님 댁에서 들었는데 요새 모리타 극장의 평판이 정말 대단하대요.'라지 뭔가 글쎄. 딸아이는 무용을 배우고 있었는데, 거기서 연극에 대한 소문을 들었던 게지. 마침 민얼굴의 신노스케를 봤을 때 느꼈던 불쾌감이 서서히 사라져 가던 터라 연극만 보는 거라면 큰 문제없겠다 싶어서 딸아이를 데리고 모리타 극장엘 다시 가게 됐어. 〈주신구라〉 전막을 공연하고 있었는데 거기서 신노스케는 간페이 역할로 나오더군. 나는 오 막인 야마자키 가도 부분에서 간페이가, 사실은 신노스케가, 소총과 화승총을 들고 하나미치[11]를 숨을 헐떡이며 달려가는 걸 봤을 때 너무 놀랄 정도로 감탄을 하고 말았어. 우마미치 거리에서 봤던 검푸른 안색에 푹 꺼진 뺨이 전부였던 볼품없는 사내는 찾아볼 수 없었어. 그 대신 마치 몰락한 무사처럼, 상냥함과 품위를 가진 사내가 전력으로 달리는 모습은 뭐라 형용할 수 없을 만큼 멋지고 용감하게 내 가슴에 파고든 거야.

---

11) 가부키 극장에서 무대 왼편에서 객석을 가로질러 마련된 통로.

우마미치에서 봤던 신노스케의 추한 민얼굴은 완전히 사라져 버린 거지. 나는 신노스케의 간페이를 보자마자 바로 옛날처럼 기쁨에 빠져 버리고 말았어. 그로부터 또다시 날마다 신노스케를 보러 가게 됐어. 이번에는 신노스케에게 반한 게 아니라 신노스케가 연기하는 연극의 역할들에 반한 거라는 걸 스스로도 잘 알고 있었으니, 모리타 극장을 그렇게 날마다 찾아가면서도 조금도 부끄럽지 않았어. 전보다 더 공공 연하게 아무 거리낌 없이 무대 정면의 자리에, 그것도 무대에서 최대한 가깝고 좋은 자리를 골라 앉았어. 세 번에 한 번은 딸아이를 데리고 갔 는데, 나중에는 그 아이가 질려서 따라오질 않게 된 걸 다행이라 생각 하면서 말야. 그렇게 날마다 다니는 데다가 신노스케가 무대에 나오는 시간에 맞춰 들어갔다가 신노스케의 무대가 끝나면 바로 자리를 떴으 니 배우들 사이에서도 소문이 났던가 봐. 저 여자 손님은 나리코마야(이 게 신노스케의 예명이야.)한테 마음이 있다고 말이야. 그런 소문이 나자 무 대 위에서 신노스케가 날 뚫어져라 쳐다보기 시작하더군. 나는 무대의 신노스케가 날 쳐다보는 게 꼭 미우라 노스케나, 가쓰요리나, 간페이 나, 요시쓰네 같은 과거에 살았던 멋진 사람들이 보는 것처럼 느껴져서 기분이 나쁘지 않았어. 그러다 보니 점점 신노스케의 눈빛이 격렬해지 지 뭐야. 단순히 저 여자는 '내 단골이니 봐 주자.'는 정도가 아닌 것 같 더라고. 시간이 지날수록 나를 보는 신노스케의 눈빛이 불처럼 타오르 는 거였어. 나는 너무 뜻밖이라고 생각했지. 이렇게 해서 나와 신노스케는 무대 위와 아래에서 내내 서로를 바라보았던 거고. 서로 같이 쳐다보았어. 내가 바라보는 건 신노스케가 아니라 미우라 노스케나 주지로 같은 환상 속에 있는 옛날 사람들이었지만, 신노스케는 그렇게 생각하지 않은 것 같더라고.

어느 날인가, 내가 멍하니 관람하고 있는데 안내인 하나가 정말로 훌륭한 과자를, 요즘에 볼 수 있는 떡과자가 아닌 정성을 들여 만든 건과자가 든 상자를 갖고 왔더군.

그러고선 '이건 신노스케 나리께서 드리는 겁니다.'라는 거야. 이때는 〈스가와라덴쥬테나라이카가미〉[12]를 공연하고 있었는데, 신노스케는 도키요노미야를 연기하고 있었다네. 안내인의 그 말을 듣는 순간 무대 위에 있던 멋진 도키요노미야에 대한 환상이 사라지더라고. 그 대신에 우마미치에서 만났던 검푸른 안색에 뺨이 홀쭉했던 왜소한 사내의 모습이 머릿속에 생생하게 떠올랐어. 그 순간 나는 참을 수 없는 불쾌감을 느껴 막이 내리자마자 도망을 치듯 자리를 떴어. 물론 건과자는 쳐다보지도 않았고.

그런 일이 있은 후로 보름가량은 모리타 극장을 찾지 않았는데 그러는 사이에 또다시 신노스케가 무대에서 연기하는 모습이 보고 싶어지지 뭐야. 바로 그해 여름의 흥행 작품이었거든. 바킨의 작품인 〈핫켄

---

12) 3대 가부키 작품 중 하나.

덴〉을 모리타 극장의 전속 작가가 각색해서 아주 좋은 평판을 얻었지. 거기서 이누즈카 시노의 역할을 맡은 신노스케의 연기가 매우 훌륭하다는 소문이 나서, 난 또다시 억누를 수 없는 마음에 모리타 극장을 찾게 되었다네. 늘 앉던 정면 앞자리에서 기다리고 있자니, 시노로 분장한 신노스케가 날 바로 알아보더군. 그건 오랜 세월 어머니와 떨어져 살던 어린아이가 오랜만에 사랑하는 어머니를 본 것처럼, 당장에라도 눈물을 왈각 쏟아 낼 것만 같은 묘한 눈빛이었어. 보름이나 찾지 않았다는 사실 때문에 신노스케에게 미안하다는 생각이 들 정도로 말이야. 신노스케가 연기하는 시노는 상대인 이누카이 겐파치와 치열하게 싸우면서도, 틈이 날 때마다 내 쪽으로 불타는 듯한 눈빛을 흘려보내지 뭔가. 진짜 신노스케가 이렇게 빈번히 날 쳐다봤었다면 한시도 그 자리에 앉아 있지 못했겠지. 하지만 신노스케가 시노로 분장해서인지, 왠지 시노의 연인인 하마지라도 된 양 시노가 쳐다본다는 사실에 가슴이 설레는 것이 나쁘지 않더라고. 나도 시노가 바라볼 때마다 조용히 눈빛을 보내기도 하고, 또 방긋 웃기도 하며 연인의 시선을 받을 때처럼 황홀해 했지.

마침내 막이 내린 뒤 용변을 보러 복도로 나갔는데 어느새 나를 쫓아왔는지 기다리던 안내인이, '부인 잠시만 이리로……'라고 하지 않겠어. 과부로 살긴 했지만 난 머리를 안 잘랐었어. 그걸 가쓰야마[13] 모양으로 틀어 올리기도 하고 분킨타카시마다[14] 모양으로 틀어 올리기도 했던 데다 극장에 드나들게 된 뒤로는 몸단장에 무척 신경을 썼었지. 이 때문에 상점 사모님이나 무사의 첩처럼 보였을 거야. 내가 걸음을 멈추고, '무슨 일인가?'라고 묻자, 안내인이 목소리를 낮추면서, '신노스케 씨가 사모님을 꼭 한 번 뵙고 싶다고 해서요……'라며 두 손을 비벼 대는 거야 글쎄. 만약 그때 안내인이 '이누즈카 시노 씨가'라고 했다면 나는 두말 않고 만나러 갔겠지. 하지만 신노스케라고 말하니까 바로 우마미치에서 만났던 검푸른 얼굴의 왜소했던 사내가 생생히 떠올라 만날 마음이 안 생기더라고. 나는 아주 냉담하게, '무슨 일인진 몰라도 거절하고 싶다고 전해 주게나.'라고 했지. 무대에서의 모습은 그렇게나 내 마음을 사로잡는데 배우 자체에게는 별로 감정이 안 생기더라고. 안내인은 내 말을 듣고 기가 막혀 했지만 그대로 풀이 죽어 자리를 떠나더라고.

그 뒤로도 나는 극이 바뀔 때마다 서너 번씩은 빠지지 않고 구경을 갔어. 그때마다 신노스케가 나를 바라보는 눈빛이 점점 뜨거워진다는 걸 눈치 챘지. 신노스케가 나를 너무 쳐다보는 바람에 내 옆에 앉아 있던 여자 관객들이 심하게 질투할 정도였다네. 하지만 나와 신노스케는 한 번도 만나지 않았어. 신노스케도 내가 자신의 전언을 단호히 거절한 뒤로는 내 마음을 모르겠는지 전혀 손을 내밀지 않더라고. 그러나 신노

---

13) 앞으로 둥글게 말아 올린 에도 시대 부인들의 머리 모양.
14) 끈으로 높이 감아 올린, 우아하고 화려한 여자의 머리 모양으로 현재는 신부들이 애용하고 있다.

스케는 싫었지만 신노스케가 연기하는 극 속의 젊고 멋진 사람들이 날 바라볼 때는 마치 사랑하는 사람에게 시선을 받는 것 같아 기뻐서 똑같은 시선으로 화답하곤 했지.

그러다가 내가 스물여섯 살이던 해의 10월이었다네. 신노스케가 있는 극단이 10월 흥행을 마지막으로 교토로 돌아가고, 11월부터는 8대 단쥬로 극단의 공연이 걸린다는 소문이 돌더군. 거의 이 년이나 정을 주었던 신노스케의 무대와 헤어져야 한다고 생각하니, 지금까지 내 눈앞에 있던 화려한 환상을 순식간에 빼앗기는 것 같아 참 허전한 기분이 들더라고. 하지만 시간이 흐를수록 소문은 사실이라는 게 확실해졌지.

마지막이라는 여운이 남아서인지 나는 거의 이틀에 한 번 꼴로 공연을 보러 갔어. 그때의 공연은 〈요시쓰네센본자쿠라〉였는데, 신노스케는 초밥집 장면에서 야스케, 즉 다이라노 고레모리로 분장을 했었어. 하인으로 분장했지만 흘러넘칠 듯한 품위를 가진 고레모리의 모습을 얼마나 기쁜 마음으로 지켜봤는지 몰라. 고레모리를 사랑하던 초밥집 처녀가 얼마나 부럽던지. 게다가 이 고레모리가 내 눈에 비치는 신노스케의 마지막 모습이라고 생각하니 정이 더욱 커져 가슴을 메울 정도가 되더라고.

그런데 마지막 공연이 가까워 오던 어느 날이었어. 무대에 선 신노스케의 모습과 헤어져야 한다는 슬픔이 내 작은 가슴을 절절히 파고들던 무렵이었고. 그날도 나는 초밥집 막이 끝나고 대강 짐을 챙겨 돌아가려는데, 생전 처음 보는, 배우의 하인인 듯한 사람이 나를 쫓아왔어.

그러더니 '신노스케 나리가 아껴 주신 보답에 대한 증표로 드리는 것이니 부디 받아 주시길 바란다고 하셨습니다.'라며 보라색 비단에 싼 꾸러미를 내밀지 뭔가. 신노스케라는 배우에게는 전혀 관심이 없었지만, 아무래도 그의 무대에는 깊은 아쉬움이 남았었던가 봐. 그래서 아무 말 없이 인사만 하고 꾸러미를 받아 들었지. 신노스케의 문양이 들어간 선물이겠거니 싶었거든. 그런데 집에 와 열어 보니 안에서 나온 건 뜻하지도 않은 한 통의 편지였어. 그 안에는 배우라는 게 믿어지지 않을 만큼의 달필로 장황할 정도로 긴 글이 적혀 있는 거야. 자세한 내용은 잊어버렸지만 아마 대충 이런 내용이었을 거야.

'지난 이 년여의 세월 동안 당신은 아름다운 두 눈동자로 저를 괴롭혀 죽이려고 하시더군요. 당신은 저를 사랑하는 것도 아닐뿐더러 미워하는 것도 아니겠지요. 단지 오랫동안 저를 갖고 놀았다고밖에 여겨지지 않는군요. 어리석은 저는 처음에 당신이 저를 사랑해 주시는 줄로 믿고 난 얼마나 행복한 사람인가, 그렇게 생각했었죠. 저는 관객들에게 갈채를 받지 못해도, 당신의 두 눈동자가 제 동작을 가만히 바라봐 준다고 생각하면, 천 명의 관객에게 갈채를 받는 것보다 훨씬 더 기뻤죠. 그러는 가운데 당신의 눈에 담긴 힘은 날이 갈수록 제 마음에 깊이 파고들었습니다. 배우로서 오랫동안 수많은 여성을 접해 왔지만, 당신처럼 아름다운 분은 만나 본 적이 없었습니다. 언제부턴가 당신을 사모하게 된 것이죠. 당신의 모습이 보이지 않을 때는 객석이 아무리 가득 차도 연기를 하는 데 전혀 의욕이 생기지 않았지요. 반대로 아무리 손님이 없을 때라도 당신의 모습을 객석 한 켠에서 발견하면 다시 태어난 듯한 힘과 정신으로 맡은 역할을 연기해 냈답니다. 그리고 제 동작에 끌려 빛나는 당신의 눈을 보며 얼마나 행복해 했는지 모릅니다. 제가 무대에서 한탄하면 당신도 한탄을 하고, 제가 무대에서 웃으면 당신도 웃는 걸 보고 얼마나 기뻤던지요. 당신이 저를 사랑해 주신다는 걸 믿어 의심치 않았죠. 그리고 당신이 제게 사랑을 고백해 주시길 참고 기다렸습니다. 하지만 제 기대는 무참하게 빗나갔고, 당신은 좀처럼 그굳게 닫힌 꽃봉오리를 피워 주지 않는구나, 이렇게 생각하게 되었죠. 마침내 저는 먼저 사랑을 고백하기로 하고 방법을 궁리했답니다. 그런데 뜻밖에도 가차 없이, 일말의 동정도 없이 거절당하고 말았던 겁니다. 전 엄청난 착각을 했다는 걸 깨달았죠. 당신이 저를 사랑하시는 거라고만 믿었습니다. 당신이 저를 바라봐 주신다고 생각했던 게 다 착각이었고, 관객이 배우를 바라보는 것과 같은 평범한 의미로 저를 바라보았다는 걸 알게 됐죠. 이렇게 생각하니 제 착각에, 구멍이라도 있으면 기어들어가고 싶을 정도로 부끄러워졌습니다. 그 일이 있은 후로 한동안 당신의 모습을 객석에서 찾아볼 수 없게 되자 더욱 착각을 했다고 믿게 되었습니다. 그리고 당신이 저의 무례한 행동에 화가 나서 그 후로 제 앞에 나타나 주지 않는 게 아닌가 하고 생각하니 참을 수 없을 만

큼 깊은 절망과 한탄에 빠지게 되더군요. 그 무렵에 동작을 자주 틀리고 대사를 실수해 성질 급한 좌상에게 종종 '멍청아! 정신 똑바로 차려!' 라는 심한 말을 듣곤 했지요. 그런데도 넋이 나간 사람처럼 텅 빈 껍질만 남은 육체로 무대 위에서 꼭두각시 인형처럼 주위 사람들의 동작에 이끌려 움직이고 있었죠. 세간에서 남자에게는 지옥이라고들 말하는 이곳에서 배우의 한 사람으로 저는 지금까지 사랑도 많이 해 봤답니다. 여자를 잘 알고 있다고 생각하기도 합니다만, 제 마음 깊은 곳까지 움직이는 강렬하고 한결같은 사랑을 느낀 것은 이번이 처음이랍니다. 게다가 그 필사적인 사랑에 무너지고 말았으니, 그때 그토록 낙담하고 실망한 것도 어쩔 수 없는 일이었겠죠. 그런데 어찌 된 일일까요. 당신이 저를 사랑해 주셨다고 생각한 건 터무니없는 저만의 착각이었다고 포기하려던 바로 그때였어요. 그래요. 분명 제가 〈핫켄덴〉의 시노 역할로 무대에 섰을 때였지요. 저는 문득 객석을 바라보다 평소와 달리 객석 앞쪽이 성스럽게 빛나는 것 같은 느낌을 받은 겁니다. 과장해서 드리는 말씀이 아닙니다. 실제로 그렇게 느꼈습니다. 아아, 부인이 와 주셨다는 걸 바로 알 수 있었죠. 저는 이누카이 겐파치와 싸우는 연기를 하며 잠깐 짬을 내 당신이 항상 앉으시는 곳 주변을 살폈지요. 저의 감은 틀리지 않았습니다. 조약돌처럼 어수선하게 자리한 관객들 속에서 야광옥 같은 당신의 얼굴이 주위를 압도하고 있었다고나 할까요. 환하고도 거룩하게 빛나고 있는 게 아닙니까. 게다가 그 두 눈이 멋진 나를 보며 이보다 더 기쁠 수 없다는 듯이 빛나고 이누즈카 시노가 된 제 몸을 꿰뚫을 듯이 날카롭게 지켜보고 있는 겁니다. 그건 분명히 사랑에 빠진 눈동자였어요. 사랑에 빠진 여인의 눈동자였지요. 저는 당신이 그렇게도 매몰차게 거절했다는 사실도 금세 잊고, 역시 당신은 저를 마음에 두고 계신 거라고 생각을 아니할 수가 없었죠. 그날 제가 다시 실례를 범했고 당신이 매섭게 거절하셨다는 건 더 말씀드리지 않겠습니다. 하지만 그 후로도 당신은 날마다 극장을 찾아오셨기에 저는 저의 무례한 청이 당신을 불쾌하게 만든 것이며, 당신이 저를 생각해 주시는 마음엔 변함이 없을 것이라고 안도하며 가슴을 쓸어내렸습니다. 때를 기다려야 한다. 저는 당신이 자연스럽게 마음을 열어 주실 때까지 조용히 기다리겠다고 각오했지요. 그 후로는 오로지 무대 위에서 당신을 가만히 바라보기만 했습니다. 그로부터 벌써 일 년 반이 지났군요. 그동안 당신이 저를 바라보시는 눈은 점점 더 환하게 빛났고, 이제 곧, 조금만 있으면 당신의 마음도 열리게 될 거라는 믿음을 떨쳐 버릴 수가 없었어요. 그러나 당신은 무대 위에 있는 저를 지켜보기만 할 뿐, 조금도 제게 다가오려 하지 않더군요. 저는 당신의 알 수 없는 눈빛에 단 하루도 괴로워하지 않은 날이 없었습니다. 그건 사랑의 눈이 아니었단 말인가. 단지 겉보기에 제 마음이 괴로울 뿐, 그 밑바닥에는 조금의 온기도 자비도 없는 거짓된 유혹의 눈빛이란 말인가. 전 그런 고민을 하게 되었습니다. 요즘에는 당신이 저를 바라보면 점점 괴로워진답니다. 당신의 알 수 없는 눈빛이 제 몸과 마음에 참을 수 없을 만큼 무겁고 애절하게 다가옵니다. 저는 이제 단 하루도 이 무게를 견딜 수가 없군요. 그런데 이번에 뜻밖에도 극단이 교토로 돌아가게 되었답니다. 떠날 날이 점점 다가오고 있어요. 저는 에도에 깊은 애착은 없지만, 오직 당신의 알 수 없는 눈빛을(당신의 진심을) 확인하지 못한 채 떠나는 게 너무도 마음이 아프군요. 지금까지 이렇게 제 무대를 봐 주신 정으로 단 한 번이라도 좋으니 만나 주십시오. 그리고 당신의 입으로 당신의 진심을 말해 주십시오. 당신이 저를 사랑했었다는 말을 들을 수만 있다면, 그 말을 가장 큰 작별 선물로 알고 에도를 떠날 생각입니다. 당신의 입을 통해 저를 사랑하지 않았다는 말을 듣는다 해도 그 또한 가장 큰 작별 선물로 삼고 에도를 떠나려고 합니다. 부디 제 소원을 들어준다는 생각으로 단 한 번이라도 좋으니 만나 뵐 수는 없을지요.'

대충 이런 내용이 참으로 장황하고도 길게 적혀 있었다네."

"그래서 결국 만나러 가신 거군요."라고 묻자, 할머니는 옛 생각에 잠긴 듯 황홀한 눈으로 말씀하셨다.

"만나기는 했지. 그쪽도 내 마음을 조금이나마 이해했는지 분장을 지우지 않은 고레모리의 모습으로 극장 찻집 이층에 나타났으니까. 나야 검푸른 안색에 뺨이 푹 꺼진 왜소한 신노스케 대신에 아름다운 고레모리를 만났으니 그쪽이 얌전히 있을 때까지는 좋았지. 하지만 고레모리가 내 앞에서 머리를 조아리고 질질 짜고 이런저런 말로 호소하는 걸

듣고 있자니, 고레모리의 모습에 가려진 우마미치에서의 신노스케의 천박했던 모습이 떠올라 진심으로 상대할 마음이 들지 않더군. 그래서 적당히 자리를 정리하고 돌아왔는데 그쪽은 무척이나 낙담을 한 것 같더라고."

"그 뒤로 어떻게 됐나요?" 나는 이야기가 어떻게 끝났는지 궁금해서 물었다.

"그게 다라네. 교토로 떠난 뒤로는 어떻게 됐는지 전혀 소식을 못 들었어. 그도 그럴 것이 그 정신없던 유신이 바로 직후에 일어났으니까."

할머니는 옛 추억에 잠긴 모습이었다. 할머니의 사랑 이야기를 듣고 나는 큰 감명을 받았다. 배우를 돈으로 사는 요즘과 같은 시대에 배우의 추악한 육체를 사랑하지 않고, 오로지 무대 위의 모습, 아니 그보다는 연기로 되살아난 극중 인물을 사랑한 할머니의 낭만적이고도 속세를 초월한 사랑이 무척 흥미로웠다. 이 세상의 추악한 남자에 질려 버린 할머니는 그렇게 꿈같은 세상에 존재하는 근사한 남성을 사랑하게 된 것이다. 이런 사랑을 할 수 있는 할머니의 예술적 고상함에 새삼 놀란 나는, 옛날의 눈부신 미모를 떠올리기에 충분한, 균형 잡히고 품위 있는, 하지만 늙어 주름이 진 얼굴을 찬찬히 바라보았다.

다 시   생 각 하 는
어떤 사랑 이야기

정략결혼의 희생양이 되어 불행하고 짧은 결혼생활을 했던 할머니가, 손녀사위에게 자신의 독특했던 사랑 이야기를 들려준다.

연극 무대의 신노스케란 배우에게 사랑을 느낀 것인데, 어느 날 거리에서 우연히 본 신노스케의 모습은 무대 위에서완 달리 초라하고 경박하기까지 하여 실망한다.

하지만 그녀는 신노스케가 연기하는 극중 인물과 번번이 사랑에 빠지게 되고, 자신에게 마음을 빼앗긴 신노스케의 눈길에 반응하기도 한다.

그러나 연극이 끝난 뒤엔 신노스케가 보내는 어떠한 호의에도 답하지 않는다.

그녀가 사랑한 존재는 오로지 극중 인물이었기 때문인데, 신노스케는 그녀의 이런 마음을 알 길이 없어서 혼란스럽고, 급기야는 그녀의 시선이 견딜 수 없는 채찍으로 느껴진다.

간절한 그의 청에 의해 두 사람은 만나지만, 그녀는 울면서 하소연하는 인간 신노스케의 모습엔 실망할 수밖에 없어서, 결국 마음을 나누지 못하고 헤어진다.

불행했던 결혼생활을 통해 남성의 추악한 모습을 경험했던 그녀가 현실에서의 사랑이 아닌 무대 위 배역 속의 인물을 사랑하는 모습은, 역설적으로 그녀의 깊은 상처를 드러내 보인다.

우리도 누군가를 사랑할 땐, 일정 부분 무대 위의 사랑을 하는 것 아닐까.

　사랑의 신비함은 상대방에 대한 환상의 영역이 현실적인 어떤 잣대보다 더 우위에 있는 유일한 순간이라는 데 있을 것이다.

　명철한 할머니의 통찰력에 대한 손녀사위의 칭찬에도 불구하고, 평생 단 한 번도 현실의 사랑을 해 본 적 없는 그녀의 진정한 불행에 마음이 아프다면, 잘못된 책 읽기일까.

국화 냄새

데이비드 허버트 로렌스

데이비드 허버트 로렌스
David Herbert Lawrence,
1885~1930

영국 이스트우드에서 광부의 아들로 태어났다. 1911년 첫 소설 『하얀 공작』을 출간하였다. 1912년 노팅엄셔 칼리지에서 그를 가르쳤던 교수의 부인이자 여섯 살 연상의 여인인 프리다 위클리와 사랑에 빠져 독일과 이탈리아로 도피 여행을 떠난다. 그리고 1914년 영국으로 돌아와 프리다의 이혼이 마무리된 즉시 결혼식을 올렸다.

1913년 『아들과 연인』을 출간한 후 1915년 출판한 『무지개』가 성 행위를 노골적으로 묘사하였다는 이유로 발매가 금지되면서 1917년 집필한 『연애하는 여인들』도 맡아 주는 출판사를 찾지 못해 한동안 애를 먹었다. 하지만 멈추지 않고 창작에 힘써 1922년 『아론의 지팡이』, 1923년 『캥거루』 등을 연이어 냈다.

1928년에는 이탈리아 피렌체의 어느 출판사에서 『채털리 부인의 사랑』을 자비로 출간하였는데, 외설스런 스토리가 입소문이 나면서 해적판이 난무할 정도였다. 하지만 곧 금서로 낙인 찍혀 미국과 영국의 행정 당국에 의해 몰수되었고, 무삭제판이 출간된 것은 십수 년이 지난 1960년에 이르러서였다. 1930년 지병이었던 폐결핵으로 프랑스 남부 방스에서 44세의 일기로 생을 마쳤다.

「국화 냄새」는 단편 소설로서는 로렌스가 영국 문단에 처음으로 발표한 출세작으로, 1911년 《잉글리시 리뷰》 6월호에 게재되었다.

옮긴이 정해영

성균관대학교 불어불문학과와 이화여자대학교 통역대학원을 졸업했다. 동아일보 인터넷판 기사를 영문으로 번역하는 일과 로알드 달 단편선 번역 프로젝트에 참여했으며, 2010년 현재 전문번역가로 활동 중이다. 옮긴 책으로 『빌리 엘리어트』 『인류학-하룻밤의 지식여행 22』 『사드-하룻밤의 지식여행 27』 『리더십의 사계절』 『리버 보이』 『정복자 펠레』 『더 미러』 등 다수가 있다.

1

셀스톤에서 출발한 4호 소형 기관차가 화물을 가득 실은 화차 일곱 량을 이끌고 덜컹거리며 들어왔다. 열차는 마치 엄청난 속도라도 내는 양 위협적인 소리와 함께 모퉁이를 돌아 나타났지만, 사실은 쌀쌀한 오후에 여전히 희미하게 나부끼는 가시금작화 사이에서 깜짝 놀라 튀어 나온 망아지의 느린 보폭도 따라잡지 못했다. 언더우드로 이어지는 철로를 따라 걷던 한 여자가 울타리로 물러나 바구니를 옆구리에 끼고, 다가오는 기관차의 발판을 지켜보았다. 그녀가 흔들리는 까만 기차 칸과 울타리 사이에 갇혀 있는 동안, 육중한 무개화차들이 느린 속도로 한 대 한 대 쿵쿵거리며 지나갔다. 그러더니 무개화차들은 커브를 틀어 시든 참나무 잎이 소리 없이 떨어지는 잡목숲을 향해 멀어졌다. 한편 잡목숲에서는 새들이 궤도 옆에서 주홍색 들장미 열매를 뜯어 먹다가, 이미 땅거미가 기어들어 온 덤불 속으로 부랴부랴 달아나 버렸다. 공터에서는 기관차가 뿜어 낸 연기가 내려앉아 거친 풀밭을 헤집고 들어갔다. 들판은 황량하고 쓸쓸했다. 오리나무로 둘러싸인 긴 늪지도 낮 동안 뻔질나게 드나들던 닭들이 모두 얼룩진 닭장으로 들어가는 바람에 휑하게 버려졌다. 이 늪지는 권양기에 쓸 물을 모아 놓은 갈대가 무성한 갱도 입구 웅덩이까지 이어져 있었다. 웅덩이 너머로 갱도 입구가 솟아 있고, 활기 없는 오후 햇살 속에 빨간 상처 같은 불꽃이 석탄재가 쌓인 갱도 입구의 언저리를 핥고 있었다. 바로 그 너머에 브린슬리 탄광의 끝이 뾰족한 굴뚝과 모양새 없는 까만 축받이들이 솟아 있었다. 두 개의 바퀴가 하늘을 배경으로 빠르게 회전하고 있었고, 권양기가 톡톡거리며 작은 경련을 내뱉었다. 광부들이 올라오고 있었다.

기관차가 경적을 울리며 무개화차들이 줄지어 서 있는 탄광 옆 철로의 널찍하고 막다른 플랫폼으로 들어왔다.

광부들이 혼자서, 또는 듬성듬성 줄지어, 또는 떼를 이루어 그림자처럼 각자의 집으로 흩어졌다. 석탄재를 깔아 만든 궤도로부터 세 계단 아래, 울퉁불퉁한 측선들 가장자리에 나지막한 오두막 한 채가 웅크리고 있었다. 커다랗고 앙상한 포도 덩굴이 마치 기와지붕을 움켜잡고 있는 것처럼 건물에 꼭 달라붙어 있었다. 벽돌로 막아 놓은 마당 둘레에는 겨울 앵초 몇 포기가 자라고 있었고, 그 너머로 길게 경사진 뜰이 관목으로 덮인 실개천까지 이어져 있었다. 뜰에는 잔가지가 무성한 사과나무와 겨울 자두나무 몇 그루, 그리고 제멋대로 자란 양배추들이 있었다. 길 옆으로 분홍색 국화가 관목에 걸린 분홍색 천 쪼가리처럼 어수선하게 매달려 있었다. 뜰 가운데에 있는, 펠트 천이 덮인 닭장에서 한 여자가 허리를 굽히고 나왔다. 그녀는 닭장 문을 닫아 건 뒤, 하얀색 앞치마에서 티끌을 털어 내며 허리를 폈다.

그녀는 검은 눈썹에 이목구비가 뚜렷하고 도도한 자태를 지닌 키가 큰 여자였다. 그녀의 매끈한 검은 머리는 가르마가 반듯하게 타져 있었다. 광부들이 지나칠 때마다 그녀는 한동안 그들을 물끄러미 지켜보았다. 그러다가 실개천 쪽으로 몸을 돌렸다. 그녀의 얼굴은 냉정하고 침착했으며, 입은 환멸로 굳게 닫혀 있었다. 잠시 뒤 그녀가 소리쳤다.

"존!" 대답이 없었다. 그녀는 잠시 기다렸다가 또렷하게 말했다. "너 어디 있니?"

"여기예요." 한 아이가 관목숲 속에서 뚱한 목소리로 대답했다. 여자는 어둠 속을 뚫어져라 노려보았다.

"너 개천에 있는 거니?" 그녀가 엄한 목소리로 물었다.

아이는 대답 대신 회초리처럼 솟아 있는 나무딸기 줄기 앞에 모습을 드러냈다. 작지만 단단해 보이는 다섯 살 난 소년이었다. 소년은 도전적인 태도로 가만히 서 있었다.

"어머!" 그녀가 다소 누그러진 태도로 말했다. "난 또 네가 개천에 내려간 줄 알았지. 엄마가 한 말 기억하지?"

소년은 움직임도 대답도 없었다.

"자, 어서 들어가자." 그녀가 한결 부드러운 목소리로 말했다. "어두워지고 있잖아. 할아버지 기관차가 내려오고 있어."

소년은 여전히 뾰로통한 얼굴로 입을 다문 채 천천히 앞으로 나왔다. 그는 아이 옷치고는 너무 두껍고 뻣뻣한 옷감으로 만든 바지와 조끼를 입고 있었다. 어른 옷을 줄여 만든 것이 분명했다.

그들이 집을 향해 천천히 걸어가고 있을 때, 소년은 국화 줄기에서 너덜너덜한 꽃잎을 뜯어서 한 움큼씩 길가에 뿌렸다.

"그러지 마. 지저분해 보이잖아." 아이의 어머니가 말했다. 아이가 멈칫하자, 그녀는 갑자기 아이가 안됐다는 생각이 들어서 가냘픈 꽃이 서너 송이 달린 가지를 꺾어서 자기 얼굴에 갖다댔다. 아들과 함께 마당에 도착했을 때, 그녀는 잠시 머뭇거리다가 손에 쥔 꽃을 버리지 않고 앞치마 허리춤에 쑤셔 넣었다. 어머니와 아들은 삼단으로 된 계단 밑에 서서 철로 건너편으로 광부들이 지나가는 것을 쳐다보았다.

작은 기차의 바퀴 굴러가는 소리가 들려왔다. 갑자기 기관차가 눈앞에 나타나 집 앞을 지나치더니 대문 맞은편에 섰다.

회색 수염이 둥그렇게 나 있는 땅딸막한 기관사가 여자의 키보다 높은 기관실에서 얼굴을 내밀었다.

"차는 마셨냐?" 그가 쾌활하고 기운차게 말했다.

기관사는 그녀의 아버지였다. 그녀가 차를 끓이겠다고 말하며 들어갔다. 그리고 곧 돌아왔다.

"일요일에 널 보러 오지 않아서 말이다." 회색 수염의 작은 남자가 말했다.

"기대도 안 했어요." 딸이 말했다.

기관사가 잠시 움찔하더니 다시 쾌활하고 활기찬 태도로 말했다.

"그럼, 혹시 들은 게냐? 그래, 어떻게 생각하니?"

"너무 이르다고 생각해요."

그녀의 짧은 질책에, 그 작은 남자는 조바심을 내는 몸동작을 보이며 살살 달래듯, 그러면서도 위험할 만큼 냉정하게 말했다.

"이럴 때 남자가 어떻게 해야 하니? 자기 집 난롯가에 손님처럼 어색하게 앉아 있는 건 내 나이 남자에게 어울리는 삶이 아니다. 재혼을 한다면, 늦게 하느니 빨리 하는 게 낫지. 누가 상관한단 말이냐?"

여자는 아무 대답 없이 뒤돌아서 집으로 들어갔다. 기관실의 남자는 그녀가 차와 버터 바른 빵이 놓인 접시를 가지고 돌아올 때까지 단호한 태도로 서 있었다. 그녀는 계단을 올라가서 쉬익 소리를 내는 기관실 발판 근처에 섰다.

"빵을 가져올 필요는 없었는데." 그녀의 아버지가 말했다. "하지만 이 차는"—그가 음미하듯 차를 홀짝였다—"참 좋구나." 그는 한두 번 차를 홀짝이더니 말했다. "월터가 또 병이 도졌다며."

"그이가 언제는 안 그랬나요?" 그녀가 씁쓸하게 말했다.

"'로드 넬슨'에서 월터에 대한 얘기를 들었는데, 반 파운드 금화를 몽땅 써 버릴 때까지 술을 마시고 가겠다고 자랑을 했다는구나."

"그게 언제래요?" 여자가 물었다.

"토요일 밤이야. 맞을 게다."

"그럴 테죠." 그녀가 씁쓸하게 웃었다. "그러면서 나한테 주는 돈은 고작 이십삼 실링이죠."

"이런, 그거 잘하는 짓이구나. 남자가 제 할 도리도 못하면서 돈으로 짐승 같은 짓거리나 하고 다니다니!" 회색 수염의 남자가 말했다. 여자는 고개를 돌렸다. 그녀의 아버지는 마지막 한 모금을 마시고 찻잔을 그녀에게 건넸다.

"아휴." 그는 수염을 닦으며 한숨을 쉬었다. "볼 장 다 본 게야."

그는 손을 레버에 올렸다. 작은 엔진이 잔뜩 긴장하며 부릉부릉 소리를 내더니, 기차는 철도 건널목을 향해 덜컹거리며 나아갔다. 여자는 다시 철로 건너편을 쳐다보았다. 철로와 무개화차들이 있는 공간에 어둠이 내려앉고 있었다. 광부들은 음침한 회색 무리를 이루어 아직도 집 앞을 지나고 있었다. 권양기가 빠르게 진동하다 잠깐씩 멈추곤 했다. 엘리자베스 베이츠는 남자들의 지루한 흐름을 바라보다가 안으로 들어갔다. 남편은 오지 않았다.

좁은 부엌에는 난로 불빛이 가득했다. 빨간 석탄이 빛을 발하며 굴뚝

---

1) 십 실링에 상당함.

입구까지 쌓여 있었다. 부엌의 모든 생명력은 하얗고 따뜻한 난로와 빨간 불빛을 반사하는 철제 난로망 속에 있는 듯했다. 식탁에는 다과용 식탁보가 깔려 있고, 찻잔이 그림자 속에서 번쩍였다. 뒤쪽에 맨 아래 층계가 돌출되어 있는 곳에서 소년이 앉아 칼과 흰색 나무토막을 가지고 씨름하고 있었다. 소년은 거의 그림자 속에 가려져 있었다. 시간은 네 시 반이었다. 그들은 소년의 아버지가 차를 마시러 오기를 기다리는 것밖에 할 일이 없었다. 어머니는 아들이 뾰로통해서 나무토막과 씨름하는 것을 지켜보며, 그의 침묵과 집요함 속에서 자신의 모습을 보았다. 한편 자기 말고는 모든 일에 무관심한 태도에서는 남편의 모습이 보였다. 그녀는 남편에게 집착하는 것 같았다. 어쩌면 그는 가족들이 그를 기다리느라 저녁이 식어 빠지는 동안 대문 앞을 몰래 지나쳐서 술집에서 술을 마시고 있는지도 모른다. 그녀는 시계를 흘끗 쳐다보고 냄비에서 감자를 걸러 내려 밖으로 나갔다. 개울 너머에 있는 뜰과 들판은 희미한 어둠 속에 잠겨 있었다. 그녀가 어두운 밤 속으로 김을 모락모락 뿜어내는 배수구를 뒤로 하고 냄비를 들고 일어섰을 때, 철로와 들판 너머 언덕으로 뻗은 대로를 따라 노란 불빛들이 켜져 있는 것이 보였다.

그리고 그녀는 또다시 무리지어 집으로 가는 남자들을 보았다. 이제 그 수는 많이 줄어 있었다.

집 안은 불이 잦아들면서 어두운 붉은색을 띠었다. 여자는 냄비를 벽

난로 안쪽 시렁에 얹고, 화덕 입구 근처에 푸딩 반죽을 놓았다. 그러고 는 가만히 서 있었다. 반갑게도 곧바로 어리고 빠른 발소리가 문가에서 들렸다. 누군가 한순간 빗장을 잡더니, 곧 작은 소녀가 들어와 옷가지 를 벗기 시작했다. 모자와 함께 이제 막 금색에서 갈색으로 변하기 시 작한 곱슬머리가 떨어지며 이마를 덮었다.

소녀의 어머니는 학교에서 늦게 돌아왔다며 꾸짖고는 이제 어두운 겨울철에는 집밖에 내보내지 않겠다고 엄포를 놓았다.

"왜요, 엄마. 아직 캄캄해지지도 않았잖아요. 아직 불도 켜지 않았고, 아빠도 집에 오지 않았잖아요."

"그래. 아버진 안 오셨지. 하지만 시간이 벌써 다섯 시 십오 분 전이 잖아! 그런데 아버지 코빼기라도 봤니?"

아이는 심각해졌다. 그녀는 생각에 잠긴 듯한 커다란 파란 눈으로 어 머니를 보았다.

"아뇨, 엄마. 못 봤는데요. 왜요? 또 올드 브린슬리에 갔어요? 그럴 리 없어요. 아빠를 못 봤는걸요."

"네 아빠가 조심했겠지." 소녀의 어머니가 쓸쓸하게 말했다. "네가 보지 못하게 조심했을 거야. 틀림없이 '웨일스의 왕자'에 자리 잡았을 거다. 아니면 이렇게 늦지는 않잖아."

소녀는 애처롭게 어머니를 보았다.

"우리 차 마실까요, 엄마?" 그녀가 말했다.

어머니는 존을 식탁으로 불러냈다. 그녀는 한 번 더 문을 열고 어두운 철로 건너편을 쳐다보았다. 모든 것이 황량했다. 권양기 소리도 들리지 않았다.

"혹시 갱 천장을 손보느라 못 나오고 있나." 그녀가 혼잣말을 했다.

그들은 앉아서 차를 마셨다. 문 쪽 식탁 끝에 앉은 존은 어둠 때문에 거의 보이지 않았다. 그들의 얼굴은 서로에게 가려져 있었다. 소녀는 난로망 쪽으로 몸을 굽혀 불 앞에서 두툼한 빵 한 조각을 천천히 움직였다. 소년은 그림자 속에서 거뭇하고 동그란 점처럼 보이는 얼굴로, 빨간 불빛 속에서 평소와 달라 보이는 누나를 쳐다보며 앉아 있었다.

"불을 들여다보면 아름다운 것 같아요." 소녀가 말했다.

"그래?" 어머니가 물었다. "왜?"

"불은 무척 빨갛고, 작은 동굴들이 가득하니까. 그리고 참 기분 좋게 느껴지잖아요. 좋은 냄새도 맡을 수 있고."

"곧 땔감을 더 넣어 줘야겠다." 소녀의 어머니가 말했다. "네 아버지가 오면 노발대발하면서, 남자가 탄광에서 땀 흘리다 집에 왔는데 불도 없다고 난리치겠지. 술집이야 늘 따뜻하니까."

한동안 침묵이 흐른 뒤, 소년이 불평하듯 말했다. "빨리 좀 해, 누나."

"그래, 하고 있잖아! 불이 이런데 나더러 어떻게 더 빨리 하라는 거니?"

"늦게 하려고 괜히 이리저리 흔들고 있잖아." 소년이 투덜댔다.

"얘야, 그런 나쁜 상상을 하면 안 돼." 어머니가 말했다.

부엌은 곧 어둠 속에서 우적우적 씹는 소리로 분주해졌다. 아이들의 어머니는 조금밖에 먹지 않았다. 그녀는 결연한 태도로 차를 마시며 생각에 잠긴 채 앉아 있었다. 그녀가 일어섰을 때 꼿꼿이 세운 머리에서 분노가 역력히 드러났다. 그녀는 난로망 안쪽에 있는 푸딩을 쳐다보더니 갑자기 분통을 터뜨렸다.

"남자가 저녁 때가 되도록 들어오지 않다니, 괘씸한 짓이야. 푸딩이 타서 숯덩이가 된다 한들, 내가 무슨 상관인지 몰라. 누구는 집 앞을 몰래 지나쳐 술집에 가 있고, 누구는 여기 앉아 자기를 기다리면서 식탁이나 지키고 있으니."

그녀는 밖으로 나갔다. 잠시 후에 돌아와 석탄을 한 조각 한 조각 빨간 불 속에 떨어뜨리자, 벽 위에 그림자가 어른거렸다. 부엌은 거의 완전한 어둠에 잠겼다.

"안 보여요." 보이지 않는 존이 투덜댔다. 소년의 어머니는 자기도 모르게 웃었다.

"네 입은 찾을 수 있을 거 아니니." 그녀가 말했다. 그녀는 쓰레받기를 문밖에 내다 놓았다. 그녀가 난로 위 그림자처럼 다시 나타났을 때, 소년은 또 한 번 볼멘소리로 말했다.

"안 보여요."

"아이, 참!" 어머니가 짜증스럽게 말했다. "조금만 어두워지면 네 아빠처럼 유난을 떠는구나."

그럼에도 불구하고 그녀는 벽난로 선반에서 종이 심지 하나를 꺼내어 부엌 천장 한가운데에 매달린 램프에 불을 붙이려 했다. 그녀가 일어섰을 때, 임신으로 둥글둥글해진 몸이 드러났다.

"어머, 엄마!" 소녀가 외쳤다.

"왜 그래?" 여자가 불꽃 위로 램프 유리를 덮다가 멈추고 말했다. 그녀가 팔을 든 채 딸에게 얼굴을 돌렸을 때 구리 반사체가 그녀의 몸을 아름답게 비추었다.

"앞치마에 꽃을 꽂았네요!" 소녀가 이 특별한 사건에 약간 흥분하며 말했다.

"아이고!" 여자가 안도하며 외쳤다. "누가 들으면 집에 불이라도 난 줄 알겠구나." 그녀는 유리를 제자리에 덮고 심지가 타오를 때까지 잠시 기다렸다. 바닥에 떠다니는 희미한 그림자가 보였다.

"냄새 맡을래요!" 여전히 기쁨에 들뜬 소녀가 다가오며 얼굴을 어머니의 허리께에 댔다.

"바보같이 굴지 말고 저리 가!" 어머니가 램프를 켜며 말했다. 불빛은 그들의 긴장감을 드러내 주었다. 여자는 더 이상 견딜 수 없을 지경이었다. 애니는 여전히 어머니의 허리에 코를 박고 있었다. 어머니는 짜증스럽게 앞치마 끈에서 꽃을 뽑아냈다.

"아이, 엄마. 빼지 마요!" 애니가 어머니의 손을 붙들고 꽃가지를 다시 꽂으려 했다.

"바보같이 굴지 마!" 어머니가 몸을 돌리며 말했다. 소녀는 창백한 국화꽃을 입에 대고 중얼거렸다.

"국화 냄새가 좋잖아요."

그녀의 어머니가 잠시 웃었다.

"아니, 나한텐 안 그래." 그녀가 말했다. "내가 네 아빠와 결혼했을 때도 국화였고, 네가 태어날 때도 국화였고, 사람들이 술 취한 너희 아빠를 처음 집에 데려온 날도 셔츠 단춧구멍에 갈색 국화가 꽂혀 있었지."

그녀는 아이들을 보았다. 아이들의 벌어진 입과 눈에는 호기심이 담겨 있었다. 어머니는 한동안 조용히 몸을 흔들며 앉아 있었다. 그리고 시계를 보았다.

"벌써 여섯 시 이십 분 전이야!" 씁쓸하고 무심한 어조로 그녀가 말을 이었다. "음, 아빠는 사람들이 데려오기 전에는 오기 힘들 것 같다. 거기 아주 눌러 있을 작정인가 봐! 하지만 탄가루를 잔뜩 묻히고 기어들어 올 필요는 없지. 내가 씻겨 주지 않을 테니까. 바닥에서 자면 되겠구나. 이런, 내가 바보였지. 내가 바보야. 이러려고 내가 이 먼지 구덩이에 들어온 거야? 남편이란 작자가 집 앞을 몰래 지나쳐 술집이나 가는 꼴을 보려고? 지난주에도 두 번이나 그랬고. 또 시작인 거야."

그녀는 입을 다물고 일어나 식탁을 치웠다.

한 시간 남짓 동안 아이들은 놀면서도 화난 어머니에 대한 두려움과 돌아오지 않는 아버지에 대한 걱정이 합쳐져서, 은근히 신경이 쓰이고 오만 가지 생각이 들었다. 그동안 베이츠 부인은 흔들의자에 앉아 두꺼운 크림색 플란넬 천으로 내의를 만들고 있었다. 천에서 회색 테두리를 뜯어낼 때, 둔탁한 소리가 났다. 그녀는 아이들에게 귀 기울이며 열심히 바느질을 했다. 그러는 동안 이따금 분노에 눈을 두리번거리며 귀를 쫑긋 세우기도 했지만, 점차 제풀에 지쳐 서서히 잦아들었다. 가끔은 화가 가라앉고 누그러져서, 문밖에서 침목을 따라 쿵쾅거리는 발소리를 쫓느라 바느질을 멈추기도 했다. 가끔은 머리를 날카롭게 치켜들고 아이들에게 '쉿' 하는 외마디 소리를 내기도 했지만, 곧 마음이 진정되곤 했다. 발소리는 대문 앞을 지나쳐 갔고, 아이들은 다시 놀이의 세계로 들어갔다.

그러다 마침내 애니가 한숨을 쉬며 포기했다. 그녀는 슬리퍼로 만든 마차를 흘끗 보더니, 놀이에 싫증을 냈다. 그녀는 애처롭게 어머니를 쳐다보았다.

"엄마!" 그러나 말이 또렷이 나오지 않았다.

존은 개구리처럼 소파에서 기어 나왔다. 소년의 어머니가 눈을 들어 쳐다봤다.

"어휴, 셔츠 소매 좀 봐라!" 그녀가 말했다.

소년은 아무 말 없이 팔을 들어 소매를 살폈다. 그때 밖에서 누군가 쉰 목소리로 부르는 소리가 들렸고, 순간 날카로운 긴장이 방 안을 가득 채웠다. 곧 두 남자가 이야기를 하며 문밖을 지나쳐 갔다.

"이제 잘 시간이다." 아이들 어머니가 말했다.

"아빠도 안 오셨잖아요." 애니가 애처롭게 투덜댔다. 그러나 그녀의 어머니는 용기로 충만했다.

"걱정 마라. 아빠가 통나무처럼 뻗으면 사람들이 데려올 거야." 아무 일도 없을 거라는 뜻이었다. "그리고 바닥에서 자다가 깨어나겠지. 내일 아침에 일도 나가지 않을걸."

아이들은 목욕 수건으로 손과 얼굴을 닦았다. 그들은 아주 조용했다. 아이들은 잠옷으로 갈아입고 기도를 했다. 소년은 웅얼거렸다. 어머니는 그들을 내려다보았다. 소녀의 목덜미에 덤불처럼 엉켜 있는 부드러운 갈색 고수머리와 소년의 검고 작은 머리가 보였다. 그녀의 가슴은 이 세 사람 모두를 이렇게 힘들게 하는 남편에 대한 분노로 터질 것 같았다. 아이들은 위안을 얻고자 그녀의 치맛자락에 얼굴을 묻었다.

베이츠 부인은 위층에서 내려오자 이상하게 방이 텅 빈 느낌이 들었고, 기대감과 긴장감이 감돌았다. 그녀는 바느질감을 집어 들고 한동안 고개도 들지 않은 채 바느질에 몰두했다. 그러는 동안 분노는 두려움으로 물들어 갔다.

2

시계가 여덟 시를 알리자 그녀는 바느질감을 의자에 떨어뜨리며 벌떡 일어났다. 그녀는 계단 밑으로 가서 문을 열고 귀를 기울였다. 그리고 문을 잠그고 밖으로 나갔다.

뜰에서 뭔가 부스럭거렸고, 그녀는 가슴이 섬뜩했다. 그러나 곧 그것이 그 지역에 우글거리는 쥐일 뿐이라는 것을 알았다. 아주 캄캄한 밤이었다. 무개화차들이 운집해 있는 넓은 철로의 막다른 플랫폼에는 빛의 흔적이 없었고, 한참 뒤쪽에서야 탄갱 꼭대기에서 노란 불빛과 불타는 갱도 입구의 얼룩얼룩한 붉은 기운을 볼 수 있었다. 그녀는 철로 가장자리를 급히 걷다가 교차로를 건너서 하얀 출입문 옆에 있는 나무 계단에 이르렀다. 그녀는 계단을 넘어 길로 올라갔다. 그러자 그녀를 이끌었던 두려움이 누그러졌다. 사람들이 뉴 브린슬리를 향해 걸어가고 있었다. 그녀는 여러 채의 집 안에 켜져 있는 불빛을 보았다. 이십 야드 밖에 '웨일스의 왕자'의 넓은 창문이 보였다. 그곳은 밝고 따뜻해 보였고, 남자들의 왁자지껄한 목소리가 또렷이 들렸다. 얼마나 바보 같은 일인가! 남편에게 무슨 일이라도 생긴 게 아닌가 걱정했다니. 그는 '웨일스의 왕자'에서 술을 마시고 있는 것뿐이다. 그녀는 주춤했다. 지금껏 남편을 찾으러 술집으로 달려간 적은 없었고, 앞으로도 그러지 않을 것이다. 그래서 그녀는 다시 무미건조한 집들이 군데군데 길게 늘어서 있는 도로를 향해 걸었다. 그녀는 집들 사이의 골목으로 들어섰다.

"리글리 씨요? 네! 그이를 찾는다고요? 하지만 지금은 없는데."

비쩍 마른 여자가 캄캄한 부엌에서 몸을 앞으로 내밀고 상대를 쳐다보았다. 부엌 창문의 블라인드를 통해 희미한 불빛이 그녀를 비추고 있었다.

"베이츠 부인이세요?" 그녀는 공손한 목소리로 물었다.

"네. 남편께서 집에 계신지 궁금해서요. 우리 남편이 아직 오지 않았거든요."

"아직 안 들어가셨다고요? 잭은 집에 와서 밥을 먹고 다시 나갔어요. 잠자기 전에 삼십 분만 나갔다 온다고 했는데. 혹시 '웨일스의 왕자'엔가 보셨나요?"

"아뇨."

"물론 안 가보셨겠죠. 아무래도 좀 그렇지요." 여자는 너그럽게 받아넘겼다. 잠시 어색한 침묵이 흘렀다.

"잭은 부인 남편에 대해 아무 말도 없었어요." 그녀가 말했다.

"괜찮아요! 거기에 눌러 있나 보죠!"

엘리자베스 베이츠는 쓸쓸하게 건성으로 말했다. 그녀는 뜰 건너편 문 앞에서 어떤 여자가 자신의 말을 듣고 있다는 걸 알았지만 상관하지 않았다. 그녀가 돌아서려는데……

"잠깐만! 제가 가서 잭한테 혹시 아는 게 있는지 물어보고 올게요." 리글리 부인이 말했다.

"아뇨, 폐를 끼치고 싶진……!"

"가 볼게요. 대신 잠깐 들어와서 애들이 내려와서 불장난을 못하게 봐 주세요."

엘리자베스 베이츠는 사양하는 말을 중얼거리며 안으로 들어갔다. 리글리 부인은 집 안 꼴이 엉망이라며 사과했다.

부엌을 보니 사과할 만도 했다. 소파와 바닥에는 작은 치마며 바지며 어린아이 속옷들이 널려 있고, 도처에 장난감이 흩어져 있었다. 검정색 미제 식탁보 위에는 빵과 케이크, 빵 부스러기, 차 찌꺼기 그리고 식어 빠진 차가 담긴 찻주전자가 놓여 있었다.

"아뇨, 우리도 마찬가진걸요." 엘리자베스 베이츠는 집이 아니라 여자를 보며 말했다. 리글리 부인은 숄을 머리에 두르고 서둘러 밖으로 나갔다.

"금방 올게요."

엘리자베스는 전체적으로 어수선한 부엌의 상태에 살짝 못마땅해 하며 의자에 앉았다. 그리고 바닥에 여기저기 널려 있는 다양한 크기의 신발들을 세기 시작했다. 모두 열두 켤레였다. 너저분한 물건들을 보고 그녀는 한숨을 쉬며 혼잣말을 했다. "그러면 그렇지!" 마당에서 두 사람의 발소리가 나더니 리글리 부부가 들어왔다. 엘리자베스 베이츠가 일어났다. 리글리는 기골이 장대하고 체구가 큰 남자였다. 머리가 특히 억세 보였다. 그의 광대뼈에는 탄갱에서 입은 상처가 남긴 푸른색 흉터가 있었다. 석탄가루가 마치 문신을 한 것처럼 파랗게 남아서 생긴 흉터였다.

"그 친구가 아직 안 왔다고요?" 남자가 물었다. 어떤 형태의 인사도 없었지만, 그의 태도에는 존경과 연민이 깃들어 있었다. "어디에 있는지 모르겠네요. 거긴 없었는데." 그는 머리를 움직여 '웨일스의 왕자' 쪽을 가리켰다.

"어쩌면 '주목朱木'에 갔는지도 모르잖아요." 리글리 부인이 말했다.

또 한 번 침묵이 흘렀다. 리글리는 뭔가를 마음에서 털어 버리려는 것이 역력했다.

"월터가 막장일을 마무리할 때 제가 먼저 나왔습니다. 작업 종료 신호가 울리고 십 분쯤 지났을 때, 동료들과 떠나면서 '월터 안 갈 거야?' 라고 소리쳤지요. 그랬더니 그 친구가 '어서 가. 이제 곧 끝나.'라고 말했어요. 그래서 우리는 먼저 올라왔고, 나랑 바워스는 월터가 곧 쫓아와서 다음 승강기를 타고 올 거라고 생각했는데……."

그는 마치 동료를 버렸다는 혐의에 변명이라도 하는 사람처럼 난처해 하며 서 있었다. 엘리자베스 베이츠는 다시금 어떤 불길함을 느끼며 서둘러 그를 안심시켰다.

"아마 부인 말씀대로 남편은 '주목'에 갔을 거예요. 이번이 처음도 아닌걸요. 괜히 저 혼자 열을 낸 거예요. 사람들이 집으로 데려오겠죠."

"이런, 정말 안됐어요." 리글리 부인이 탄식했다.

"제가 딕에게 가서 혹시 월터가 거기 있는지 알아보고 오죠." 혹시라도 자신이 너무 당황한 것처럼 보일까, 혹시 무례를 범하는 것이 아닐까 두려워하며 남자가 제안했다.

"그렇게까지 성가시게 할 생각은 없었는데." 엘리자베스 베이츠가 힘주어 말했지만, 그는 그녀가 자신의 제안을 내심 반기고 있음을 알았다.

그들이 더듬더듬 입구로 걸어갈 때, 엘리자베스 베이츠는 리글리의 아내가 마당 건너편으로 쪼르르 달려가 이웃집 대문을 여는 소리를 들었다. 갑자기 몸속의 모든 피가 심장에서 빠져나가는 것 같았다.

"조심하세요!" 리글리가 경고했다. "입구의 울퉁불퉁한 홈들을 메워야지, 메워야지 하면서도, 아직 못 했네요. 이러다 누구 하나 다리가 부러지고 말까 무서워요."

그녀는 정신을 수습하고 광부의 옆에서 재빨리 걸었다.

"아이들이 빈집에서 자고 있는 게 마음에 걸려요." 그녀가 말했다.

"네, 그러실 테죠!" 그가 정중하게 대답했다. 그들은 곧 오두막 문 앞에 도착했다.

"곧 돌아올 테니, 너무 걱정 마세요. 아무 일 없을 겁니다." 광부가 말했다.

"정말 고맙습니다. 리글리 씨." 그녀가 대답했다.

"별말씀을!" 그가 더듬더듬 말하며 멀어졌다. "곧 올 겁니다."

집은 조용했다. 엘리자베스 베이츠는 모자와 숄을 벗고 카펫을 말았다. 아홉 시를 조금 넘긴 시간이었다. 그녀는 탄갱에서 권양기가 칙칙거리며 빠르게 돌아가는 소리와 승강기가 내려가면서 밧줄에 브레이크가 걸리는 날카로운 소리에 흠칫 놀랐다. 다시 한 번 피가 고통스럽게 솟구치는 것을 느꼈다. 그녀는 손을 옆구리에 대고 스스로를 책망하며 큰 소리로 말했다. "아이참, 아홉 시라서 보안요원이 내려가는 소리일 뿐이잖아."

그녀는 귀를 쫑긋 세우고 가만히 앉아 있었다. 삼십 분 동안 그러고 있으니 심신이 지쳐 갔다.

"내가 뭣 때문에 이러고 있는 거지?" 그녀가 스스로를 딱하게 여기듯 말했다. "이래 봐야 나만 손핸데."

그녀는 다시 바느질감을 꺼냈다.

열 시 십오 분 전. 밖에서 발소리가 들렸다. 한 사람이었다! 그녀는 문이 열리는 것을 보았다. 챙 넓은 검은 모자에 검은 모직 숄을 두른 나이 든 여자가 들어왔다. 시어머니였다. 그녀는 눈이 파랗고 창백한 육십 세가량의 여자였다. 그녀의 주름진 얼굴에는 온통 상심의 빛이 가득했다. 그녀는 문을 닫고 짜증스럽게 며느리를 돌아보았다.

"이런, 리지, 이 일을 어쩌냐, 이 일을 어째!" 그녀가 울부짖었다.

엘리자베스가 날카롭게 몸을 뒤로 살짝 뺐다.

"무슨 일이세요, 어머님?" 그녀가 물었다.

노부인은 소파에 앉았다.

"모르겠다, 아가. 어떻게 말해야 할지 모르겠어!" 그녀가 천천히 고개를 저었다. 엘리자베스는 불안하고 짜증스러운 마음으로 그녀를 지켜보았다.

"모르겠다." 노부인이 깊이 한숨을 쉬며 말했다. "나한테는 문제가 끊일 날이 없구나. 그럴 날이 없어. 그동안 겪을 만큼 겪었건만⋯⋯!"

그녀가 흐르는 눈물을 닦지 않고 그냥 울었다.

"어머님." 엘리자베스가 말을 끊었다. "무슨 말씀이세요? 무슨 일이에요?"

노부인은 눈물을 훔쳤다. 엘리자베스의 다그침에 그녀의 눈물샘이 막혀 버렸다. 그녀는 천천히 눈가를 닦았다.

"이런⋯⋯ 이런 불쌍한 것!" 그녀가 신음하듯 말했다. "우리가 어찌해야 할지 모르겠구나. 너는 몸까지 이런데. 큰일이다. 정말 큰일이야!"

엘리자베스는 잠자코 기다렸다.

"그이가 죽었나요?" 그녀가 물었다. 그녀는 그렇게 극단적인 질문을 한 것에 조금은 부끄러움을 느끼면서도, 자신이 내뱉은 말에 심장이 격하게 요동쳤다. 그녀의 말에 노부인은 화들짝 놀라, 정신이 퍼뜩 든 것 같았다.

"그렇게 말하지 마라, 아가! 그렇게까지 끔찍한 일은 없길 바라야지. 아니야. 하느님이 우리한테 그런 일을 당하게 하시진 않도록 빌어야 해. 잠자리에 들기 전에 한잔 하려고 앉았는데, 잭 리글리가 찾아와서 이러는 거야. '아주머니, 내려가 보셔야 할 것 같아요. 월터가 사고를 당했어요. 우리가 월터를 데려올 때까지 가서 기다리세요.' 무슨 말인지 물어볼 겨를도 없었다. 그 길로 모자를 쓰고 내려온 거야. 리지, 난 혼자 생각했다. '불쌍한 아가. 누군가 갑자기 그런 얘길 하면, 무슨 일이 생길지 몰라.' 그러니까 넌 너무 흥분하면 안 된다. 안 그러면 어떤 일이 생길지 알잖니. 얼마나 됐지, 육 개월이던가, 오 개월? 맞아!" 노부인은 머리를 흔들었다. "시간 참 쏜살같구나. 쏜살같아!"

엘리자베스의 생각은 다른 쪽에서 바쁘게 돌아갔다. 만일 그가 죽었다면, 이 쥐꼬리만 한 연금으로 생활할 수 있을까? 그리고 자신이 뭘 해서 돈을 벌 수 있을까? 그녀의 계산이 빠르게 돌아갔다. 만일 그가 다쳤다면, 사람들이 그를 병원에 입원시키지는 않을 것이다. 남편은 간호하기에 얼마나 피곤한 사람인가! 하지만 어쩌면 이 기회에 술과 지긋지긋한 습관에서 남편을 떼어 낼 수 있을지도 모른다. 남편이 아픈 동안, 그녀는 그렇게 할 것이다. 그 모습을 상상하니 눈물이 날 것 같았다. 그러나 이 얼마나 감상적인 사치인가? 그녀는 다시 아이들을 생각했다. 무슨 일이 있어도 아이들에게는 그녀가 절대적으로 필요했다. 아이들이야말로 그녀의 숙제였다.

"그래!" 노부인이 또 시작했다. "그 애가 나한테 첫 월급을 가져온 게 겨우 몇 주 전인 것 같은데. 음, 나름대로 좋은 아이였다. 그런데 왜 점점 말썽을 부리는지 모르겠구나. 모르겠어. 월터는 집에서는 행복했다.

기운이 넘치고 말이야. 하지만 몇 가지 문제를 일으킨 건 분명하지! 난 주님이 월터에게 행실을 고칠 수 있는 기회를 주시기를 바란다. 그러길 바라야지. 너도 그 애 때문에 제법 속을 썩었지. 그렇다마다. 하지만 나한테는 아주 명랑한 아들이었다. 장담할 수 있어. 그런데 모르겠구나. 어쩌다 이렇게……."

노부인은 신경에 거슬리는 단조로운 소리로 끊임없이 중얼거렸다. 엘리자베스는 생각에 잠겨 있다가 한 번은 권양기가 빠르게 칙칙거리는 소리와 브레이크가 날카롭게 끼익하는 소리에 화들짝 놀랐다. 그리고 권양기가 천천히 돌아가고 브레이크가 아무 소리도 내지 않는 것을 들었다. 노부인은 아무것도 알아차리지 못했다. 엘리자베스는 잔뜩 긴장하며 기다렸다. 시어머니는 얘기를 하다가 가끔씩 침묵 속으로 빠져들곤 했다.

"하지만 그 애는 네 아들이 아니니까. 그리고 그건 차이가 있지. 월터가 어땠건, 난 그 애의 어릴 적 모습만 기억하고, 그 애를 이해하고 그 애에게 관대해지는 걸 배웠으니까. 사람은 자식에게 관대해야 해."

열 시 반이었다. 노부인은 말했다. "하지만 처음부터 끝까지 바람 잘 날이 없었어. 아무리 늙어도 문제를 피할 순 없구나. 아무리 늙어도 말이다." 그때 쿵 소리와 함께 대문이 열리고 계단에서 묵직한 발소리가 났다.

"내가 나가마, 리지. 내가 나가마." 노부인이 일어서며 소리쳤다. 하지만 엘리자베스는 이미 문가에 있었다. 광부복을 입은 남자였다.

"사람들이 월터를 데려오고 있습니다, 부인." 그가 말했다. 엘리자베스의 심장이 잠시 멈추었다가, 다시 출렁거리며 그녀를 숨 막히게 했다.

"상태가 안좋은가요?" 그녀가 물었다.

남자가 고개를 돌리고 어둠을 응시했다.

"의사 말이 몇 시간 전에 이미 죽었다고 하더군요. 램프 보관실에서 검안을 했습니다."

엘리자베스 바로 뒤에 서 있던 노부인이 의자에 풀썩 주저앉아 두 손을 포개고 울부짖었다. "아이고 내 새끼, 아이고 내 새끼!"

"쉿!" 엘리자베스가 날카롭게 인상을 찌푸리며 말했다. "조용하세요, 어머니. 애들이 깨잖아요. 무슨 일이 있어도 애들을 내려오게 하면 안 돼요!"

노부인은 몸을 흔들며 자그맣게 신음하듯 중얼거렸다. 남자는 뒤로 물러나고 있었다. 엘리자베스가 한 발짝 앞으로 나갔다.

"어떻게 된 건가요?" 그녀가 물었다.

"그게, 저도 확실하게는 모릅니다." 그가 매우 곤란한 듯 말했다. "월터는 작업을 마무리하고 있었고, 동료들이 먼저 가 버렸는데 갱 천장이 쏟아져 내린 것 같아요."

"그래서 남편이 깔렸나요?" 미망인이 몸을 부르르 떨며 소리쳤다.

"아닙니다. 월터의 뒤쪽에서 무너졌어요. 월터는 막장에 있었고, 그래서 털끝 하나 다치진 않았지요. 대신 막장 안에 갇힌 거죠. 질식사한 걸로 보입니다."

엘리자베스는 뒤로 물러났다. 등 뒤에서 노부인이 소리쳤다.

"뭐라고? 저 사내가 뭐라는 거냐?"

남자가 더 큰 소리로 말했다. "월터가 질식했다고 했습니다!"

그러자 늙은 여인은 큰 소리로 흐느꼈고, 이것이 엘리자베스를 정신 나게 했다.

"아이참, 어머니." 그녀가 늙은 여인에게 손을 대고 말했다. "아이들을 깨우지 마세요. 애들이 깨면 안 돼요."

늙은 여인이 몸을 흔들며 탄식하는 동안, 그녀는 자기도 모르게 조금 흐느꼈다. 엘리자베스는 사람들이 그를 데려오고 있다는 말을 기억했다. 그녀는 준비를 해야 했다. "그이를 거실에 눕혀야겠어." 그녀가 한동안 창백한 얼굴로 망연자실하여 있다가 혼잣말을 했다.

그런 뒤 촛불을 켜고 그 조그만 방으로 들어갔다. 공기가 차갑고 축축했지만, 불을 땔 수 없었다. 그곳에는 벽난로가 없었기 때문이다. 그녀는 촛불을 내려놓고 주위를 둘러보았다. 촛불이 매끈한 유리잔과 분홍색 국화가 꽂힌 꽃병을 비추며 어두운 마호가니 테이블 위에서 반짝였다. 죽음처럼 차가운 국화 냄새가 났다. 엘리자베스는 그 꽃들을 바라보며 서 있었다. 그녀는 고개를 돌리고 소파와 찬장 사이에 남편을 눕힐 만한 공간이 있을지 계산했다. 그러고는 의자를 옆으로 밀었다. 그를 눕히고 둘러설 공간이 나올 것 같았다. 그런 뒤 그녀는 카펫을 망치지 않기 위해 붉은색 낡은 식탁보와 또 하나의 낡은 식탁보를 가져와 바닥에 깔았다. 거실에서 나오는데 몸이 으슬으슬 떨렸다. 그녀는 서랍장에서 깨끗한 셔츠를 꺼내 불가에서 말렸다. 그러는 내내 그녀의 시어머니는 의자에 앉아 몸을 흔들며 중얼중얼 넋두리를 했다.

"어머니, 거기서 비키셔야 돼요." 엘리자베스가 말했다. "사람들이 그이를 이리로 데려올 거예요. 안락의자로 오세요."

노부인은 기계적으로 일어나서 불가에 앉아 넋두리를 계속했다. 엘리자베스는 양초를 더 꺼내기 위해 창고로 들어갔다. 그리고 바로 그곳, 기와지붕 밑 작은 옥탑에서, 그녀는 사람들이 집의 모퉁이를 지나 삼단 계단으로 서툴게 발을 질질 끌며 걸어오는 소리와 웅얼거리는 목소리를 들었다. 늙은 여인은 조용했다. 남자들이 마당에 있었다.

그때 엘리자베스는 탄광 지배인인 매튜스의 목소리를 들었다. "짐, 자네가 먼저 들어가게. 조심해!"

문이 열렸고 두 여자는 광부 한 명이 들것 한쪽을 들고 뒷걸음으로 들어오는 것을 보았다. 들것 위로 죽은 남자의 징 박힌 광부 장화가 보였다. 선두에 선 남자가 문 앞에서 상인방[2]까지 몸을 숙이는 동안 두

---

2) 창이나 문 위쪽 가로대.

남자가 잠시 멈추었다.

"어디에 놓을까요?" 땅딸막하고 흰 수염이 난 지배인이 물었다.

엘리자베스는 정신을 차리고 촛불을 가지고 창고에서 나왔다.

"거실에요." 그녀가 말했다.

"저리로 들어가, 짐!" 지배인이 거실을 가리켰고, 남자들은 방향을 틀어 작은 방으로 들어갔다. 그들이 서툴게 두 개의 출입문을 통과하고 방향을 틀면서 시신을 덮어 두었던 코트가 떨어졌다. 두 여자는 윗옷이 벗겨진 채 들것에 누워 있는 남자를 보았다. 노파는 공포에 질린 낮은 목소리로 흐느끼며 중얼거리기 시작했다.

"들것을 옆에 놔." 지배인이 날카롭게 말했다. "그리고 월터를 천 위에 내려놔. 조심해, 조심! 조심하란 말야!"

남자들 중 한 명이 국화꽃 화병을 쳐서 떨어뜨렸다. 그는 멋쩍게 쳐다본 뒤 들것을 내려놓았다. 엘리자베스는 남편을 보지 않았다. 그녀는 거실로 들어가자마자, 깨진 화병과 꽃을 집어 들었다.

"잠깐만요!" 그녀가 말했다.

그녀가 걸레로 물을 닦아 내는 동안 세 남자는 조용히 기다렸다.

"이런, 힘든 일이죠. 정말 힘든 일이에요." 곤란하고 당황스러워 지배인이 눈썹을 비비며 말했다. "세상에 이런 일이 다 있네요. 그 친구가 거기 남아야 할 일이 없었는데. 세상에 이런 일이 다 있군요! 천장이 무너져서 입구를 막아 버리는 바람에. 공간이 사 피트도 안 되었으니, 숨

쉬기가……. 하지만 외상은 입지 않았습니다."

그는 반쯤 벌거벗은 몸으로 엎드려 있는 죽은 남자를 내려다보았다. 그의 시신에는 온통 석탄 분진이 덮여 있었다.

"'질식사입니다.' 의사가 그렇게 말하더군요. 정말이지 내가 아는 가장 끔찍한 일이에요. 천장이 무너져서 그 친구를 가둬 버렸습니다. 꼭 쥐덫처럼 말이에요." 그는 당시 상황을 묘사하며 손으로 날카롭게 내리치는 동작을 했다.

옆에 서 있는 광부들은 그의 절망적인 말에 고개를 옆으로 돌렸다.

그들은 모두 전율로 몸이 뻣뻣해졌다.

그때 이층에서 엄마를 부르는 소녀의 새된 목소리가 들렸다. "엄마, 거기 누구예요? 누가 왔어요?"

엘리자베스는 부랴부랴 계단 밑으로 가서 문을 열었다.

"가서 자!" 그녀가 날카롭게 명령했다. "뭣 땜에 소리를 지르는 거니? 어서 가서 자. 아무 일도 없으니까."

그리고 그녀는 계단을 올라가기 시작했다. 작은 침실의 널빤지와 회반죽 바닥을 디디는 소리가 울렸다.

"대체 왜 그래? 바보같이." 그녀는 짐짓 부드럽게 말하려 했지만, 목소리는 크게 동요되어 있었다.

"남자들이 들어온 것 같았는데." 아이가 애처로운 목소리로 말했다. "아빠가 왔나요?"

"그래, 사람들이 데려왔어. 그러니까 법석 떨 거 없다. 이제 가서 자야지. 착한 아이처럼."

침대에서 그녀가 아이들에게 이불을 덮어 주는 동안, 아래층에서 기다리던 사람들은 그녀의 목소리를 들을 수 있었다.

"아빠 취하셨어요?" 소녀가 힘없이 희미하게 물었다.

"아니! 아니야. 안 취했어. 아빠는…… 그냥 잠드셨어."

"아래층에서 자고 있어요?"

"그래. 그러니까 소리 내지 마."

한동안 조용하더니, 남자들은 다시 한 번 공포에 질린 아이의 목소리를 들었다.

"이 소린 뭐죠?"

"아무것도 아니야, 정말. 그런데 왜 자꾸 그래?"

그 소리는 할머니의 울먹임과 넋두리였다. 그녀는 모든 것을 망각한 채, 흔들의자에 앉아 울먹이고 있었다. 지배인은 그녀의 팔에 손을 대고 그녀에게 "쉿! 쉬잇!" 하며 애원했다.

노파는 눈을 뜨고 그를 보았다. 그녀는 이 갑작스러운 방해에 깜짝 놀랐고, 영문을 모르는 듯한 표정이었다.

"지금 몇 시죠?" 아이는 내키지 않지만 다시 잠에 빠져들며 마지막으로 가늘고 애처로운 목소리로 물었다.

"열 시란다." 엄마가 좀 더 부드럽게 대답했다. 그런 뒤 몸을 숙여 아

266

이들에게 키스한 것이 분명했다.

매튜스는 남자들에게 이제 가자고 했다. 그들은 모자를 쓰고 들것을 들었다. 시신을 넘어가며, 그들은 까치발로 살금살금 집을 빠져나왔다. 그리고 행여 옅은 잠이 든 아이들이 깰세라 집에서 한참 멀어질 때까지 한마디도 하지 않았다.

엘리자베스가 내려왔을 때, 거실 바닥에 혼자 앉아 있는 시어머니를 발견했다. 노파는 죽은 남자 위에서 몸을 숙이고 눈물을 뚝뚝 떨어뜨리고 있었다.

"그이를 준비시켜야 해요." 남자의 아내가 말했다. 그녀는 주전자를 불에 얹어 놓은 뒤 무릎을 꿇고 앉아 가죽끈 매듭을 풀기 시작했다. 방은 끈적끈적했고, 촛불은 하나뿐이라 어두침침했다. 그래서 그녀는 얼굴이 거의 바닥에 닿을 정도로 고개를 숙여야 했다. 마침내 그녀는 무거운 장화를 벗겨서 치웠다.

"어머님, 이제 좀 도와주셔야겠어요." 그녀가 노파에게 속삭였다. 그들은 함께 남자의 옷을 벗겼다.

여자들이 일어나서 죽음의 순진무구한 존엄 속에 누워 있는 그를 보았을 때, 그들은 공포와 경외심에 휩싸였다. 몇 분 동안 그들은 가만히 그를 내려다보았고, 노모는 흐느꼈다. 엘리자베스는 떠밀리는 듯한 느낌이 들었다. 그녀는 그를 보았다. 그는 얼마나 범접할 수 없는 신성함으로 자기 자신 속에 누워 있는가. 그녀는 이제 그와 아무런 관계도 없었다. 그녀는 그것을 받아들일 수 없었다. 그녀는 몸을 구부려 조용히 그의 몸에 손을 얹었다. 그의 몸은 아직 따뜻했다. 그가 죽었을 때 광산이 뜨거웠기 때문이다. 그의 어머니는 아들의 얼굴을 두 손으로 감싸고 두서없이 계속 중얼거리고 있었다. 젖은 나뭇잎에서 떨어지는 물방울처럼, 늙은 눈물이 계속해서 뚝뚝 떨어졌다. 그녀는 흐느끼지는 않고, 그저 눈물만 흘렸다. 엘리자베스는 뺨과 입술을 대며 남편의 몸을 껴안았다. 그에게 귀 기울이고, 질문하고, 어떻게든 남편에게 닿아 보려 하는 것 같았다. 그러나 그녀는 그럴 수 없었다. 그녀는 내몰렸다. 그는 난공불락이었다.

그녀는 일어나서 부엌으로 갔다. 그리고 대야에 따뜻한 물을 담고, 비누와 목욕 수건과 부드러운 수건을 가져왔다.

"그이를 씻겨야 해요." 그녀가 말했다.

그러자 늙은 여인은 뻣뻣하게 일어나서 엘리자베스가 조심스럽게 아들의 얼굴을 씻기고, 수건으로 아들의 입가에서 금색 수염을 조심조심 쓸어내리는 것을 지켜보았다. 그녀는 끝없는 공포가 두려웠고, 그래서 그에게 봉사했다. 노파는 묘한 질투를 느끼며 말했다.

"닦는 건 내가 하마!" 그리고 다른 쪽에 무릎을 꿇고 앉아, 엘리자베스가 씻은 부분을 천천히 닦아서 말렸다. 그녀의 커다란 검은 챙모자에 가끔 며느리의 검은 머리가 쓸렸다. 그들은 오랫동안 조용히 작업했다. 그들은 그것이 죽음이라는 것을 한순간도 잊지 않았고, 남자의 시신에서 느껴지는 촉감은 두 여성에게 각기 다른 이상한 느낌을 주었다. 두 여자 모두 엄청난 두려움에 사로잡혔다. 어머니는 자신의 자궁이 거짓을 잉태한 것 같았다. 자기 자신이 부정당하는 느낌이었다. 한편 아내는 남편의 영혼에서 완전히 고립된 것처럼 느껴졌고, 몸속의 아이가 그녀와 분리된 어떤 무게처럼 느껴졌다.

마침내 작업이 끝났다. 그는 멋진 몸을 가진 남자였고, 그의 얼굴은 술에 찌든 흔적이 보이지 않았다. 그는 금발에 육중하고 멋진 팔다리를 가졌다. 그러나 그는 죽었다.

"이 아이에게 가호가 있기를." 그의 어머니가 한참 동안 아들의 얼굴을 보며 절대적인 공포에 휩싸여 속삭였다. "내 새끼…… 신의 가호가 있기를!" 그녀가 공포와 모성애에 도취되어 희미한 쉿소리로 말했다.

엘리자베스는 다시 바닥에 주저앉아 얼굴을 남편의 목에 대고 몸을 부들부들 떨었다. 하지만 그녀는 다시 물러나야 했다. 그는 죽었고, 그녀의 살아 있는 육신은 그에게 기댈 곳이 없었다. 엄청난 불안과 피곤이 그녀를 휘감았다. 그녀는 그토록 무기력했다. 그녀의 인생은 이렇게 끝나 버렸다.

"우유처럼 하얗고, 첫돌배기 아기처럼 깨끗하구나. 내 새끼에게 신의 가호가 있기를!" 늙은 여인은 혼잣말로 중얼거렸다. "흠집 하나 없구나. 깨끗하고 맑고 하얗고, 세상에 태어난 그 어떤 아이보다 아름다워." 그녀는 자긍심을 갖고 중얼거렸다. 엘리자베스는 계속 얼굴을 들지 않았다.

"이 아이는 평온하게 갔다, 리즈. 잠을 자듯 평온하게. 어린 양처럼 아름답지 않니? 그래. 이 애는 안식을 찾은 거다, 리즈. 거기 갇혀서 모든 걸 준비한 거야. 그럴 시간이 있었을 거야. 이 애가 마음의 평화를 찾지 못했다면, 이렇게 편안해 보이진 않았을 거야. 어린 양, 나의 어린 양. 휴우. 그 애는 호탕하게 웃었어. 난 그 소리를 듣는 게 좋았지. 그 애는 어렸을 때 누구보다 호탕하게 웃었다, 리즈."

엘리자베스가 눈을 들었다. 남자의 입은 콧수염 밑에서 살짝 벌어져 있었다. 반쯤 감은 눈은 몽롱하게 흐려져 잘 보이지 않았다. 자욱한 연기와 함께 연소되어 그에게서 빠져나간 생명은 그를 그녀에게서 분리시켰고 철저히 남으로 만들었다. 그녀는 남편이 그녀에게 얼마나 낯선 사람인지 알고 있었다. 그녀 자신과 한 몸으로 살아왔으나 이제 남이 된 낯선 남자로 인해 자궁 속에서 오싹한 냉기가 느껴졌다. 그동안의 세월은 뜨거운 열기로 가려졌을 뿐 결국은 철저하고 완전하게 고립된 것이었단 말인가? 그녀는 두려움에 얼굴을 돌렸다. 그 사실이 너무도 두려웠다. 그들 사이에는 아무것도 없었지만, 그들은 계속 서로의 벌거벗은 몸을 나누며 함께 살아왔다. 그가 그녀를 가질 때마다, 그들은 지금만큼이나 서로에게 멀리 고립된 존재였다. 그는 그녀만큼이나 책임이 없었다. 아기는 그녀의 자궁 속에 있는 얼음 같았다. 그녀가 죽은 남자를 보았을 때, 차갑고 초연한 그녀의 마음은 분명하게 말했다. "나는 누구지? 내가 지금껏 뭘 해 온 걸까? 난 존재하지도 않는 남편과 싸우고 있었어. 하지만 '그'는 늘 존재했어. 내가 어떤 잘못을 한 걸까? 난 대체 지금까지 누구와 살아온 거야? 실체는 저기 누워 있는데. 바로 이 남자인데." 그리고 두려움으로 인해 그녀의 영혼은 그녀 안에서 죽었다. 그녀는 알았다. 그녀는 그를 본 적이 없었고, 그는 그녀를 본 적이 없었다. 그들은 어둠 속에서 만나서 어둠 속에서 싸웠다. 자신이 누구와 만났는지 자신이 누구와 싸우는지도 모르는 채. 그리고 이제 그녀는 보았고, 보면서 침묵했다. 그녀는 그동안 그를 그가 아닌 다른 존재라고 말해 왔다. 그리고 그에게 익숙하다고 느껴 왔다. 그러나 그는 항상 분리되어 있었다. 그녀가 살지 않는 삶을 살고, 그녀가 느끼지 못한 것을 느끼면서.

두려움과 수치심을 느끼며 그녀는 자신이 그릇되게 알아 온 그의 알몸을 보았다. 그는 아이들의 아버지였다. 그때 그녀의 영혼이 몸에서 떨어져 나갔다. 그녀는 그의 알몸을 보았고, 마치 그녀가 그 몸을 부정해 온 것처럼 수치심을 느꼈다. 따지고 보면 몸은 그저 몸일 뿐이었다. 그런데 그것은 그녀에게 섬뜩하게 보였다. 그녀는 그의 얼굴을 보았고, 곧 벽 쪽으로 고개를 돌렸다. 그의 모습이 자신의 모습이 아니듯, 그의 방식도 자신의 방식이 아니었다. 그녀는 있는 그대로의 그를 인정하지 않았고, 지금 그것을 보았다. 그녀는 남편의 참모습을 거부했다. 그리고 이것은 그녀의 삶이었고, 그의 삶이었다. 그녀는 죽음에 감사했다.

죽음이 비로소 진실을 되찾아 준 것이다. 그리고 그녀는 자신이 죽지 않았음을 알았다.

그녀의 마음은 내내 그를 향한 슬픔과 연민으로 충만했다. 그가 어떤 고통을 겪었을까? 이 무력한 남자에게 얼마나 심한 공포였을까! 그녀는 비탄으로 경직되었다. 그녀는 그를 도울 수 없었다. 그는—이 벌거벗은 남자, 이 다른 존재는—잔인하게 상처 입었다. 그리고 그녀는 보상하지 않을 수 없었다. 그들에게는 아이들이 있었다. 하지만 아이들은 살아 있었다. 이 죽은 남자는 이제 아이들과 아무 상관이 없다. 그와 그녀는 어디선가 흘러 내려온 생명이 아이들이 되도록 길을 열어 준 통로일 뿐이었다. 그녀는 어머니였다. 그러나 그녀가 이제야 깨닫게 된 사실이지만, 자신이 한 남자의 아내였다는 것이 얼마나 끔찍한 일인가. 그리고 이제 죽어 버린 그는 한 여자의 남편이라는 것을 얼마나 끔찍하게 느꼈을까. 그들이 저승에서 만난다면, 그저 과거를 부끄러워할 것이다. 알 수 없는 이유로 갑자기 두 사람에게서 아이들이 생겼다. 그러나 아이들은 그들을 결합시키지 못했다. 그는 죽었고, 그녀는 이제 그가 영원히 그녀에게서 분리되었음을, 이제 그는 그녀와 아무 관계가 없음을 알았다. 그녀는 인생의 한 장이 끝나는 것을 보았다. 그들은 살면서 서로를 부정했다. 그리고 이제 그는 물러났다. 고뇌가 그녀를 덮쳤다. 모든 것이 끝났다. 그가 죽기 오래전부터 둘 사이에는 희망이 없었다. 그러나 그는 그녀의 남편이었다. 하지만 그것은 얼마나 하찮은가!

"그 애의 셔츠가 있니, 엘리자베스?"

엘리자베스는 대답 없이 돌아섰다. 마치 시어머니가 기대한 대로 성큼성큼 걸어 나가 울기라도 할 것처럼. 하지만 그녀는 그럴 수 없었다. 그녀는 침묵할 수밖에 없었다. 그녀는 부엌으로 가서 옷을 가지고 돌아왔다.

"다 말랐네요." 그녀가 여기저기 면 셔츠를 잡아 보며 말했다. 그녀는 그를 다룬다는 것이 부끄럽게 느껴졌다. 대체 무슨 권리로 그녀건 그 누구건 그에게 손을 대는 것일까. 하지만 그의 몸에 닿는 그녀의 손길은 겸허했다. 그에게 옷을 입히는 일은 힘들었다. 그는 너무 무겁고 피동적이었다. 그녀는 내내 끔찍한 두려움에 사로잡혔다. 그가 이렇게 무겁고, 철저히 피동적이고, 반응이 없고, 분리된 존재가 될 수 있다니. 그녀에게는 그들 사이의 거리가 주는 공포가 너무 컸다. 그것은 그녀가 넘겨다 봐야 할 끝없이 펼쳐진 골짜기 같았다.

마침내 끝이 났다. 그들은 그에게 시트를 덮고 얼굴을 묶은 뒤 누워 있는 그를 남겨두고 일어섰다. 그녀는 아이들이 저기 누워 있는 것이 무엇인지 볼 수 없도록 거실 문을 꼭 닫았다. 그때 그녀의 마음에 평화가 무겁게 내려앉았고, 그녀는 부엌을 정리하기 시작했다. 그녀는 자신이 삶에 순종하고 있음을 알았다. 삶은 그녀의 현재 주인이다. 그러나 궁극적인 주인인 죽음 앞에서 그녀는 두려움과 부끄러움으로 움츠러들었다.

다 시 생 각 하 는 국화 냄새

어쩌면 우리는 누구나 환상을 좇는 존재들인지 모른다.

특히 결혼을 할 때는 더 나은 현실을 꿈꾸며 상대로 인해 더 멀리 갈 수 있는 기차를 타게 되기를 바란다.

광부의 아내인 베이츠 부인 역시 그러했으리라.

그러나 남편은 가정에 충실한 사람이 아니었고, 어려운 생활을 이끌어 나가느라 지치고 고된 베이츠 부인은 그런 남편에 대한 분노 때문에 그와 결혼할 때, 또 아이들을 낳았을 때 축복의 의미로 받았던 국화꽃을 아름다운 꽃으로만 받아들일 수 없었다.

심지어 남편은 술에 취해 집에 돌아왔을 때도 국화꽃을 단춧구멍에 꽂고 있지 않았던가.

그날도 그녀는 귀가가 늦어진 남편이 또 술집에 있을 것이라고 생각하고 분노하면서 찾아다녔다. 그러나 남편은 갱에 갇혀 시신이 되어 집으로 돌아온다. 온갖 회한에 사로잡힌 시어머니와 함께 더러워진 남편의 작업복을 벗기고 몸을 닦아 내는 동안, 그녀는 다가갈 수 없는 죽음의 영역에 이미 가 있는, 생의 굴레에서 벗어난 남편에게 근원적 거리감을 느낀다.

맨몸인 남편에게서 자신이 알지 못했고 알 수 없었던 한 남자를 마주한다.

그와 생활을 함께 하고 아이들을 낳고 심지어 지금도 뱃속에 그의 아이를 갖고 있지만, 결코 인생을 나눈 적 없었던 것 같은 낯선 존재를 보게 되는 것이다.

그녀가 그를 이해하지 못하게 만들었던 삶의 모든 장치들이 사라진 맨몸은, 지금까지 그녀와 불화하던 것이 그의 실체가 아닌 '남편이라는 허상'이었음을 깨닫게 한다.

그녀는 진실을 찾게 해 준 죽음에 감사하는 마음으로, 그러나 이제 그들 사이에 놓인 어마어마한 거리감에 공포를 느끼며, 남편이었던 낯선 한 남자에게 주검의 의식을 치러 준다.

국화는 살면서 우리가 추구하는 것들의 향기로 읽을 수 있다.

이상적인 현실과 잃어버린 꿈의 향기.

그러나 주검이 놓인 방에서 국화 꽃병이 깨졌듯이, 그것은 산 자들의 향기일 것이다.

고단한 삶을 살며, 죽기 직전까지 우리가 애증의 무늬를 넣어 가며 꽂고 있는 생쪽의 꽃인 것이다.

의자 고치는 여자

기 드 모파상

기 드 모파상
Guy de Maupassant,
1850-1893

프랑스 노르망디 미로메닐 출생. 어머니의 오랜 친구인 플로베르로부터 문학 지도를 받았고, 그의 소개로 졸라와 콩쿠르를 알게 되어 자연스레 당시 젊은 문학인 그룹과 교류하였다. 1875년 콩트 「박제된 손」을 발표하면서 소설가의 길로 접어들었다. 1880년 졸라 등 여섯 명의 젊은 작가들이 함께 쓴 단편집 「메당의 밤」에 「비곗덩어리」를 발표하면서 명성을 얻었고, 「메종 텔리에」(1881) 「피피 양」(1882) 등의 단편집이 잇따라 성공을 거두며 문단에서의 지위를 굳혔다.

1883년 발표한 장편소설 「여자의 일생」은 플로베르의 「보바리 부인」과 함께 프랑스 사실주의 문학이 낳은 걸작으로 평가받는다. 이밖에도 「벨아미」(1885) 「몽토리올」(1887) 「피에르와 장」(1888) 「죽음처럼 강하다」(1889) 「우리의 마음」(1890) 등의 장편소설을 썼으며 불과 십여 년의 문단 생활 중에 삼백여 편의 단편소설과 시집, 희곡, 기행문을 남겼다.

1892년 1월 자살 기도 후 정신병원에 수용되었으나 회복되지 못하고 1893년 7월 43세의 나이로 숨을 거두었다.

옮긴이 김현아

한국외국어대학교 불어과를 졸업하고, 동 대학원에서 석사학위를 받았다. 전문 번역가로 활동 중이며 옮긴 책으로는 「소원을 들어 주는 요정 꼬끼에뜨」 「케리티 이야기가 있는 집」 「북아트를 통한 글쓰기」 「반지의 제왕, 혹은 악의 유혹」 「그림으로 보는 그리스 로마 신화」 등이 있다.

사냥이 시작된 날 저녁 베르트랑 후작의 집에서 저녁 식사를 마치고 난 참이었다. 사냥에 참가했던 남자 열한 명과 젊은 숙녀 여덟 명, 그리고 마을의 의사가 커다란 테이블을 사이에 놓고 빙 둘러앉았다. 테이블 가운데에는 과일과 꽃이 놓여 있고, 불빛이 밝게 비치고 있었다.

여러 이야기를 하던 끝에 사랑 이야기를 시작한 참이었다. 진정한 사랑은 일생에 단 한 번 찾아오는 것인가, 아니면 여러 번 할 수 있는 것인가를 놓고 열띤 토론이 벌어졌다. 토론은 끝날 줄 모르고 계속 이어졌다. 한쪽에선 단 한 번 진실한 사랑을 했을 뿐 다시는 사랑을 하지 않았던 사람들의 예를 들었고, 다른 쪽에선 여러 번 격렬하게 사랑을 했던 사람들의 예를 들었다. 대체로 남자들은 한 사람이 여러 번 병에 걸리는 것처럼 사랑의 열정도 한 사람에게 여러 번 찾아올 수 있으며, 그 사람 앞에 장애물이 놓이게 되면 죽을 수도 있을 만큼 강렬한 사랑의 열정이 그를 덮칠 수도 있다고 주장했다. 이런 생각에 반박할 수 있는 것은 아니지만 여자들은 현실을 그대로 보기보다는 낭만적인 시에 의지해서 생각했다. 그래서 여자들은 사랑이란, 진실한 사랑이란, 위대한 사랑이란 사람에게 단 한 번 찾아오는 것이라고 굳게 믿었다. 또 이런 사랑은 벼락 같은 것이어서 한번 빠지면 금세 마음이 텅 비고, 피폐해지고, 들뜨게 된다고 주장했다. 그래서 그 어떤 다른 강렬한 감정도, 하다못해 꿈조차도 이미 사랑에 빠진 마음에는 다시 생겨나지 못하는 법이라고 했다. 사랑을 많이 해 본 후작은 이러한 믿음을 단호하게 반박했다.

"여러분에게 말하겠는데 나는 강렬하게 온 마음을 다하여 여러 번 사랑할 수 있다고 생각하오. 여러분은 두 번 다시 사랑을 할 수 없다는 증거로 사랑 때문에 죽는 사람들의 예를 들었지만 나는 이렇게 대답하겠소. 만약에 그들이 자신을 죽이는 바보 같은 짓, 다시 한 번 사랑에 빠질 기회를 빼앗는 바보 같은 짓을 하지 않았더라면 그들은 언젠가는 죽을 듯한 사랑의 감정에서 빠져나왔을 것이오. 그리고 그들은 늙어 죽을 때까지 또 다른 사랑을 몇 번이고 다시 시작했을 것이오. 사랑에 빠진 사람은 술에 취한 사람하고 똑같소. 술꾼들은 마시고 또 마실 것이고, 사랑했던 사람들은 또 사랑할 것이오. 그러니 이것은 기질의 문제라고 할 수 있소."

사람들은 나이 든 의사가 중재를 해 주리라 여겼다. 나이 든 의사는 파리에 있는 병원에서 일하다가 은퇴한 사람이었다. 사람들이 그의 생각은 어떤지 물었다.

하지만 그에게는 별다른 의견이 없었다.

"후작께서 말씀하신 것처럼 기질의 문제겠지요. 나는 단 하루도 변하지 않고, 오십오 년 동안이나 계속되다가 죽어서야 끝이 나게 된 사랑 이야기를 알고 있지요."

후작 부인이 박수를 치며 말했다.

"멋져요! 그런 사랑을 받으면 얼마나 꿈 같을까요! 마음을 에는 격렬한 사랑에 감싸인 채 오십오 년을 살면 얼마나 행복할까요! 그 남자는 틀림없이 행복했을 거예요. 모든 사람이 감탄하는 축복받은 삶을 살았겠죠?"

의사는 미소를 지었다.

"부인, 사랑받은 사람이 남자였다는 것은 맞는 말씀입니다. 그 사람은 부인도 아는 사람입니다. 그렇게 오래도록 사랑을 받은 남자는 마을의 약제사인 슈케 씨였습니다. 그를 사랑했던 여자도 전부터 부인이 알고 계셨던 사람입니다. 그 여자는 해마다 성에 와서 의자를 고쳤던 늙은 여자입니다. 이제 그 이야기를 자세하게 해 드리겠습니다."

열광하던 여자들의 관심이 이내 시들해졌다. 마치 사랑은 세련되고 고상한 사람들에게만 오는 것처럼, 교양 있는 사람들만 관심을 가질 수 있다는 듯이 불쾌해 하며 코웃음을 쳤다.

하지만 의사는 길고 긴 그들의 이야기를 이어 나갔다.

"석 달 전에 이 늙은 여인이 죽음을 앞두고 나를 불렀습니다. 그녀는 바로 그 전날 여러분도 이미 보았던 늙은 말이 끄는 마차를 타고 이 마을에 왔지요. 마차는 그녀의 집이기도 했습니다. 그녀의 보호자이면서 친구인 크고 검은 개 두 마리도 함께 있었지요. 신부님은 나보다 먼저 와 계셨습니다. 그녀는 우리에게 자신의 유언을 집행해 달라고 했어요. 그리고 자신의 마지막 뜻을 우리에게 알리기 위해 자신이 살아온 이야기를 전부 들려주었습니다. 나는 이 이야기보다 더 기이하고 가슴 아픈 이야기는 들어 본 적이 없어요.

그녀의 아버지와 어머니는 의자 고치는 사람이었습니다. 그녀는 한 번도 땅에 지어진 집에서 살아 본 적이 없었답니다.

아주 어릴 때부터 그녀는 이가 들끓는 누더기를 입고, 지저분한 모습으로 여기저기를 떠돌아다녔습니다. 그녀의 가족은 마을 입구의 도랑 근처에 마차를 세웠지요. 말은 풀을 뜯어 먹고, 개는 제 다리에 주둥이를 묻고 잠이 들었습니다. 그리고 어린 그녀는 어머니와 아버지가 길가 느릅나무 그늘에서 마을 사람들의 오래된 의자들을 모두 고치는 동안 풀밭을 뛰어다녔답니다. 그렇게 돌아다니는 동안 그녀의 가족들은 서로 아무런 말도 하지 않았답니다. 누가 집집을 돌아다니며 잘 알아들을 수 있게 큰 소리로 '의자 고쳐요!'라고 외칠 것인지 정하기 위해 필요한 몇 마디를 나누고 난 다음에는 나란히 앉거나 마주 보고 앉아서 짚을 꼬기 시작했습니다. 아이가 너무 멀리 가거나 마을의 개구쟁이들하고 사귀려고 할 때마다 아버지가 성난 목소리로 그녀를 불렀어요. '당장 이리 오지 못해, 이 멍청아!' 그 말이 그녀가 들을 수 있었던 애정이 담긴 유일한 말이었지요.

그녀가 더 자라자 아버지와 어머니는 망가진 의자를 모아 오라고 그녀를 내보냈습니다. 그러자 그녀는 이 마을 저 마을의 아이들과 사귀려고 말을 붙였어요. 하지만 이번에는 새 친구들의 부모가 화를 내며 자기네 아이들을 불러들였습니다. '빨리 오지 못해! 이 칠칠치 못한 놈!'

어린 사내아이들이 돌을 던지는 일도 자주 있었지요.

부인들이 그녀의 손에 몇 푼 쥐어 주기라도 하면 그녀는 그 돈을 소중하게 간직했습니다.

그녀가 열한 살이던 어느 날 이 마을에 들렀을 때였어요. 그날 그녀는 묘지 뒤에서 어린 슈케와 마주치게 되었습니다. 슈케는 친구한테 이 리아르를 빼앗기고 울고 있던 참이었습니다. 항상 만족스럽고, 항상 즐거울 것이라고 생각한 어린아이들 중 하나인 이 부잣집 소년의 눈물은 아무것도 가진 것 없이 태어나 아는 것이 많지 않은 그녀의 마음을 뒤흔들어 놓았습니다. 그녀는 천천히 다가갔어요. 소년이 울고 있는 이유를 알고 나서 그녀는 소년의 손 안에 자신의 전 재산인 칠 수를 모두 쥐어 주었습니다. 소년은 눈물을 닦으면서 아무렇지 않게 돈을 받았지요. 그녀는 너무 기뻤어요. 너무나 기쁜 나머지 대담하게도 소년에게 키스를 했답니다. 소년은 돈에만 온통 관심이 쏠려 있어서 그녀가 하는 대로 내버려 두었습니다. 소년이 밀치지도 않고, 때리지도 않자 그녀는 다시 소년에게 키스를 했어요. 두 팔로 꼭 감싸 온 마음을 다해서 소년을 껴안았습니다. 그러고는 그곳을 떠났습니다.

이 가여운 아이의 머릿속에서 무슨 일이 일어났던 것일까요? 자신이 가진 돈을 모두 내주었기 때문에 그 아이한테 집착하게 되었던 것일까요? 아니면 그 아이와 처음으로 애정 어린 입맞춤을 했기 때문이었을까요? 아이들 일에나 어른들 일에나 마찬가지로 풀리지 않는 수수께끼가 있게 마련입니다.

몇 달 동안 그녀는 묘지의 구석진 곳과 그 아이를 열렬히 그리워했답니다. 그 아이를 다시 보게 되리라는 희망으로 그녀는 부모의 돈을 훔치고, 의자를 고칠 때나 물건을 살 때 여기저기서 조금씩 돈을 긁어모았지요.

다시 마을에 왔을 때 주머니 안에 이 프랑이 있었지만 말쑥하게 차려입은 약제사의 어린 아들을 멀리서 스치듯 바라볼 수밖에 없었습니다. 정확히 말하자면 소년의 아버지의 가게 창유리 너머 붉은 병과 촌충 표본 사이에 서 있는 그 아이를 보았던 것입니다.

그녀는 반짝거리는 크리스털이 만들어 낸 찬란한 빛과 붉은색 물의 후광에 매혹되어 마음이 흔들리고, 넋을 잃었고, 더욱 더 소년을 사랑하게 되었습니다.

그녀는 소년에 대한 추억을 깊이 간직했습니다. 그리고 일 년이 지난 뒤 학교 뒤에서 구슬치기를 하며 친구들과 놀고 있는 그를 만나게 되었습니다. 그녀는 그에게로 뛰어가 두 팔로 꼭 껴안고 격렬하게 입을 맞추었습니다. 깜짝 놀란 소년은 겁이 나서 울기 시작했습니다. 그녀는 소년을 달랠 생각으로 소년에게 돈을 주었습니다. 그녀의 귀중한 돈 삼 프랑 이십 상팀을 그는 눈을 동그랗게 뜨고 쳐다보았습니다.

소년은 돈을 받은 뒤에는 그녀가 원하는 만큼 자기를 만지도록 내버려 두었습니다.

그 뒤로도 사 년 동안 그녀는 자기가 가진 돈을 모두 소년의 손에 쥐어 주었고, 소년은 돈을 받은 대가로 키스를 해 주어야 한다는 것을 잘 알고 있었습니다. 한 번은 삼십 수였고, 한 번은 이 프랑, 또 한 번은 십 이 수였습니다. 십이 수를 주었을 때는 돈이 너무 적은 것이 부끄럽고 마음이 아파 눈물을 흘렸습니다. 하지만 그해는 사정이 아주 나빠서 어쩔 수 없었지요. 그리고 마지막에는 커다랗고 동그란 오 프랑짜리 동전을 내놓았습니다. 소년은 그 돈을 보고 만족스러운 미소를 지었습니다.

그녀는 이제 오로지 소년만 생각했습니다. 그리고 소년은 그녀가 돌아오기를 초조하게 기다리다가 그녀를 보게 되면 얼른 달려왔답니다. 그 모습이 소녀의 마음을 두근거리게 했지요.

그러다가 소년이 사라졌습니다. 부모가 소년을 도시의 중학교에 보냈기 때문이지요. 그녀는 말을 빙빙 돌려 물어본 끝에 그런 사실을 알게 되었습니다. 그러자 그녀는 수완을 부려 부모가 마을을 도는 순서를 바꾸게 했습니다. 방학 때 이 마을에 들르도록 만들었지요. 하지만 그렇게 하는 데 일 년이 걸렸습니다. 그래서 그녀는 이 년 동안이나 그를 보지 못하고 지냈지요. 그렇게 간신히 그를 만났지만 그는 달라져 있었습니다. 금색 단추가 달린 교복을 입은 그는 당당하고, 멋있고, 어른스러웠습니다. 그녀와 마주쳤으면서도 그녀를 못 본 체하고, 거만하게 곁을 지나쳤습니다.

그녀는 이틀 동안이나 슬프게 울었습니다. 그리고 그 뒤로 줄곧 고통스러워했습니다.

해마다 이 마을에 왔지만 그의 앞을 지나치게 되더라도 감히 인사조차 할 수 없었습니다. 그는 그녀에게 눈길도 주지 않았어요. 그녀는 간절하게 그를 사랑했습니다. 그녀가 내게 말했었지요. '의사 선생님, 나는 이 세상에서 단 한 사람, 그 남자만을 봤어요. 다른 남자들이 세상에 있다는 것조차도 몰랐으니까요.'

그녀의 부모가 세상을 떠나고 나서도 그녀는 계속해서 의자 고치는 일을 했습니다. 개는 한 마리가 아니라 두 마리를 데리고 다녔는데 어찌나 사나운지 사람들이 무서워서 옆에 가지도 못했지요.

어느 날 사랑의 추억이 그대로 남아 있는 이 마을에 들어오면서 그녀는 자신이 사랑하는 남자와 팔짱을 끼고 슈케 약국을 나오는 젊은 여자를 보게 되었어요. 젊은 여자는 그의 아내였습니다. 그가 결혼을 한 것

이었습니다.

그날 밤, 그녀는 시청 광장 앞에 있는 연못에 몸을 던졌습니다. 술에 취해 밤 늦게 집에 가던 한 남자가 그녀를 물에서 건져 내 약국으로 데려갔어요. 약제사의 아들 슈케는 잠옷을 입고 내려와 그녀를 살펴보았습니다. 한 번도 본 적이 없는 여자를 대하는 것처럼 그녀의 옷을 벗기고, 그녀의 몸을 문지르더니 쌀쌀맞게 말했습니다. '당신 미친 것 아니오! 다시는 이런 바보 같은 짓 하지 마시오!'

그 말만으로도 그녀는 다 나은 것 같았습니다. 그가 그녀에게 말을 했으니까요! 그녀는 오랫동안 행복했습니다.

치료를 해 주었으니 돈을 내겠다고 고집을 부렸지만 그는 한 푼도 받고 싶어 하지 않았습니다.

그리고 그녀는 그럭저럭 살아갔습니다. 그녀는 의자를 고치면서 늘 슈케를 생각했어요. 해마다 창유리 너머로 그를 보았습니다. 그리고 그의 약국에 들어가 약을 사는 버릇이 생겼지요. 그러면서 그녀는 그를 가까이에서 보았고, 그에게 말을 걸었으며 예전처럼 돈을 주었습니다.

제가 처음에 이야기했던 것처럼 그녀는 올봄에 죽었습니다. 이 슬픈 이야기를 들려준 뒤에 그녀는 평생 모아 온 돈을 자신이 쉼 없이 사랑했던 사람에게 전해 달라고 내게 부탁했어요. 일을 했던 건 오로지 그사람 때문이라고 그녀는 말했어요. 그녀는 그 돈을 밥을 굶어 가며 모았다고 했습니다. 그에게 돈을 주면 그녀가 죽고 나서 적어도 한 번은 틀림없이 자신을 생각해 줄 것이라고 그녀는 말했습니다.

그녀는 나에게 2,327프랑을 주었어요. 그중에서 이십칠 프랑은 장례 비용으로 신부님께 드렸고, 나머지 돈은 그녀가 숨을 거둔 뒤 내가 가지고 왔지요.

다음 날, 나는 슈케 씨 부부를 찾아갔어요. 그들은 피둥피둥하고 혈색 좋은 모습으로 마주 앉아 거만하고 만족스러운 태도로 약냄새를 풍기며 점심 식사를 마친 참이었습니다.

그들은 나에게 앉으라고 하고는 버찌 브랜디를 내왔습니다. 나는 그들이 내놓은 버찌 브랜디를 마셨어요. 그런 다음 들뜬 목소리로 이야기를 시작했어요. 내 이야기를 들으면 틀림없이 그들이 눈물을 흘릴 것이라고 생각했습니다.

마차를 타고 떠돌면서 의자를 고치는 여자가 자신을 사랑했다는 말을 들은 순간 슈케는 그녀가 마치 자신의 명성에 큰 흠집이라도 낸 것처럼, 그녀의 삶보다 더 값진 고결한 어떤 것을, 자신의 체면을, 교양 있는 신사라는 주위의 평판을 그녀가 훔쳐가 버리기라도 한 것처럼 펄쩍 뛰며 화를 냈습니다.

그의 부인 역시 남편 못지않게 흥분하여 똑같은 말만 되풀이했습니다. '그 비렁뱅이 같은 여자가! 그 비렁뱅이 같은 여자가! 비렁뱅이 같은 여자가……!' 다른 말은 하나도 생각나지 않는 것 같았습니다.

슈케 씨가 일어서서 테이블 뒤로 뚜벅뚜벅 걸어갔습니다. 그가 쓰고 있던 그리스 모자는 한쪽이 뒤집어져 있었습니다. 그가 더듬거리며 말했습니다. '의사 선생님, 이걸 우리더러 어떻게 이해하라는 겁니까? 이런 일은 남자에겐 끔찍한 일이에요. 어떻게 하면 좋겠어요? 아, 그 여자가 살아 있었을 때 그 사실을 알았더라면 그 여자를 헌병대에 넘겨서 감옥살이를 시켰을 텐데! 틀림없이 그 여자를 다시는 감옥 바깥으로 나오지 못하게 했을 겁니다.'

좋은 뜻으로 시작한 일인데 일이 이렇게 되어서 나는 무척 당황스러웠습니다. 무슨 말을 해야 할지, 어떻게 해야 할지 도무지 알 수가 없었지요. 하지만 어쨌든 나는 내가 맡은 일을 끝까지 해야 했어요. 내가 다시 입을 열었어요. '그녀는 당신에게 자신의 돈을 전해 달라고 내게 부탁했습니다. 이천삼백 프랑입니다. 내가 전해 드린 이야기에 당신이 무척 기분이 상하셨다고 하니 이 돈은 가난한 사람들에게 나누어 줘야 할 것 같군요.'

슈케 부부가 깜짝 놀라서 꼼짝도 못한 채 나를 쳐다보았습니다.

나는 주머니에서 돈을, 여러 지방을 돌며 고생 끝에 모은 금화며 동전이 마구 섞인 초라한 돈을 꺼냈지요. 그런 다음 내가 물었습니다. '어떻게 하시겠습니까?'

슈케 부인이 먼저 말했습니다. '하지만 그 여자의…… 마지막 뜻이 그렇다니까……. 내 생각에는 우리가 거절하기는 어려울 것 같네요.'

이번에는 남편이 주저하면서 대답했어요. '이 돈으로 우리 아이들에

게 무언가를 사 줄 수 있겠군요.'

내가 퉁명스럽게 대꾸했습니다. '그러시다면 뜻대로 하시지요.'

그가 대답했습니다. '어쨌든 그 여자가 당신한테 그렇게 부탁했다고 하니 이 돈은 우리가 맡아서 좋은 일에 쓰도록 하겠습니다.'

나는 돈을 건네고, 인사를 하고 나왔어요.

다음 날 슈케 씨가 느닷없이 나를 찾아와서 물었습니다. '그 여자가 여기에 마차를 남겨 놓았다더군요. 마차는 어디에 쓰실 건가요?'

'나는 쓸 데가 없어요. 필요하면 가져가세요.'

'잘됐네요. 아주 잘됐어요. 이 마차로 채소밭 옆에다 오두막집을 만들 생각이에요.'

그가 돌아가려고 하는 참에 내가 물었습니다. '그녀가 남긴 늙은 말과 개 두 마리도 있는데 그것도 가져가시겠습니까?'

그가 깜짝 놀라 멈춰 섰습니다.

'아! 아닙니다. 저런! 그걸 가져다가 어디에 쓰겠습니까? 마음대로 처분하세요.' 그가 웃으면서 대답했습니다.

그러더니 내게 손을 내밀더군요. 그와 악수를 했습니다. 어쩌겠습니까? 한 마을에 있는 약제사와 의사가 원수로 지낼 수는 없지 않겠습니까?

개들은 제가 맡아서 키우고 있습니다. 넓은 정원이 있는 신부님이 말을 데리고 가셨습니다. 마차는 슈케 씨가 오두막집으로 사용하고 있지요. 그리고 돈으로는 철도 채권을 다섯 주 샀다더군요.

여기까지가 내가 살면서 보게 된 단 하나뿐인 깊은 사랑 이야기입니다."

의사는 말을 마쳤다.

눈물을 글썽이며 이야기를 듣고 있던 후작 부인이 그제서야 한숨을 내쉬었다.

"결국 진정한 사랑을 할 줄 아는 사람은 여자들뿐이로군요."

다시 생각하는 의자 고치는 여자

단 하루도 빼놓지 않고 오십오 년을 지속한 사랑 이야기.

한 번도 땅 위에 지어진 집에서 살아 본 적 없는, 집 대신에 비쩍 마른 말이 끄는 마차를 타고 떠돌며 마을 사람들의 의자를 고쳐 주는 부모를 둔 소녀는, 우연히 한 소년을 사랑하게 되고 그 소년에게 주기 위해 돈을 모은다.

소녀가 돈을 주면 소년은 행복해 했고, 입맞춤하는 것을 허용해 주었기에…….

그 사랑은 소녀의 부모가 죽고 이제 그녀가 의자 고치는 여자가 되고 소년이 약사가 되어 결혼을 한 후에도 계속되었다. 비록 멀리서 바라보아야만 했고, 기껏해야 그의 약국에서 약을 살 때만 그의 모습을 볼 수 있었지만, 그녀의 사랑은 변함없었다.

그녀는 임종 직전에 의사에게 자신의 사랑을 이야기하고, 밥까지 굶어 가며 모은 돈을 그 남자, 슈케에게 유산으로 남긴다. 그와 그의 부인은, 천한 신분의 그녀가 그를 사랑했단 말엔 불같이 화를 내면서도 유산은 받아 챙긴다.

그녀는 아마도 무덤 속에서도 그에게 돈을 줄 수 있어서 행복했으리라.

상대가 자신을 사랑하지 않아도 평생을 사랑할 수 있는 힘은 어디서 오는 것일까.

순결한 사랑이 그녀를 한 여자로 살게 했으리라.

그녀가 지상의 집 한 칸을 가질 수 없었듯 그의 사랑 역시 가질 순 없었지만.

집 없이 마차로 떠돌았기에 그녀에겐 일상을 받치는 의자조차도 사치품이었다.

자신은 앉을 수 없었던 지상의 의자를 고치듯, 그녀에게 사랑은 생에서 허용되지 않았던, 아마도 가장 아름다운 의자였으리라.

풍파
루쉰

루쉰
魯迅, 1881-1936

중국 저장성 사오싱 출생. 본
명은 저우수런(周樹人), 루쉰은
그의 대표적인 필명이다.

1898년 난징의 강남수사학당
(江南水師學堂)에 입학, 당시의 계몽적 신학문의 영향을
크게 받았다. 졸업 후에는 일본으로 유학, 의학을 배우다
가 몸을 고치는 것보다 중국인의 정신을 바꾸는 것이 급선
무라고 생각하여 문학으로 전환하였다.

문학혁명을 계기로 「광인일기」(1918)를 발표하여 가족제
도와 예교(禮敎)의 폐해를 폭로하였다. 이어 「공을기(孔乙
己)」(1919), 「고향」(1921), 「축복」(1924) 등의 단편과 산문시
집 「야초(野草)」(1918)를 발표하여 중국 근대문학을 확립하
였는데, 특히 중국 사회와 민중의 현실을 그린 대표작 「아
큐정전」(1921)은 중국 문학의 걸작으로 평가받고 있다.

「풍파」는 1920년 9월 《신청년》에 발표된 작품으로 1917년
장훈의 복벽사건, 즉 폐위되었던 청나라 황제를 다시 복위
시키려는 상황을 배경으로 하고 있다.

옮긴이 허유영

한국외국어대학교 중국어과를 졸업하고, 동 대학 통번역대학원 한
중과를 졸업했다. 신속함과 긴장감이 요구되는 통역보다는 글을 곰
삭혀 빚어내야 하는 번역에 더 큰 매력을 느껴 출판 번역가로 활동
하고 있다. 중국어 학습서 「쉽게 쓰는 나의 중국어 일기장」을 출간
했으며, 옮긴 책으로 「사마천」, 「다 지나간다」, 「저우언라이 평전」, 「에
도일본」, 「디테일의 힘」 외 다수가 있다.

강가의 흙 마당을 비추던 태양이 노란빛 화사한 광선을 거두어들이기 시작했다. 강가에 늘어선 오구나무의 바싹 마른 잎들도 그제야 숨통이 트이는 듯하고, 얼룩무늬 다리를 가진 모기들이 잎사귀 그늘 아래서 앵앵거리며 춤을 추었다.

강을 마주하고 있는 농가의 굴뚝에서 밥 짓는 연기가 점차 희미해지고, 아낙과 아이들이 문 앞 흙 마당에 물을 뿌리고 자그만 탁자와 키 작은 의자를 가져다 놓으면 저녁 먹을 시간이 된 것이었다.

노인과 남자들은 키 작은 의자에 앉아 커다란 파초선을 부치며 느긋하게 한담을 나누고, 아이들은 이리저리 쏜살같이 뛰어다니거나 오구나무 아래 쪼그리고 앉아 돌멩이를 가지고 놀았다. 아낙이 뜨거운 김을 모락모락 풍기며 새까만 말린 나물찜과 송화가루를 뿌린 듯 누런 쌀밥을 내왔다. 강 위를 지나는 배 위에서는 문인들이 술잔을 주거니 받거

니 하며 뱃놀이를 하고 있었다. 그중 한 이가 강가 풍경에 시흥이 동했
는지 즉흥시를 읊조렸다.

"근심 걱정 하나 없어라. 이게 바로 진정한 전원의 즐거움이라오!"

하지만 그의 말은 사실과는 조금 거리가 있었다. 아마도 주진九斤 할
머니의 넋두리가 그들에게까진 들리지 않았기 때문일 것이다.

사실 그 광경 속의 주진 할머니는 화가 머리끝까지 치밀어 있었다.
할머니는 낡아 빠진 파초선으로 의자 다리를 두드리며 푸념했다.

"일흔아홉 살이나 먹었으면 살 만큼 살았지. 이놈의 집구석이 망해
가는 꼴을 더는 보고 싶지가 않아. 차라리 죽어 버리는 게 낫지. 곧 밥
을 먹어야 하는데 아직도 볶은 콩을 처먹고 있으니. 이 집구석은 먹다
가 망한다니까!"

증손녀 류진六斤이 콩을 한 움큼 쥐고 맞은편에서 뛰어오다가 할머니
를 보고는 잽싸게 강가로 달아나 오구나무 뒤로 몸을 숨겼다. 그러고는
정수리 양쪽에서 양 갈래로 땋아 올린 머리를 빠끔히 내밀며 큰 소리로
외쳤다.

"저 할망구는 죽지도 않아!"

주진 할머니는 나이는 많아도 청력은 여전했다. 하지만 손녀의 말을
듣지 못했는지 여전히 구시렁거렸다.

"정말 대가 내려갈수록 못해진다니까!"

이 마을에는 조금 특별한 풍습이 있었다. 아기가 태어나면 저울로 체

중을 달아 그 근수를 가지고 아명을 짓는 것이었다. 주진 할머니는 쉰 살 생일잔치를 치른 후부터 불평을 늘어놓는 일이 점점 많아졌다. 자신이 젊었을 때는 날씨가 이렇게 덥지 않았다는 둥, 콩이 지금만큼 딱딱하지 않았다는 둥 노상 불평을 해 댔다. 그녀의 눈엔 지금 세상이 온통 잘못된 것들밖에 없었다. 더군다나 류진이 태어날 때 제 증조할머니보다도 세 근이나 가벼웠고, 제 아버지 치진七斤보다는 한 근이 가벼웠으니 이건 바로 세상이 점점 나빠지고 있음을 보여 주는 빼도 박도 못할 증거가 아니겠는가. 할머니는 또다시 힘주어 말했다.

"정말 대가 내려갈수록 못해진다니까!"

손자며느리[1] 치진의 처가 밥 광주리를 받쳐 들고 탁자 앞으로 다가오더니 광주리를 내동댕이치듯 탁자 위에 내려놓으며 잔뜩 화가 난 목소리로 말했다.

"또 그 말씀이세요? 류진이 태어났을 때 여섯 근하고도 다섯 냥이었잖아요? 이 집 저울은 열여덟 냥짜리 사제 저울이라 무게가 덜 나온단 말이에요. 열여섯 냥짜리 표준 저울로 쟀다면 우리 류진은 일곱 근은 족히 넘었을 거예요. 또 증조할아버지께서 아홉 근이고 할아버지께서 여덟 근이었다고는 하지만 그걸 꼭 믿을 수는 없는 거예요. 열네 냥짜리 저울을 사용했을지도 모르는 일이죠……."

---

1) 원주(原註) : 원문에는 '며느리'로 되어 있지만 앞뒤 문맥으로 보아 '손자며느리'라고 해야 할 것이다.

"대가 내려갈수록 못해진다니까!"

치진의 처가 대꾸를 하려는데 문득 치진이 골목길을 돌아 나오는 것이 보였다. 치진의 처는 얼른 몸을 돌려 치진에게 외쳤다.

"저 망할 놈의 인간이 왜 이제야 오는 거야? 어디 가서 뒈졌다가 오는 거야! 밥 차려 놓고 기다리는 사람 생각은 눈곱만치도 안 하지!"

치진은 비록 촌에 틀어박혀 살고 있지만 일찍이 청운의 뜻을 품었던 인물이었다. 그의 할아버지에서 그에 이르기까지 삼대가 괭이자루 한 번 쥐어 보지 않았고, 그도 마찬가지로 남의 배에서 뱃사공 노릇이나 하며 살았다. 매일 루전에서 성 사이를 한 차례씩 왕복했는데, 아침 일찍 루전에서 출발해 성으로 갔다가 저녁 무렵에 다시 돌아왔다. 그 덕분에 그는 세상 돌아가는 이야기를 빤히 알고 있었다. 어떤 곳에서는 뇌공[2]이 지네 귀신을 내리쳐 죽였다거나, 또 어떤 곳에서는 양가집 규수가 야차[3]처럼 생긴 아이를 낳았다거나 하는 이야기들이었다. 그 덕분에 이 근방에선 그는 이미 유명 인사였다. 하지만 농촌에서는 여름엔 저녁밥을 먹을 때 불을 켜지 않는 습관이 있었으므로 늦게 돌아오는 건 욕을 얻어먹을 일이 분명했다.

치진은 한 손에 상아 물부리와 백동 대통이 달린 여섯 자 남짓 되는 긴 상비죽湘妃竹 담뱃대를 들고 고개를 축 늘어뜨린 채 천천히 걸어와

---

2) 雷公 ; 천둥을 관장한다는 중국 고대 전설 속의 신.
3) 夜叉 ; 불교에 나오는 사람을 괴롭히고 해치는 사나운 귀신.

의자에 풀썩 앉았다. 류진이 잼걸음으로 냉큼 달려와 곁에 앉아 아버지를 불렀지만, 치진은 대꾸도 하지 않았다.

"대가 내려갈수록 못해진다니까!"

주진 할머니가 또 투덜거렸다.

치진이 천천히 고개를 들더니 긴 한숨을 내쉬며 말했다.

"황제께서 용상에 오르셨어."

치진의 처가 한동안 멍하니 있다가 갑자기 뭔가 깨달은 듯 말했다.

"그거 정말 잘됐구랴. 곧 황은皇恩으로 대사면이 있을 거 아니에요?"

치진이 또다시 한숨을 내뱉었다.

"나는 변발이 없지 않소."

"황제께서 변발이 있어야 한답디까?"

"그렇다는군."

"당신이 그걸 어떻게 알아요?"

치진의 처가 다그쳐 물었다.

"셴형 주점 사람들이 모두 그러더군."

치진의 처는 직감적으로 불길한 느낌이 들었다. 셴형 주점이라면 믿을 만한 소식통이기 때문이다. 그녀는 치진의 민둥머리를 흘끗 쳐다보더니 순간 치밀어 오르는 화를 참을 수가 없었다. 남편에 대한 미움과 원망이 갑자기 절망감으로 바뀌었다. 그녀는 밥이 담긴 그릇을 남편의 코앞으로 확 들이대며 쏘아붙였다.

"빨리 밥이나 먹어요. 울상 짓고 있으면 없는 변발이 솟아나기라도 한답디까?"

저녁 해가 마지막 남았던 햇빛마저 거두어들이자, 강 위로 서서히 서늘한 기운이 피어오르기 시작했다. 흙 마당에선 밥그릇과 젓가락 부딪히는 소리만 들리고, 사람들의 등줄기에 땀방울이 맺혔다. 밥을 단숨에 세 그릇이나 비운 치진의 처가 문득 고개를 들었다. 순간 가슴이 요동치듯 두근거렸다. 오구나무 잎사귀 사이로 작달막한 키에 뒤룩뒤룩 살진 자오치예가 외나무다리를 건너오고 있는 것이 보였기 때문이다. 게다가 감청색 죽포[4]로 만든 장삼까지 걸치고 있었다. 자오치예는 옆 마을 마오위안 주점의 주인인데, 이 근방 삼십 리 이내에서는 유일하게 출세한 인물이자 학자이기도 했다. 글깨나 배운 사람인지라 퇴직한 관리처럼 거들먹거리는 데다가 고리타분하기까지 했다. 그에게는 김성탄이 비평을 달아 놓은 십여 권짜리 『삼국지』[5]가 있었는데, 노상 그걸 들고 앉아서 한 자 한 자 읽어 내려가곤 했다. 그는 또 오호대장군[6]의 이

---

4) 竹布 : 대나무에서 뽑아낸 섬유로 짠 천.

5) 원주: 『삼국연의(三國演義)』를 가리킨다. 김성탄(金聖嘆, 1609~1661)은 명대 말기~청대 초기의 문인으로 『수호지(水滸誌)』와 『서상기(西廂記)』 등에 비평을 달았다. 그는 자신이 추가한 서문과 독법(讀法), 비평 등을 '성탄외서(聖嘆外書)'라고 불렀다. 『삼국연의』란 원대 말기~명대 초기 나관중(羅貫中)이 지은 것을 훗날 청나라 때 모종강(毛宗崗)이 개작하고 비평을 덧붙인 책이다. 책의 첫머리에 김성탄이 쓴 것처럼 꾸민 서문이 덧붙여 있고, 첫 회 앞에 '성탄외서'라는 글씨가 쓰여 있다. 일반적으로 비평문은 모두 김성탄이 쓴 것으로 인정한다.

6) 五虎大將軍 ; 『삼국지』에 등장하는 촉한(蜀漢)의 다섯 명의 대장군. 관우(關羽), 장비(張飛), 조운(趙雲), 황충(黃忠), 마초(馬超)를 가리키는 말.

름을 모두 댈 수 있었을 뿐 아니라, 황충의 자字가 한승이며, 마초의 자
가 맹기라는 것까지 알고 있었다. 신해혁명 이후에는 변발을 정수리에
틀어 얹어 도사 같은 모습을 하고 "조자룡이 살아 있다면 세상이 이렇
게까지 어지럽진 않을 텐데."라고 탄식하곤 했다. 눈이 좋은 치진의 처
는 멀리서도 자오치예가 오늘은 예의 그 도사 같은 모습이 아니라 앞머
리는 매끈하게 밀고 뒤통수에는 검은 변발을 늘어뜨리고 있다는 걸 볼
수 있었다. 그녀는 황제가 용좌에 오른 것이 분명하고, 이제는 변발이
있어야 한다는 걸 대번에 알아차렸다. 그건 곧 치진에게 심각한 위험이
닥칠 것임을 의미하기도 했다. 자오치예는 여간해선 죽포 장삼을 입지
않는 사람이었기 때문이다. 지난 삼 년간 그가 죽포 장삼을 입은 건 단
두 차례뿐이었다. 한 번은 그와 다투었던 곰보 아쓰가 병이 났을 때이
고, 또 한 번은 그의 주점을 때려 부순 적이 있는 루 나리가 죽었을 때
였다. 그러니까 이번이 세 번째였다. 이번에도 그에게는 경사요, 그의
원수에게는 재앙인 일이 생긴 것이 틀림없었다. 치진의 처는 이 년 전
치진이 술에 취해 자오치예를 '천한 놈'이라고 욕했던 것을 기억하고
있었다. 그러니 남편에게 위험이 닥쳤음을 직감하고 심장이 쿵쿵 방망
이질 치기 시작한 것이다.

　자오치예 나리가 다가오자 밥을 먹고 있던 이들이 일제히 일어나 젓
가락으로 밥그릇을 가리키며 말했다.

　"나리, 같이 식사하세요!"

자오치예가 머리를 끄덕이며 응대했다.

"어서들 드시오."

그러면서도 그는 곧장 치진의 식탁 옆으로 다가왔다. 치진의 가족들이 황급히 인사를 하자 그는 빙그레 웃으며 입으로는 "어서들 드시오."라고 하면서도 탁자 위의 밥과 반찬을 유심히 살펴보았다.

"음, 그 나물 냄새 한번 좋군……. 혹시 소식을 들었나?"

자오치예가 치진의 뒤편이자 치진의 처 맞은편에 서서 말을 걸었다.

치진이 말을 받았다.

"황제께서 용상에 오르셨다지요?"

치진의 처는 자오치예의 안색을 살피며 억지 웃음을 지었다.

"황제께서 용상에 오르셨다니 언제쯤 황은 대사면이 있겠습니까?"

"황은 대사면? 그거야 천천히 있겠지. 어쨌든 있긴 있을 거요."

자오치예의 목소리가 갑자기 날카로워졌다.

"그런데 당신네 치진의 변발은 어디로 간 거요? 대사면보다 그게 더 급한 문제지. 다들 잘 알고 있겠지만, 장발적의 난[7] 때는 머리를 지키자면 목을 보존할 수 없고, 목을 지키자면 머리를 보존할 수가 없었지……."

치진과 그의 처는 글을 배우지 못했기 때문에 고문 투의 말 속에 담

---

[7] 태평천국의 난을 가리킴.

긴 오묘한 뜻은 온전히 알아듣지 못했지만, 어쨌든 학식을 갖춘 자오치예가 그렇게 말하는 것을 보니 보통 일은 아니다 싶었다. 게다가 이젠 돌이킬 수도 없으니 사형 선고라도 받은 것처럼 귓가가 웽웽 울리고 뭐라고 해야 좋을지 아무 생각도 떠오르지 않았다.

"대가 내려갈수록 못해진다니까!"

주진 할머니는 또 불평을 터뜨리다가 말고 자오치예에게 말했다.

"요즘 장발적은 그저 남의 변발만 잘라 대니까 중 같지도 않고 도사 같지도 않단 말입니다. 옛날의 장발적이야 어디 그랬습니까? 나도 일흔아홉 살이나 되었으니 이제 살 만큼 살았지요. 옛날의 장발적은 말이죠. 붉은 비단 한 필로 온통 머리를 감싸고 그 자락을 길게 늘어뜨렸지 않겠습니까? 그것도 발끝까지 말입니다. 우두머리는 노란 비단을 늘어뜨렸지. 붉은 비단, 노란 비단⋯⋯. 나도 이제 살 만큼은 살았습니다요. 벌써 일흔아홉이니."

치진의 처가 벌떡 일어나 혼잣말로 중얼거렸다.

"이걸 어쩐다? 우리 식구가 전부 이 사람 하나만 보고 사는데⋯⋯."

자오치예가 고개를 저었다.

"그야 할 수 없지. 변발이 없으면 무슨 죄인 줄 아오? 책에 조목조목 분명하게 적혀 있단 말이오. 식솔들이 딸려 있고 없고는 봐주질 않아."

"책에도 적혀 있다."는 말에 치진의 처는 완전히 절망했다. 아무리 생각해도 도무지 방법이 없으니 별안간 남편이 한없이 원망스러웠다.

그녀는 젓가락으로 치진의 코끝을 가리키며 쏘아붙였다.

"이 빌어먹을 인간아, 자업자득이지! 난리가 일어났을 때 내가 그랬지? 배도 젓지 말고 성에도 가지 말라고! 내 말 안 듣고 기어이 성으로 들어가더니 결국 변발을 잘렸잖아! 반들거리고 새까맣던 변발을 잘리고 중도 아니고 도사도 아닌 꼬락서니가 되었으니 도끼로 제 발등 찍은 거야. 그런데 제 놈이야 그렇다 쳐도 우리까지 고달프게 됐으니 이걸 어쩌란 말이야? 이 때려죽여도 시원찮은 죄인아……."

자오치예가 온 걸 보고 마을 사람들이 서둘러 식사를 마치고 치진의 식탁 주위로 모여들었다. 유명 인사라고 자부하던 치진은 여럿이 보는 앞에서 마누라에게 수모를 당하자 체면이 이만저만이 아니었다.

그는 하는 수 없이 고개를 들어 올리며 천천히 말했다.

"오늘은 입에서 나오는 대로 지껄이는군. 하지만 그땐 당신도……."

"이 때려죽여도 시원찮은 죄인아……."

구경꾼들 중에는 이 마을에서 마음씨가 가장 곱다는 바이 댁도 끼어 있었다. 그녀는 두 살 된 유복자를 안은 채 치진의 처 옆에서 이 광경을 지켜보고 있었다.

그녀는 더 이상 두고 볼 수 없었는지 얼른 끼어들어 싸움을 말렸다.

"치진 댁, 그만큼 했으면 됐어요. 신선도 아니고 사람인데 앞일을 어떻게 알겠어요? 치진 댁도 그때는 변발이 없어도 그리 보기 싫진 않다고 했잖아요. 게다가 그때는 관아에서도 아무 포고령을 내리지 않았으니까……"

치진의 처는 바이 댁의 말을 다 듣기도 전에 양쪽 귓바퀴까지 온통 벌겋게 달아올라서는 그녀의 코에 젓가락을 들이대며 반박했다.

"어이쿠, 이건 또 무슨 말이람! 바이 댁, 나같이 경우 바른 사람이 그런 얼토당토않은 말을 했겠수? 그때 내가 사흘 밤낮을 꼬박 울고 다닌 걸 눈 가진 사람이라면 모두 봤다우. 이 어린 류진도 뭘 안다고 어미 따라 울더라니까……."

그때 마침 류진이 큼직한 사발로 밥 한 그릇을 다 비우고서는 빈 그릇을 들고 팔을 뻗어 밥을 더 달라고 졸라 댔다. 화가 머리꼭지까지 치솟아 있던 치진의 처는 젓가락으로 애먼 딸의 머리통을 내려치며 욕을 한바탕 퍼부었다.

"이년이 왜 이렇게 앵앵거려! 이 화냥질한 과부 같은 계집년아!"

빈 밥그릇이 류진의 손에서 미끄러져 땡그랑 소리와 함께 바닥에 나뒹굴었다. 그런데 공교롭게도 그릇이 벽돌 모서리에 부딪치더니 커다랗게 이가 빠지고 말았다. 치진의 처가 벌떡 일어나 깨진 조각을 주워 그릇을 맞추어 보고는 또다시 목에 핏대를 세우고 소리쳤다.

"썩을 년!"

그녀는 류진의 뺨을 사정없이 후려갈겼다. 류진이 넘어져 울자 주진 할머니가 증손녀의 손을 잡아 일으켰다. 그러고는 연방 "대가 내려갈수록 못해진다니까!"라고 중얼거리며 증손녀를 데리고 자리를 떴다. 바이 댁도 발끈해서 소리쳤다.

"치진 댁, 왜 애한테 화풀이를 해요?"

그런데 싱글거리며 옆에서 보고만 있던 자오치예가 은근히 부아가 치밀었다. "관아에서도 포고령이 없었다."는 바이 댁의 말이 그의 신경을 거슬렀던 것이다.

자오치예가 탁자를 돌아 나오면서 끼어들었다.

"화풀이가 뭐 그리 대수라고. 곧 대군이 들이닥칠 텐데. 이번에 황제를 보위하는 장수가 장 대수[8]란 걸 알아야 하오. 장 대수로 말할 것 같으면 연나라 장익덕의 후예로서 장팔사모 한 자루만 쥐고서도 혼자 만명을 상대할 만큼 용맹스런 분이라오. 그분을 막아 낼 사람이 없단 말이지."

그는 마치 눈에 보이지 않는 창을 움켜쥔 것처럼 두 주먹을 불끈 쥐면서 바이 댁 앞으로 몇 발짝 다가섰다.

"당신이 막아 낼 수 있을 것 같아?"

아기를 안고 있는 바이 댁의 몸이 분노로 부들부들 떨렸다. 게다가 자오치예가 눈을 부릅뜬 채 번들거리는 얼굴을 자기 코앞으로 확 들이밀자 더럭 겁이 났다. 그녀는 아무 대꾸도 하지 못하고 몸을 휙 돌려 얼

---

8) 원주 : 장쉰(張勳)을 가리킨다. 장쉰(1854~1923)은 장시성(江西省) 평신(奉新) 사람으로 북양(北洋)군벌 중한 사람이다. 청나라 때 군관이었으나 신해혁명 이후 소속 관병들과 함께 계속 변발을 길러 청 왕조에 대한 충성을 표시했는데, 이 때문에 그들을 변발군이라고 불렀다. 1917년 7월 1일 베이징(北京)에서 청대의 마지막 황제 푸이(溥儀)와 함께 황위 회복을 시도했으나 7월 12일 마침내 실패로 돌아갔다.

른 자리를 떴다. 자오치예도 그녀의 뒤를 쫓았다. 사람들은 바이 댁이 공연한 참견을 한 게 잘못이라며 길을 비켜 주었다. 변발을 잘랐다가 다시 기르기 시작한 몇몇 사람들은 자오치예에게 들킬까 봐 사람들 뒤로 슬금슬금 숨었다. 자오치예는 사람들의 머리까지는 자세히 살펴보지 않고 사람들 틈을 빠져나와 오구나무 뒤로 사라졌다. 그러고는 "제까짓 게 장 대수를 막아 낼 수 있겠어?"라고 중얼거리면서 팔을 휘휘저어 외나무다리를 건너가 버렸다. 마을 사람들은 한동안 멍하니 선 채로 곰곰이 생각에 잠겼다. 다들 장익덕 같은 장수는 누구도 당해 낼 수 없을 것이니 이제 치진은 죽은 목숨이나 마찬가지라고 생각했다. 치진이 사람들에게 성 안에서 주워들은 소식을 이야기해 주던 것을 떠올리며 황제의 법을 어긴 죄인 주제에 긴 담뱃대를 뻐끔거리며 그렇게 거드름을 피우지 말았어야 한다고들 생각했다. 생각이 여기에 미치자 치진이 죄인이 된 것에 조금 통쾌한 생각이 들기도 했다. 사람들은 치진의 일을 놓고 한바탕 떠들어 대고 싶었지만, 딱히 그럴 만한 것도 없는 듯했다. 모기들이 왱왱거리며 날아다니다가 허옇게 드러난 알몸을 발견하곤 오구나무 아래로 모여들어 거나하게 한판 벌였다. 사람들은 그제야 천천히 흩어져 집으로 돌아가 문을 잠그고 잠자리에 들었다. 치진의 처도 투덜거리며 그릇과 탁자, 의자를 챙겨 가지고 집으로 들어가 문을 잠그고 잠자리에 들었다.

치진은 깨진 밥그릇을 들고 집으로 돌아와 문간에 앉아 담뱃대를 입에 물었다. 하지만 머릿속이 심란해 담배를 빠는 것조차 잊어버렸다. 상아 물부리가 있는 여섯 자짜리 상비죽 담뱃대 끝에 달린 백동 대통의 불빛이 점점 사그라졌다. 일이 꽤 위험하고 다급하게 돌아가고 있다는 생각만 머리를 가득 채웠다. 모면할 방법이나 계획을 떠올려 보았지만, 머릿속이 온통 뒤죽박죽이 될 뿐 명쾌한 방법이 생각나지 않았다.

"변발은 어떻게 하지? 장팔사모는 또 어떻게 한다? 대가 내려갈수록 못해진다니까! 황제께서 용상에 오르셨지. 깨진 밥그릇은 성에 가서 때워야 할 텐데. 누가 장 대수를 막아 낼 수 있을까? 책에 자세히 적혀 있다니. 이런 젠장……."

이튿날 아침 치진은 평소와 다름없이 배를 저어 루전에서 출발해 성으로 갔다가 저녁 무렵 돌아왔다. 그의 손에는 여섯 자가 넘는 상비죽 담뱃대와 밥그릇이 들려 있었다. 저녁밥을 먹으며 그는 주진 할머니에게 말했다. 성 안에서 밥그릇을 때우기는 했는데 깨진 조각이 너무 커서 구리 못을 열여섯 개나 박아야 했으며, 못 하나에 삼 문[9]씩 다 합쳐서 마흔여덟 문이나 들었다는 것이었다.

주진 할머니가 미간을 잔뜩 찌푸리며 말했다.

"대가 내려갈수록 못해진다니까. 이제 살 만큼 살았지. 구리 못 하나에 삼 문이라니. 옛날엔 어디 이랬나? 그때 못은…… 내가 벌써 일흔아

<hr />

9) 당시 중국의 화폐 단위.

홉 살이나 먹었으니……."

그 후로도 치진은 평소와 다름없이 매일 루전과 성 사이를 오갔지만 집안 분위기는 다소 어두웠다. 마을 사람들은 대부분 그를 피했고, 더 이상 성 안의 소식을 들으러 오는 사람도 없었다. 치진의 처도 심기가 언짢아 걸핏하면 남편을 '죄인'이라고 부르곤 했다.

열흘 남짓 시간이 흘렀다. 치진이 성에서 돌아오자 마누라가 희희낙락하며 물었다.

"성에서 무슨 소식 못 들었수?"

"아무것도 못 들었는데……."

"황제께서 용상에 오르셨답디까?"

"그건 듣지 못했소."

"셴헝 주점에서도 그 얘길 하는 사람이 없었어요?"

"없었소."

"내 생각엔 황제께서 용상에 오르지 못한 게 틀림없어요. 오늘 자오 치예의 주점 앞을 지나는데 그 영감이 앉아서 책을 읽고 있습디다. 변발을 다시 정수리로 틀어 올리고 장삼도 입지 않았던 걸요?"

"……."

"용상에 오르지 못한 것 같죠?"

"내가 봐도 그렇군."

요즘 치진은 마누라와 동네 사람들로부터 상당한 존경과 대우를 받고 있다. 여름이 되면 사람들은 여전히 집 앞 흙 마당에서 밥을 먹고, 지나가는 사람들도 웃으며 인사를 건넨다. 주진 할머니는 여든을 넘긴 지 오래지만 아직도 불평을 입에 달고 살고, 또 근력도 여전하다. 정수리에서 양 갈래로 땋았던 류진의 머리는 이제 길게 자라 하나로 땋아 내렸다. 최근에 새로 전족을 했지만 여전히 엄마 일을 도울 수 있으며, 구리 못 열여덟 개[10]가 박힌 밥그릇을 들고 뒤뚱거리며 흙 마당을 돌아다니고 있다.

1920년 10월[11]

10) 원주 : 앞에서는 '열여섯 개'라고 되어 있다. 작가가 1926년 11월 23일 리지예(李霽野)에게 보낸 편지에서 "류진의 집에는 못으로 때운 그릇이 하나밖에 없는데 못이 열여섯 개인지 열여덟 개인지 잘 기억나지 않소. 둘 중 하나는 틀린 것이니 고쳐서 통일시켜 주길 바라오."라고 했다.
11) 원주 : 「루쉰일기」에 따르면, 정확한 날짜는 1920년 8월 5일이다.

"정말 대가 내려갈수록 못하다니까!"

못마땅한 얼굴로 푸념하는 주진 할머니의 넋두리가 지금도 우리네 어느 마당에서도 생생하게 들려오는 듯하다.

1911년, 중국의 신해혁명 당시 단발령으로 변발이 사라질 때까지, 머리 모양은 자신의 사상을 표현하는 방식이었다. 1644년, 청의 세조가 변발령을 내려 전 중국민에게 만주족의 두발형이었던 변발을 강요함으로써 변발은 청대를 통해 일반적 머리 모양으로 자리매김하였는데, 그에 반발한 일부 한족 중에는 머릴 밀지 않으려고 자결한 사람들도 있었다. 그런가 하면 청나라 말기에는, 반청단체들이 변발을 풀어 내린 장발로 청조에 저항하는 뜻을 나타내기도 했다.

치진은 비록 촌에 살고 있지만 세상일에 관심이 많은, 그 마을에서는 제법 유명 인사였다.

어느 날, 황제의 즉위 소식이 알려지고 마을에서는 치진이 누구보다 앞서서 일찍 자른 변발이 문제될 것이라는 섣부른 판단들을 하게 된다. 그리고 그에 따른 사람들의 얄팍한 처세와 내면 풍경이 잘 묘사되어 있다.

작가인 루쉰은 의학전문학교 학생 시절, 강의 시간에 중국 동포가 처형되는 장면을 담은 시사영화를 보고 충격을 받아서, 질병을 치유하는 것보다 국민의 정신 개

혁이 급선무라고 여기고, 문학을 통해 국민 계몽에 힘쓰기로 결심한 후 센다이의학 전문학교를 중퇴하고 진로를 바꿨을 만큼 사회문제에 관심이 많았다.

세태에 따라 바뀌는 머리 모양, 강제적이고 그것을 따르지 않을 땐 죄인이 되는, 그 머리 모양에 따라 흔들리는 세파를 빗대어 풍파라고 했을 것이다.

뭐든지 과거가 더 나았다고 넋두리하는 주진 할머니,

때론 남편에게 폭언을 퍼붓고 시할머니에게 대들기도 하는 치진의 처.

그 여인네들의 모습이 억척스러워 보이기도 하지만, 어려운 시절의 풍파를 헤쳐 나오면서 저절로 터득한 거칠고 투박한 힘일 것이다.

남자들이 일으키는 정치로 세상이 소용돌이칠 때, 살아남는 문제, 밥을 먹어야 하는 일상을 꾸려 온 것은 여자들의 몫.

여기, 붉은 땅 같은 여자들이 있다.

어머니

셔우드 앤더슨

셔우드 앤더슨
Sherwood Anderson,
1876-1941

미국 오하이오 주 캠던 출생. 가난한 마구상(馬具商)의 아들로 태어나 정규교육을 제대로 받지 못한 채 1896년 시카고로 가서 노동자가 되었다. 페인트 공장을 경영하여 성공하였으나 만족하지 않고 칼 샌드버그, 플로이드 델 등의 시카고 그룹에 참여하여 창작 활동을 시작했다. 1916년 자전적 요소를 다분히 지닌 첫 장편 『허풍쟁이 맥퍼슨의 아들』을 발표하였고, 삼 년 후에 단편집 『와인즈버그 오하이오』(1919)를 출판하여 유명세를 탔다. 그로테스크 소설로서 호평을 받으며, 헤밍웨이, 울프, 사로얀, 콜드웰 등에 영향을 끼쳤다. 『어두운 웃음』(1925), 단편집 『달걀의 승리』(1921) 『말과 사람들』(1923) 『숲 속에서의 죽음』(1933), 자서전풍의 『이야기꾼의 이야기』(1924) 등을 발표하며 1920년대 왕성한 작품 활동을 하였다. 구어체적인 솔직담백한 문체와 인간 소외에 관한 일관된 주제의식으로 미국 문학에 새로운 분위기를 일으켰다. 1941년 남미 여행 중 파나마에서 복막염으로 사망했다.

「어머니」는 그의 출세작 『와인즈버그 오하이오』에 수록된 단편이다.

옮긴이 부희령

서울대학교에서 심리학을 공부하고 현재는 소설가이자 번역가로 활동하고 있다.

작품으로는 단편소설 「어떤 갠 날」, 장편소설 『고양이 소녀』 등이 있고, 옮긴 책으로 『살아 있는 모든 것들』 『새로운 엘리엇』 『모래 폭풍이 지날 때』 등이 있다.

조지 윌러드의 어머니 엘리자베스 윌러드는 키가 크고 몹시 여위었으며 얼굴에는 마마 자국이 남아 있었다. 마흔다섯밖에 안 된 나이인데도, 원인 모를 질병 때문에 그녀의 외모에서는 생기가 사라져 버렸다.

그녀는 빛바랜 벽지와 누더기가 된 양탄자를 바라보며 무질서한 낡은 호텔 안을 맥없이 돌아다녔다. 살찐 여행객들이 하룻밤을 묵으며 흐트러뜨린 침대가 있는 객실을 청소하러 다닐 수 있을 때는 그러했다. 그녀의 남편 톰 윌러드는 날씬하고 품위 있는 남자였다. 어깨를 쭉 펴고 군인처럼 재게 걸었으며, 검은 콧수염은 끝이 날렵하게 치켜 올라가도록 잘 다듬어져 있었다. 그는 머릿속에서 아내에 대한 생각을 몰아내려 애썼다. 복도를 천천히 돌아다니고 있는 키가 크고 음산한 모습과 마주할 때마다, 그는 그것을 치욕으로 받아들였다. 아내를 떠올릴 때마다 화가 치밀었고, 입에서 욕지거리가 흘러나왔다. 호텔은 돈을 벌어들이지 못했고, 늘 파산 위기에 놓여 있었다. 그는 그곳에서 벗어나고 싶었다. 낡은 건물과 그곳에서 함께 살고 있는 늙은 여자는 그에게 패배와 파멸을 의미했다. 그가 희망차게 인생을 시작했던 호텔은 이제 한때는 이상적인 호텔이었던 그 무엇의 유령에 지나지 않았다. 말쑥하게 정장을 차려입고 와인즈버그의 거리를 걸어가다가도, 그는 이따금 멈춰서서 재빨리 주위를 살폈다. 밖에서조차 호텔과 그 여자의 유령이 뒤따라오지 않을까 두려워하는 것 같았다. "빌어먹을 인생, 빌어먹을!" 그는 누구에게랄 것도 없이 내뱉었다.

톰 윌러드는 지역 정치에 열성적이었고, 공화당 성향이 강한 동네에서 수년 동안 민주당원들을 이끌어 오고 있었다. 언젠가 정치적 상황이 자신에게 유리해지면, 오랜 세월 지속된 무익한 헌신에 커다란 보상이 주어질 것이라고, 그는 혼자 생각했다. 그는 의회에 진출하고자 했고, 주지사가 되려는 야심까지 있었다. 한번은 그가 속한 정당의 정치적 집회에서 젊은 당원 하나가 자리에서 일어나, 자신의 충실한 헌신에 대해 자랑스럽게 떠벌린 적이 있었다. 톰 윌러드는 분노로 얼굴이 창백해졌다. "거기, 입 닥치게." 그는 눈을 부라리며 고함을 쳤다. "자네가 헌신에 대해 뭘 아는가? 자네는 그저 애송이에 지나지 않잖아? 내가 이 자리에 오기까지 했던 일을 생각해 봐! 여기 와인즈버그에서 민주당원이 되는 게 범죄였던 시절부터 나는 민주당원이었어. 그 시절에는 총을 들고 우리 민주당원들을 쫓아다녀도 문제되지 않던 때였네."

320

엘리자베스와 그녀의 아들 조지는 겉으론 드러나지 않는 깊은 공감으로 맺어져 있었다. 그 유대감은 이미 오래전에 사라져 버린 그녀의 처녀 시절의 꿈에 근거를 둔 것이었다. 아들 앞에서 그녀는 쭈뼛거리며 말이 없었다. 하지만 이따금 아들이 기자로서의 책무 때문에 시내를 바쁘게 돌아다니고 있는 동안, 그녀는 아들의 방에 들어가 문을 닫고, 창 옆에 놓인, 부엌에 있던 식탁으로 만든 작은 책상 옆에 무릎을 꿇고 있곤 했다. 방 안 책상 옆에서 그녀는 하늘에 대고 반은 기도이면서 반은 요구이기도 한 하나의 의식을 행했다. 그녀는 한때 자신의 일부분이었으나 지금은 반쯤 잊어버린 어떤 것이 아들의 모습 속에서 되살아 나타나기를 간절히 바랐다. 기도는 그런 것이었다. "내가 죽더라도, 무슨 짓을 해서든 네가 패배하지 않도록 지켜 줄 거야." 그녀는 울부짖었다. 그 결심이 너무 비장해서 온몸이 부들부들 떨렸다. 그녀의 눈은 이글거렸고, 두 주먹은 불끈 쥐어져 있었다. "내가 죽어서 그 애가 나처럼 쓸모없고 아무것도 아닌 사람이 되는 걸 본다면, 나는 반드시 돌아올 거야." 그녀는 선언했다. "나는 지금 신에게 그렇게 할 수 있는 특권을 달라고 요구합니다. 그렇게 해 주세요. 대가를 치르겠습니다. 신께서 주먹으로 나를 때려도 좋아요. 내 아들이 우리 두 사람을 위해 무엇인가를 표현할 수만 있다면 나는 어떤 타격도 달게 받을 수 있습니다." 슬그머니 말을 멈추고, 그녀는 아들의 방을 두리번거렸다. "그리고 그 애가 영리해지거나 성공하는 일도 없도록 해 주십시오." 그녀는 얼버무리듯 덧붙였다.

조지 윌러드와 어머니가 함께 있을 때는 겉으로 보기엔 아무 의미 없는 형식적인 말과 행동을 했다. 그녀가 몸이 아파서 자기 방 창가에 앉아 있을 때면, 이따금씩 그는 저녁 무렵 어머니를 보러 방에 들르곤 했다. 두 사람은 창가에 나란히 앉아 메인 스트리트의 작은 목조 건물들의 지붕을 내려다보았다. 고개를 돌리면 또 다른 창으로 메인 스트리트의 가게들 뒤로 뻗어 있는 골목길과 애브너 그로프 빵집의 뒷문이 보였다. 그렇게 두 사람이 앉아 있으면 때때로 마을 사람들의 생활이 그림처럼 눈앞에 펼쳐졌다. 빵집 뒷문이 열리며 애브너 그로프가 손에 막대기나 빈 우유병을 들고 나타났다. 약국 주인 실베스터 웨스트가 키우는 회색 고양이와 빵집 주인 사이에는 오랫동안 실랑이가 계속되고 있었다. 아들과 어머니는 고양이가 빵집 문으로 기어들어 갔다가 곧 튀어나오고, 빵집 주인이 욕을 하고 팔을 휘두르며 뒤따라 나오는 것을 보았다. 빵집 주인은 충혈된 눈을 매섭게 치켜뜨고 있었고, 검은 머리와 수염에는 밀가루를 허옇게 뒤집어쓰고 있었다. 이따금 고양이가 달아난 뒤에도, 빵집 주인은 너무 화가 난 나머지 막대기나 깨진 유리 조각, 심지어는 자기가 일할 때 쓰는 도구들을 내던졌다. 한번은 시닝 철물점의 뒷유리창을 깨기도 했다. 회색 고양이는 골목에 있는 통들 뒤에 웅크리고 숨었다. 찢어진 종이와 깨진 병들로 가득 찬 통들 주위에는 파리 떼들이 까맣게 모여들어 날고 있었다. 한번은 엘리자베스 윌러드 혼자서, 빵집 주인의 헛되게 이어지는 분노의 폭발을 지켜보았다. 그런 다음 그녀는 자신의 길고 창백한 손 위에 얼굴을 묻고 흐느꼈다. 그 뒤로 그녀는 골목길을 다시는 바라보지 않았고, 수염 난 남자와 고양이 사이의 다툼도 잊어버리려고 애썼다. 그 광경은 그녀의 삶을 끔찍하도록 생생하게 재연하는 것처럼 보였다.

저녁 무렵 아들이 어머니와 함께 앉아 있을 때면 침묵 때문에 어색한 분위기가 될 때도 있었다. 어둠이 다가오면서 저녁 기차가 역으로 들어왔다. 저 아래 거리에는 보도 위로 사람들의 발걸음이 이어졌다. 저녁 기차가 떠나고 난 뒤, 역 마당에는 무거운 정적이 감돌았다. 운송회사 직원인 스키너 리즌이 플랫폼의 거리만큼 트럭을 옮겨 놓았을 것이다. 메인 스트리트에는 남자들의 웃음소리가 울려 퍼지고 있었다. 운송회사 사무실 문이 요란한 소리를 내며 닫혔다. 조지 윌러드는 일어나 방 안을 가로질러 걸어가 문손잡이를 만지작거렸다. 이따금 그는 의자에 부딪혔고, 그 바람에 의자가 바닥 위로 미끄러졌다. 창가에는 병든 여자가 꼼짝도 않고 맥없이 앉아 있었다. 그녀의 핏기 없는 창백하고 긴 손이 의자 팔걸이 끝에 늘어져 있는 게 보였다. "넌 밖에 나가 친구들과 어울리는 게 더 좋을 것 같다. 너무 집 안에만 있잖니." 어머니는 아들이 방에서 나가는 것을 불편해 하지 않도록 하려고 안간힘을 쓰며 말했다. "잠깐 산책을 할 생각이었어요." 어색함과 혼란스러움을 느끼면서, 조지 윌러드는 대답했다.

7월의 어느 날 저녁, 뉴 윌러드 하우스에 잠시 머무는 뜨내기손님들이 거의 보이지 않고, 불꽃을 줄인 등유 램프가 켜져 있는 복도에 어둠이 깔렸을 때, 엘리자베스 윌러드는 모험을 감행했다. 그녀는 며칠 동안 침대에 앓아누워 있었으나, 아들은 어머니를 보러 오지 않았다. 그녀는 걱정이 됐다. 그녀의 몸에 남아 있던 가냘픈 삶의 불꽃이 불안 때문에 불길이 되어 일어났다. 그녀는 침대에서 기어 나와, 옷을 입고, 부풀려진 두려움에 몸을 떨면서 아들의 방을 향해 복도를 따라 서둘러 걸었다. 그녀가 손으로 자신의 몸을 지탱하며 걷는 동안, 손은 복도의 종이 벽지 위에서 자꾸 미끄러졌고 숨 쉬기가 힘들었다. 그녀의 치아 사이로 바람 새는 소리가 났다. 서둘러 앞으로 나아가면서, 그녀는 자신이 얼마나 어리석은지에 대해 생각했다. "그 애는 젊은 남자들끼리의 일에 정신이 팔려 있는 거야." 그녀는 혼잣말을 했다. "어쩌면 여자들과 지금 막 저녁 산책을 시작했는지도 몰라."

엘리자베스 윌러드는 호텔 손님들의 눈에 띌까 두려웠다. 그 호텔은 한때 그녀의 아버지 소유였고, 지금도 군법원에는 그녀의 이름이 소유권자로 등록되어 있었다. 호텔은 낡고 초라해져서 점점 단골손님들을 잃고 있었다. 그녀는 자기 자신 또한 초라하다고 생각했다. 그녀의 방은 눈에 띄지 않는 구석에 있었고, 일을 할 수 있는 기분이 되면 침대들을 정리하는 일을 맡았다. 손님들이 와인즈버그의 상인들과 거래를 하기 위해 방을 비울 때 할 수 있는 일을 더 좋아했기 때문이다.

어머니는 아들의 방문 옆 마루에 꿇어앉아, 안에서 들려오는 소리에

324

귀를 기울였다. 아들이 방 안에서 왔다 갔다 하면서 낮게 중얼거리는 소리를 듣자, 그녀의 입술에 미소가 떠올랐다. 조지 윌러드는 큰 소리로 혼잣말을 하는 버릇이 있었고, 어머니는 그 소리를 들을 때마다 특별한 기쁨을 느꼈다. 그 버릇이 두 사람 사이에 존재하는 비밀스런 유대감을 더 단단하게 해 주는 것 같았다. 그녀는 스스로에게 그 사실을 수천 번이나 속삭였다. "그 애는 자신을 찾기 위해 노력하고 있는 거야." 그녀는 생각했다. "그 애는 멍청이가 아니야. 말 잘하고 세련된 사람도 아니고. 그 애의 마음속에는 성장하려고 애쓰는 비밀스런 그 무엇이 있어. 내가 내 안에서 죽게 내버려 두었던 바로 그것이지."

병든 여자는 문 옆 어두운 복도에서 일어나 자기 방을 향해 걷기 시작했다. 방문이 열려 행여 아들과 마주치게 될까 봐 두려웠던 것이다. 안전한 거리에 도달해서 두 번째 복도로 통하는 모퉁이를 막 돌아서다가, 그녀는 멈춰 섰다. 갑자기 병 기운이 엄습해 와 몸이 떨리는 것을 이겨 내기 위해 손으로 벽을 짚고 기다려야 했다. 아들이 방 안에 있다는 것을 생각하면, 그녀는 행복했다. 오랜 시간 동안 홀로 침대에 누워 있으면서, 그녀의 사소한 두려움들이 눈덩이처럼 커졌다. 이제 그것들은 모두 사라졌다. "내 방에 돌아가면, 잠을 잘 수 있을 거야." 그녀는 감사함을 느끼며 중얼거렸다.

하지만 엘리자베스 윌러드는 자기 침대로 돌아가 잠들지 못했다. 그녀가 어둠 속에서 떨며 서 있을 때, 아들의 방문이 열리면서 아들의 아버지, 톰 윌러드가 걸어 나왔다. 방문 밖으로 흘러나오는 빛 속에 서서, 그는 손잡이를 잡은 채 이야기를 했다. 그가 하는 말 때문에 병든 여자는 분노에 휩싸였다.

톰 윌러드는 아들에게 야심이 있었다. 그가 손을 댔던 어떤 일도 성공적이지 못했음에도, 그는 언제나 스스로를 성공한 사람으로 생각했다. 뉴 윌러드 하우스가 눈앞에 보이지 않고 아내와 마주칠 염려가 없을 때면, 그는 우쭐대며 스스로를 마을 유지 가운데 한 사람인 것처럼 행동하기 시작했다. 그는 아들이 성공하기를 바랐다. 아들에게 《와인즈버그 이글》에 일자리를 마련해 준 것도 그였다. 지금, 그는 진지한 목소리로 아들에게 행동거지에 대한 충고를 하고 있었다.

"조지, 잘 들어라. 넌 정신을 바짝 차려야 해." 그는 신랄하게 말했다. "윌 핸더슨이 그 문제에 대해 나에게 세 번이나 말했다. 네가 몇 시간 동안이나 말을 시켜도 듣지도 않고 얼빠진 여자애처럼 군다고 말이야. 왜 그러는 거냐?" 톰 윌러드는 사람 좋은 웃음을 지었다. "아무튼, 곧 나아질 거라고 믿는다. 윌에게도 그렇게 말했지. 너는 바보도 아니고, 여자도 아니라고. 넌 톰 윌러드의 아들이니 곧 정신을 차릴 거라고. 나는 걱정하지 않아. 네 말을 들으니 상황을 잘 알겠다. 신문기자 일을 하면서 작가가 되겠다는 생각이 들었다면, 그것도 좋다. 내 생각은, 그렇게 하려 해도, 정신을 차려야 한다는 거야, 그렇지?"

톰 윌러드는 복도를 따라 활기차게 걸어가더니 아래층에 있는 사무실을 향해 계단을 쏜살같이 내려갔다. 어둠 속에 서 있던 여자는 지루한 저녁 시간을 보내기 위해 사무실 옆 의자에 앉아 졸고 있던 손님과 그가 웃고 떠드는 소리를 들었다. 그녀는 아들의 방문 앞으로 되돌아갔다. 기적처럼 몸에서 병의 기운이 사라지면서 용감하게 걸음을 옮길 수 있었다. 수천 가지 생각들이 그녀의 머릿속에서 달음질치고 있었다. 의자를 끄는 소리와 펜이 종이를 스쳐가는 소리를 듣자, 그녀는 다시 몸을 돌려 복도를 지나 자신의 방으로 돌아갔다.

와인즈버그 호텔 주인의 좌절한 아내의 마음속에 명확한 결심이 떠올랐다. 그 결심은 오랜 세월 동안 조용히, 그리고 헛되이 이어져 온 생각의 결과이기도 했다. 여자는 혼잣말을 했다. "이제, 나는 행동으로 옮길 것이다. 내 아들을 위협하는 것이 있다면, 내가 그것을 막아 낼 거야." 톰 윌러드와 아들 사이의 대화가, 두 사람이 서로를 잘 이해하고 있는 것처럼, 차분하고 자연스러웠다는 사실이 그녀를 화나게 만들었다. 비록 몇 년 동안 그녀는 남편을 미워하고 있었지만, 예전의 그 미움은 늘 일반적인 것이었다. 그는 단순히 그녀가 미워하는 어떤 것들의 일부분에 지나지 않았다. 이제, 문 앞에서 했던 몇 마디 말 때문에, 그는 그녀가 미워하는 한 사람이 되었다. 자기 방의 어둠 속에서 그녀는 주먹을 꽉 쥐고 주위를 노려보았다. 벽에 걸려 있는 헝겊 가방으로 다가가, 그녀는 가위를 꺼냈다. 그리고 그것을 단검처럼 손에 쥐었다. "그 사람을 찌를 거야." 그녀는 소리 내어 말했다. "그가 악마의 목소리가 되기로 작정했으니, 내가 그를 죽일 거야. 내가 그를 죽이면, 내 안에 어떤 것도 부러지고 말 테니, 나 또한 죽을 거야. 그것은 우리 모두를 위한 해방이 되겠지."

톰 윌러드와 결혼하기 전이었던 처녀 시절, 엘리자베스는 와인즈버 그에서 정숙하지 못하다는 평판을 들었다. 몇 년 동안 그녀는 배우가 되고자 하는 바람을 갖고 있었으며, 야한 옷을 입고 아버지 호텔에 투숙한 여행자들과 거리를 활보하기도 했다. 또 그들이 떠나온 도시에서의 생활에 대해 말해 달라고 졸라 대기도 했다. 한번은 남자 옷을 입은 채 자전거를 타고 메인 스트리트를 달리는 바람에 마을 사람들을 깜짝 놀라게 한 적도 있었다.

그 시절 키가 크고 가무잡잡한 소녀의 마음속에는 엄청난 혼돈이 머물고 있었다. 그녀의 내면에 있던 커다란 불안은 두 가지 방식으로 나타났다. 첫 번째는 변화에 대한 무리한 갈망이었는데, 그녀는 자신의 삶을 현저하고 확실하게 뒤흔들 변화를 바라고 있었다. 그녀의 관심이 무대로 향하게 된 것도 이런 느낌 때문이었다. 그녀는 극단에 들어가 언제나 새로운 얼굴들을 만나고 자기 안에 있는 어떤 것을 모든 사람들에게 나눠 주면서 세상을 돌아다닐 꿈을 꾸었다. 밤이면 그 생각 때문에 완전히 넋이 나가 버릴 때도 있었다. 하지만 와인즈버그에 와서 아버지의 호텔에 머물던 극단 사람들에게 그 문제를 의논해 보려 했으나,

아무 소용도 없었다. 그 사람들은 그녀가 무슨 말을 하는지, 또 그녀가 자신의 열정을 표현해서 무엇인가를 얻을 수 있는지 아닌지를 모르고 있는 것 같았다. 그들은 그냥 웃을 뿐이었다. "그렇지 않아." 그들은 말했다. "여기서 사는 것과 마찬가지로 지루하고 재미없는 일이야. 아무 것도 얻을 수 없어."

그녀가 산책에 동행했던 여행자들과 그리고 나중에 톰 윌러드와 함께 보냈던 시간들은 전혀 달랐다. 그 남자들은 언제나 그녀를 이해하고 공감하는 것 같았다. 외딴 골목에 있는 나무 아래의 어둠 속에서 남자들은 그녀의 손을 잡았고, 그녀는 자기 안에 표현되지 않은 어떤 것이 밖으로 나와 남자들의 표현되지 않은 어떤 것의 일부가 되었다는 생각이 들었다.

그러고 나서 그녀가 불안을 표현하는 두 번째 방식인 그 일이 일어났다. 그 뒤로 그녀는 한동안 해방감을 느꼈고 행복했다. 그녀는 함께 산책했던 남자들이나 톰 윌러드를 원망하지 않았다. 그 일은 언제나 똑같았다. 키스로 시작되어, 이상하고 격렬한 감정이 지나간 뒤, 평화가 왔고, 후회의 흐느낌과 함께 끝났다. 그녀는 남자의 얼굴을 손으로 감싸고 흐느끼면서 언제나 같은 생각을 했다. 몸집이 크고 수염이 무성하다고 해도, 그녀는 갑자기 남자가 어린 소년이 되어 버린 것처럼 느껴졌다. 그녀는 왜 남자도 울지 않는지 의아했다.

낡은 윌러드 하우스의 외딴 구석에 있는 자기 방에서, 엘리자베스 윌러드는 램프에 불을 붙여 문 옆 화장대 위에 올려놓았다. 어떤 생각이 떠올라 그녀는 옷장으로 가서 네모난 작은 상자를 꺼내 화장대 위에 갖다 놓았다. 상자 안에는 화장을 하는 도구들이 들어 있었다. 와인즈버그에 발이 묶여 있던 극단 사람들이 다른 물건들과 함께 두고 간 것이었다. 엘리자베스 윌러드는 아름다워져야겠다고 마음먹었다. 땋아서 위로 말아 올린 그녀의 머리카락은 여전히 검고 숱이 많았다. 아래층 사무실에서 일어나야 할 장면이 그녀의 머릿속에 그려지기 시작했다. 유령처럼 생기 없는 모습으로 톰 윌러드와 마주 서서는 안 되는 일이었다. 전혀 예상할 수 없고 깜짝 놀랄 만한 어떤 모습이어야 했다. 거무스름한 뺨과 어깨까지 풍성한 검은 머리카락을 늘어뜨린 늘씬한 모습으로 계단을 당당하게 걸어 내려가 사무실에서 빈둥거리는 사람들 앞에 나타나 놀라게 해야 했다. 그 모습은 침묵을 지킬 것이다. 재빠르고 잔인할 것이다. 자신의 새끼가 위협받고 있는 암사자처럼, 그녀는 손에 길고 날카로운 가위를 들고, 소리 없이 몸을 숨긴 채, 어둠 속에서 나타날 것이다.

소리내어 흐느끼면서 엘리자베스 윌러드는 화장대 위에 놓여 있는 램프의 불꽃을 불어서 끄고, 어둠 속에서 몸을 떨며 힘없이 서 있었다. 기적처럼 그녀의 몸에 돌아왔던 힘이 빠져 나갔고, 그녀는 반쯤 몸을 끌면서 마루 위로 걸어가, 간신히 의자 등받이를 붙잡았다. 그녀는 오랜 세월 동안 그 의자에 앉아서 와인즈버그의 메인 스트리트 쪽으로 늘

어선 양철 지붕들을 굽어보며 지냈다. 복도에서 발소리가 들리더니, 조지 윌러드가 문으로 들어왔다. 어머니와 나란히 의자에 앉아 그는 말하기 시작했다. "저는 여기를 떠날 생각이에요. 어디로 가야 할지, 무엇을 해야 할지 모르겠지만, 저는 멀리 갈 거예요."

의자에 앉아 있던 여자는 몸을 떨면서 기다렸다. 그녀에게 어떤 충동이 솟구쳤다. "정신을 차리는 게 좋을 것 같구나." 그녀는 말했다. "넌 그런 생각을 하는 거니? 도시로 가서 돈을 벌겠다고, 응? 사업가가 되고, 약삭빠르고 영리하고 활기찬 사람이 되는 게 너에게 좋겠다고 생각하는 거니?" 그녀는 몸을 떨면서 기다렸다.

아들은 고개를 저었다. "어머니를 이해시킬 수 없을 것 같아요. 하지만, 오, 그럴 수 있었으면 좋겠어요." 그는 열성적으로 말했다. "아버지에게는 말조차 꺼낼 수 없었어요. 시도도 하지 않았어요. 아무 소용도 없으니까요. 제가 무엇을 해야 할지는 저도 잘 모르겠어요. 저는 그냥 멀리 떠나서 사람들을 만나 보고 생각하고 싶을 뿐이에요."

아들과 어머니가 나란히 앉아 있는 방 안에 침묵이 흘렀다. 또다시, 다른 어느 날의 저녁 무렵처럼, 두 사람은 당황했다. 얼마쯤 시간이 흐른 뒤 아들은 애써 다시 말을 이었다. "아마 일이 년도 걸리지 않을 거예요. 하지만 저는 그 문제에 대해 계속 생각하고 있었어요." 그는 자리에서 일어나 문을 향해 걸어가면서 말했다. "아버지가 했던 어떤 말 때문에 제가 반드시 멀리 떠나야 한다는 게 확실해졌어요." 그는 문손잡이를 만지작거렸다. 여자는 방 안에 고여 있는 침묵을 견딜 수 없었다. 그녀는 아들의 입술에서 나오는 말 때문에 기뻐서 소리를 지르고 싶었다. 하지만 그녀가 기쁨을 표현하는 것은 불가능했다. "넌 밖에 나가 친구들과 어울리는 게 더 좋을 것 같다. 너무 집 안에만 있잖니." 그녀가 말했다. "잠깐 산책을 할 생각이었어요." 아들은 어색한 걸음걸이로 방에서 나와 문을 닫으며 대답했다.

다시 생각하는 어머니

삶은 '실패자'라는 느낌을 갖게 하는 이상한 시계 같다는 생각을 한 적이 있다. 자신의 꿈을 잃어버릴 때 시곗바늘 하나도 떨어져 나가기 때문일 것이다.

낡고 허름한, 그러나 이름은 뉴 월러드인 호텔의 안주인 엘리자베스는 마흔다섯 살이지만 활기 없고 병든, 지쳐 있는 여자이다.

그녀에게 유일한 희망이 있다면 아들인 조지 윌러드의 성공이었다. 자신이 젊었을 때 품었던 열정, 충만한 자기 발현의 삶, 그런 것들을 아들은 잃어버리지 않고 살아가기를 간절히 바라는 마음 하나로 간신히 자신을 버텨 나가고 있었다.

엘리자베스는 자신의 아들이 남편인 톰 윌러드처럼 세속적인 야망을 좇아 허황된 삶을 살게 될까 봐 불안했다.

어느 날, 남편이 아들에게 자신의 방식을 따르기를 요구하는 대화를 우연히 듣게 된 엘리자베스는 그를 죽여야겠다고 결심한다. 아들이 자신의 길을 찾아가는 데 방해를 하고 왜곡된 강요를 하고 있다고 여겼기 때문이다. 아들이 자기 내면에 귀 기울이며, 자신이 누구이고 어떻게 살아야 하는지를 스스로 찾아내기만을 간절히 바라고 있던 그녀로서는, 비록 아들의 아버지라 할지라도 그것을 막아서는 것을 용납할 수 없었던 것이다.

남편을 죽이겠다는 결심은 자신의 죽음 또한 내포한 것이다.

모성이란 무엇인 걸까. 죽음조차 불사하게 만드는 무서운 힘.

죽음으로 지켜 주고자 했던 '자신만의 삶'이란 또 어떤 것인가.

말이 아닌 간절한 기도, 그리고 기도와 다를 바 없는 오직 하나의 기다림.

소리는 없으나 도저하게 펄럭이고 있는 깃발을 심장 가득히 느끼게 하는 작품
이다.

세상에서 가장 강한 여자를 나는 보았다.

어떤 연구회

버지니아 울프

버지니아 울프
Adeline Virginia Woolf,
1882-1941

영국 런던 출생. 편집자이자 비평가인 L. 스티븐의 딸로, 덕분에 당시 최고의 지성들이 모인 집안 환경에서 자랐다. 1895년, 어머니가 사망하자 최초의 정신이상 증세를 보였다. 1904년에는 아버지가 죽고 난 뒤 '블룸즈버리그룹'이라는 지적 모임을 통해 로저 프라이와 스트레이치 등의 작가 및 화가들과 친분을 맺기 시작했고, 그들 중 한 명인 레너드 울프와 1912년 결혼했다.

첫 소설 『출항』을 1915년에 발표한 뒤 1919년에 『밤과 낮』을 발표했다. 이 두 작품은 전통적 소설기법으로 쓰인 작품이었으나, 1922년에 발표한 『제이콥의 방』은 개인에 대한 관찰이나 인상에 기초한 실험적 작품이다. 이와 같은 수법을 보다 더 완숙시킨 작품이 『댈러웨이 부인』(1925)이다. 이밖에도 여성으로서의 경험에 관한 수필도 여러 편 썼는데, 그중 1929년에 발표한 『자기만의 방』과 1938년에 발표한 『3기니』는 페미니스트들의 주목을 끌었다.

정신질환의 재발을 두려워하던 그녀는 1941년 주머니에 돌을 잔뜩 집어넣고 우즈 강에 투신해 자살했다.

「어떤 연구회」는 울프와 그녀의 남편 레너드 울프가 설립한 '호가스 출판사'에서 1921년 출간한 실험적 단편집 『월요일 아니면 화요일』에 수록된 작품이다.

옮긴이 부희령

서울대학교에서 심리학을 공부하고 현재는 소설가이자 번역가로 활동하고 있다.

작품으로는 단편소설 「어떤 갠 날」, 장편소설 『고양이 소녀』 등이 있고, 옮긴 책으로 『살아 있는 모든 것들』 『새로운 엘리엇』 『모래 폭풍이 지날 때』 등이 있다.

그 일은 이렇게 일어났다. 어느 날 우리는 예닐곱 명쯤 모여 차를 마신 뒤 앉아 있었다. 몇몇 사람은 아직도 붉은 깃털 장식과 황금빛 실내화에 불빛이 환히 비추고 있는 길 건너 여성용 모자 가게의 진열장을 바라보고 있었다. 나머지 사람들은 한가롭게 차 쟁반 모서리에 각설탕으로 탑을 쌓으며 시간을 보냈다. 얼마쯤 시간이 지난 뒤 우리는 난롯가에 모여서 여느 때처럼 남자들 칭찬을 하기 시작했던 것 같다. 남자들은 얼마나 강하고, 품위가 있고, 똑똑하고, 용기가 있으며, 아름다운지, 그런 남자 하나를 사로잡아 평생 곁에 두고 살아가는 여자들이 얼마나 부러운지, 그런 이야기들이었다. 그때 아무 말도 하지 않고 있던 폴이 갑자기 울음을 터뜨렸다. 미리 말해 두지만, 폴은 언제나 별난 데가 있었다. 우선 아버지가 독특한 사람이었다. 폴에게 재산을 물려준다는 유언을 하면서, 그 대신 런던 도서관에 있는 책들을 모두 읽어야 한다는 조건을 달았다. 우리는 최선을 다해 폴을 안정시키려 했다. 하지만 마음속으로는 그래 봐야 소용없다는 것을 알고 있었다. 우리는 폴을 좋아했지만, 그녀는 결코 미인이 아닌 데다가, 신발 끈은 늘 풀어져 있었다. 우리가 남자들 칭찬을 하는 동안, 아마도 그녀는 그 가운데 자기와 결혼하고 싶어 할 사람은 없을 거라는 생각을 했음에 틀림없었다. 마침내 그녀는 울음을 그쳤다. 한참 동안 우리는 그녀가 하는 말을 전혀 알아들을 수 없었다. 정말로 이상한 이야기였다. 알다시피, 그녀는 온종일 런던 도서관에서 책을 읽으며 시간을 보내고 있었다. 맨 위층에 있는 영국 문학에서부터 읽기 시작했고, 맨 아래층에 있는 타임즈에 이를 때까지 꾸준히 읽어 가고 있다고 했다. 그런데 막 절반이나 어쩌면 사분의 일가량 읽었을 즈음, 끔찍한 일이 일어났다는 것이다. 더 이상 책을 읽을 수 없었다. 책은 사람들이 생각하는 그런 게 아니었다. "책들이 말이야." 폴은 자리에서 일어나, 결코 잊을 수 없을 것 같은 슬픈 목소리로 부르짖었다. "대부분 말할 수 없이 엉터리야!"

당연히 우리는 셰익스피어가 책을 썼고, 밀턴이나 셸리도 책을 쓰지 않았냐고 아우성을 쳤다.

"오, 그래." 폴이 우리의 말을 가로막았다. "너희들은 교육을 잘 받았지, 나도 알아. 하지만 너희들은 런던 도서관 회원이 아니잖아." 그러더니 그녀는 또다시 흐느껴 울기 시작했다. 한동안 그러고 있다가, 조금 진정이 되자, 그녀는 늘 가지고 다니던 책들 가운데 한 권을 펼쳤다.

'창가에서' 혹은 '정원에서' 같은, 그런 비슷한 제목이었고, 벤튼인지 헨슨인지 하는 이름을 가진 사람이 쓴 책이었다. 그녀는 처음 몇 장을 읽었다. 우리는 조용히 귀를 기울였다. "하지만 그건 책이라고 할 수 없는데." 누군가 말했다. 그러자 그녀가 다른 책을 집어 들었다. 이번에는 역사책이었는데, 저자의 이름은 잊었다. 그녀가 책을 읽어 내려가는 동안, 우리의 놀라움은 점점 커졌다. 한 마디도 사실에 바탕을 둔 것 같지 않았고, 문체도 형편없었다.

"시! 시는 어때!" 우리는 다급하게 소리쳤다.

"시를 읽어 줘!" 그녀가 얇은 책 한 권을 펼쳐 들고, 어리석은 감상에 젖은 장황한 시를 큰 소리로 읽었을 때 우리가 느꼈던 막막함을 어떻게 표현해야 할지 모르겠다.

"틀림없이 여자가 썼을 거야." 누군가 우기듯 말했다. 하지만 그렇지 않았다. 폴은 그 시가 젊은 남자이자, 현재 가장 유명한 시인 가운데 하나가 쓴 것이라고 알려 주었다. 그 말을 듣고 우리가 얼마나 충격을 받았는지는 상상에 맡기겠다. 모두들 이제 책을 그만 읽으라고 소리치며 애원했지만, 그녀는 끝내 '대법관들의 삶'에서 몇 부분을 추려내어 읽어 주었다. 그녀가 읽기를 끝마쳤을 때, 우리 가운데 가장 나이가 많고 현명한 제인이 자리에서 일어나, 자기는 도저히 납득이 안 간다고 말했다.

"남자들이 이런 쓰레기 같은 글들을 쓴다면, 왜 우리 어머니들은 남자들을 낳고 기르는 데 젊음을 바쳤어야 하는 거지?"

우리는 모두 입을 다물고 있었다. 침묵 속에서 가엾은 폴이 흐느끼는 소리만 들렸다. "왜 아버지는 나에게 책을 읽도록 가르치셨을까, 왜?"

클로린다가 가장 먼저 냉정을 되찾아 입을 열었다. "다 우리 잘못이야. 우리들 모두 책을 읽을 줄 알잖아. 하지만 폴 말고는 아무도, 애써 책을 읽어 볼 생각은 하지 않았어. 나만 해도 말이야, 여자의 의무는 당연히 아이를 낳는 데 젊음을 바치는 것이라 믿고 있었어. 나는 우리 어머니가 아이들 열 명을 낳은 것을 존경했고, 할머니가 열다섯 명을 낳은 것에 대해 더한 존경심을 가졌지. 솔직히 털어놓자면, 나는 아이들을 스무 명쯤 낳고 싶다는 꿈을 갖고 있었어. 이제까지 우리 여자들은 남자들이 우리만큼 부지런하고, 우리가 하는 일만큼 가치 있는 일을 한다고 생각해 왔어. 여자들이 아이들을 낳는 동안, 남자들은 책과 그림을 만든다고 생각했지. 여자들은 세상에 사람들을 늘어나게 하고, 남자들은 세상을 문명화시키는 존재라고 믿었던 거야. 하지만 이제 우리도 책을 읽을 수 있으니, 남자들이 해 온 일의 결과를 평가해도 안 될 건 없겠지? 아이들을 세상에 내보내기 전에, 세상이라는 게 어떤 곳인지 꼭 알아내야겠어."

그래서 우리끼리 질문하고 조사하는 모임을 만들었다. 누군가는 군함을 방문하고, 누군가는 학자의 연구실에 잠입해 보고, 또 다른 누군가는 사업가들의 회의에 참석하기로 했다. 한편으로는 모두들 책을 읽고, 그림을 감상하고, 음악회에 가고, 거리를 걸을 때도 주위를 잘 살펴면서, 끊임없이 의문을 제기하기로 했다. 우리는 무척 어렸다. 우리가 얼마나 단순했는가 하면, 그날 밤 헤어지기 전, 우리는 좋은 사람들과 좋은 책들을 만들어 내는 것이 삶의 목적이라는 데 의견 일치를 보았다. 우리는 이런 목적이 남자들에 의해 얼마나 성취되었는지 알아내기 위해 물어보고 조사하기로 했다. 우리는 만족스러운 대답을 얻어 내기까지 단 한 명의 아기도 낳지 않기로 굳게 맹세했다.

그리고 우리는 흩어졌다. 대영박물관으로 간 사람들도 있었고, 영국 해군으로, 또 옥스퍼드대학교나 케임브리지대학교로 간 사람들도 있었다. 우리는 왕립미술원과 테이트국립미술관을 찾아갔다. 음악회에서 현대 음악을 감상하고, 고등법원에 가 보고, 새로 공연되는 연극을 관람하기도 했다. 남자와 식사를 하러 갈 때면 반드시 정해진 질문을 던지고 상대방의 대답을 주의 깊게 듣고 적어 왔다. 우리는 이따금 모여서 그동안 보고 들은 것들을 비교했다. 아, 정말 즐거운 모임이었다! 로즈가 '명예'에 대해 적어 온 것을 읽으면서, 에티오피아 왕자처럼 변장하고 군함에 탑승했던 일을 설명할 때, 나는 태어나서 그렇게 배를 잡고 웃어 본 적이 없었다. 속임수였다는 것을 알아차리고, 함장이 로즈를 찾아와,(이제 그녀는 평범한 신사로 변장하고 있었다.) 명예를 회복해야겠다고 했다. "하지만 어떻게 해야 합니까?" 로즈가 물었다. "어떻게 하냐고?" 함장은 고함을 질렀다. "그야 물론 회초리로 맞아야겠지요!" 화가 나서 제정신이 아닌 함장을 보고, 마침내 로즈는 더 이상 버틸 수 없

344

다는 것을 깨달았다. 그녀는 허리를 굽히고 기다렸다. 그런데 놀랍게도 가볍게 여섯 대를 맞았을 뿐이었다. "영국 해군의 명예가 회복되었소!" 함장이 소리쳤다. 그녀가 몸을 일으켜 보니, 함장이 얼굴에 땀을 흘리면서 오른손을 부들부들 떨며 내밀고 있었다. "저리 치워요!" 그녀는 함장의 험악한 표정과 태도를 흉내 내면서 단호하게 말했다. "내 명예는 아직 회복되지 않았소!" "마치 신사처럼 말하는군요!" 함장은 되받아치고 생각에 잠겼다. "여섯 대의 매질로 영국 해군의 명예가 회복된다면, 평범한 신사의 명예를 회복하려면 몇 대가 필요하겠습니까?" 그는 동료 장교들 앞에서 이 문제를 의논하는 게 낫겠다고 말했다. 로즈는 그렇게 기다릴 수는 없다고 오만하게 대꾸했다. 함장은 그녀의 현명한 판단을 칭찬했다. "그럼 생각해 봅시다." 함장이 갑자기 소리쳤다. "당신 아버지에게 마차가 있었습니까?" "아니요." "그러면 말은?" "당나귀가 있었지요." 그녀는 생각난 듯 말했다. "풀 베는 기계를 끄는 것이었습니다." 그러자 함장의 얼굴이 밝아졌다. "우리 어머니의 이름은……" 그녀가 말을 이었다. "아니, 제발 당신 어머니의 이름 같은 건 꺼내지도 마시오!" 함장은 머리끝까지 시뻘개져서 사시나무처럼 떨면서 소리쳤다. 적어도 십 분은 지나서야 그녀는 함장을 설득해서 상황을 진전시킬 수 있었다. 마침내 그는 자기가 지정해 주는 등 뒤 한 부분을 넉 대 반(반 대를 더 허용한 것은 그녀 증조할머니의 삼촌이 트라팔가 해전에서 전사했다는 사실을 존중하는 의미라고 했다.) 때리면, 그녀의 명예가 새것처럼 회복될 것이라고 결론을 내렸다. 함장의 의견대로 그녀의 명예 회복이 이루어졌다. 두 사람은 식당으로 갔고, 함장이 계산한 포도주 두 병을 마셨다. 그리고 영원한 우정을 맹세하며 헤어졌다.

그러고 나서 우리는 패니가 고등법원에 갔던 이야기를 들었다. 처음 그곳에 갔다 오고 나서 패니는 판사들이 나무로 만들어졌거나 아니면 사람처럼 생긴 짐승들인데 매우 위엄 있게 행동하고, 중얼거리고, 고개를 끄덕이도록 훈련받았을 것이라는 결론에 이르렀다. 자신의 생각이 맞는지 검증하기 위해, 패니는 재판이 진행되고 있는 결정적인 순간에 손수건 속에 싸 갖고 온 청파리들을 날려 보냈다. 하지만 그녀는 파리들이 윙윙대는 소리에 깊이 잠들었다가 죄수들이 지하 감옥으로 끌려가는 순간에 잠에서 깨어났기 때문에, 판사들이 사람으로서 적합한 반응을 보였는지 아닌지 판단할 수 없었다. 하지만 우리는 그녀가 가져온 증거들을 토대로 투표를 한 결과, 판사들을 사람으로 보는 것은 적절하지 않다는 결론에 이르렀다.

헬렌은 왕립미술원에 다녀왔다. 그곳에 있는 그림들에 대한 감상을 묻자, 그녀는 옅은 파란색 책을 펴고 낭송하기 시작했다. "오! 사라져 버린 손길과 멈춰 버린 목소리의 소리를 위해. 사냥꾼은 집에 있네. 언덕에서 돌아와 집에 있네. 그는 말고삐를 휘둘렀다. 사랑은 달콤한 것, 사랑은 짧은 것. 봄, 아름다운 봄은 유쾌한 계절의 왕. 오! 이제 4월이 왔으니 영국에 머물러야 하리. 남자들은 일해야만 하고, 여자들은 울어야만 한다. 의무를 다하는 길은 영광에 이르는 길이로다." 우리는 더 이상 그녀의 횡설수설을 들어 줄 수 없었다.

"시는 이제 듣기 싫어!" 우리는 외쳤다.

"영국의 딸들이여!" 헬렌이 또 시작했다. 우리는 그녀를 잡아끌어 앉혔다. 그 바람에 꽃병이 쓰러져 그녀는 물을 뒤집어썼다.

"고맙기도 해라!" 그녀는 개처럼 몸을 털면서 큰 소리로 말했다. "이제 내가 양탄자 위를 구를 테니, 영국 국기의 흔적이 지워지는지 보란 말이야. 그러면 아마도……." 그녀는 힘차게 데굴데굴 굴렀다. 그녀가 일어나 우리에게 현대 미술에 대해 설명하려 했을 때, 캐스텔리어가 말문을 막았다.

"그림의 평균 크기가 어떻게 돼?"

"아마도 가로 팔십 센티미터, 세로 육십 센티미터쯤 될걸."

캐스텔리어는 헬렌이 말하는 동안, 그 내용을 받아쓰고 있었다. 헬렌이 말을 마치고 나자(우리가 서로 눈길을 마주치지 않으려고 애쓰고 있을 때였다.) 캐스텔리어가 자리에서 일어나 말했다. "너희들이 바라던 대로, 나는 지난주 내내 옥스브리지[1]에 있었어. 청소부로 변장한 채 말이야. 그래서 몇몇 교수들의 방에 들어가 볼 수 있었지. 그리고 어떤 생각이 들었는지 지금부터 이야기하려고 하는데…… 뭐랄까," 그녀는 잠시 말을

---

[1] 옥스퍼드대학교와 케임브리지대학교를 합쳐서 부르는 이름.

끊었다. "어떻게 말해야 할지 모르겠네. 모두들 아주 괴상했어. 교수란 사람들은, 잔디밭 주위에 지은 커다란 집 안의 밀실 같은 방에 각자 홀로 살고 있어. 하지만 방의 시설은 편리하고 안락하지. 그저 단추를 누르거나 작은 등을 켜기만 하면 되는 식이야. 문서들은 잘 정리되어 있고, 책은 아주 많아. 아이들이나 동물들은 없어. 길 잃은 고양이 대여섯 마리, 수컷인 늙은 피리새 한 마리를 제외하고는 말이야. 말하다 보니 기억나는데," 그녀는 잠시 말을 끊었다. "덜위치에 사는 우리 이모 한 분은 선인장을 키우고 있었어. 넓은 응접실을 지나면 온실이 나오는데, 그곳에는 보기 싫고, 작달막하고, 가시가 나 있는 작은 식물들이 제각기 화분에 심어진 채 뜨거운 파이프 위에 수십 개나 놓여 있어. 이모 말씀으로는, 알로에는 백 년에 한 번 꽃이 핀대. 하지만 이모는 꽃이 피는 것을 보지 못하고 돌아가셨지." 우리는 그녀에게 요점을 벗어나지 말라고 말했다. "아무튼," 그녀는 이야기를 계속했다. "홉킨 교수가 외출했을 때, 나는 그가 평생을 바쳐 연구했다는 사포[2] 전집을 훑어보았어. 두께가 십오 센티미터쯤 되는 괴상하게 생긴 책인데 사포의 작품만 실린 것은 아니었어. 오, 그게 아니지. 책 내용의 대부분은 어떤 독일 사람이 부인했다는 사포의 순결을 옹호하는 거였어. 게다가 이 두 신사들이 논쟁을 벌일 때의 열정과 해박한 지식, 그리고 내가 보기에는 그냥

---

2) 기원전 600년경 그리스의 여성 시인.

머리핀에 지나지 않는 어떤 장신구의 용도에 대해 토론할 때 발휘하는 비범한 창의력은 깜짝 놀랄 만한 것이었지. 특히 갑자기 문이 열리면서 홉킨 교수가 나타났을 때는 더욱 놀랐지. 아주 친절하고 너그럽게 보이는 노신사였어. 하지만 그 사람이 순결에 대해 무엇을 알 수 있을까?" 우리는 그녀의 말을 잘못 알아들었다.

"아니, 아니야." 그녀는 정정했다. "홉킨 교수는 명예를 존중하는 사람이라고 확신해. 적어도 로즈가 만난 함장 같은 사람은 아니야. 그보다는 오히려 우리 이모의 선인장을 떠올리게 해. 선인장들이 순결에 대해 무엇을 알 수 있겠니?"

우리는 다시 한 번 그녀에게 요점을 벗어나 곁길로 새지 말라고 말했다. 요점은 이러했다. 옥스브리지 교수가, 삶의 목적인 좋은 사람들과 좋은 책들을 만드는 데 이바지하고 있는가?

"그렇지!" 그녀는 소리쳤다. "그걸 생각해야 한다는 걸 깜빡 잊었네. 내가 보기에는 그 사람들이 결코 무엇인가를 만들어 낼 것 같진 않아."

"네가 실수한 것 같아." 수가 말했다. "아마도 홉킨 교수는 산부인과 의사일 거야. 학자들은 매우 남다른 사람들이야. 학자들은 유머와 독창성이 넘쳐흐르지. 어쩌면 와인에 중독되었을 수도 있지만, 그게 뭐 어때? 함께 있으면 즐겁고, 너그럽고, 섬세하고, 상상력이 풍부한데. 그럴 수밖에 없어. 평생 동안 세상에서 가장 뛰어난 사람들과 함께 지내잖아."

"흠. 그럼 다시 가서 알아봐야겠네." 캐스텔리어가 말했다.

석 달쯤 지났을 무렵, 나 혼자 방 안에 앉아 있는데 캐스텔리어가 들어왔다. 그녀를 보았을 때 무엇 때문에 내가 그토록 감동했는지 모른다. 하지만 나는 방을 가로질러 그녀에게 달려갈 수밖에 없었고, 그녀를 두 팔로 꼭 껴안아 주었다. 그녀는 아름다웠을 뿐만 아니라, 무척 기분이 좋아 보였다. "너 정말로 행복해 보인다!" 그녀가 앉을 때 나는 감탄하며 말했다.

"그동안 옥스브리지에서 지냈어." 그녀가 말했다.

"질문을 하면서?"

"질문에 대답하면서." 그녀가 답했다.

"우리의 맹세를 깬 건 아니겠지?" 그녀의 모습이 남달라 보여 나는 걱정스럽게 물었다.

"아, 그 맹세." 그녀는 대수롭지 않게 말했다. "난 아기를 가졌어. 네가 그런 뜻으로 물어본 것이라면 말이야. 넌 상상도 못 할 거야." 그녀는 봇물을 터뜨리듯 말을 쏟아 냈다. "얼마나 설레고, 얼마나 아름답고, 얼마나 좋은지……."

"뭐가?" 나는 물었다.

"그건…… 질문에 대답하는 일이지." 그녀는 조금 당황한 듯 얼버무렸다. 그러고 나서 자신의 이야기를 모두 털어놓았다. 내가 들은 어떤 것보다 더 흥미진진한 이야기를 하면서 그녀는 이따금 욱, 도 아니고 웩, 도 아닌 이상한 비명을 질렀다.

"순결! 순결! 나의 순결은 어디로 갔을까!" 그녀는 소리쳤다. "도와줘, 후! 향수병 좀!"

방 안에는 겨자가 담긴 양념통밖에 없었다. 그거라도 갖다주려고 했으나, 그녀는 금세 평정을 되찾았다.

"석 달 전에 그런 생각을 했어야지." 나는 가차 없이 말했다.

"네 말이 옳아." 그녀가 대답했다. "지금 그런 생각을 해 봤자 별로 소용도 없어. 아무튼 우리 어머니가 나를 캐스텔리어[3]로 부른 게 잘못이야."

"오, 캐스텔리어, 네 어머니는……" 내가 말을 시작하려는 순간 그녀는 겨자 병을 향해 손을 뻗었다.

"아니, 아니, 아니야." 그녀는 고개를 저었다. "만약 네가 순결한 여자라면, 나를 보자마자 비명을 질렀어야 했어. 그런데 너는 그렇게 하지 않고 방을 가로질러 달려와 나를 껴안았지. 아니야, 카산드라[4]. 우리는 둘 다 순결하지 않아." 그렇게 우리는 계속 이야기를 나누었다.

그러는 동안 방 안으로 다른 사람들이 들어왔다. 그날은 우리가 보고 들은 것의 결과를 가지고 토론하기로 약속한 날이었기 때문이다. 내 생

---

3) 그리스 신화에 의하면 캐스텔리어가 아폴론의 사랑을 거부하고 파르나소스 산에서 뛰어내리자 아폴론이 그녀를 샘으로 만들어 구했다고 한다. 이 샘물에서 목욕을 하면 시적 영감을 얻는다고 한다.
4) 그리스 신화에 나오는 예언자. 아폴론 신에게서 예지력을 부여받았으나 그의 사랑을 거절한 죄로 아무도 그녀의 말을 믿지 않게 되었다.

각에는 모든 사람들이 캐스텔리어를 보고 나와 같은 느낌을 가졌던 것 같다. 모두들 그녀에게 입을 맞추면서 다시 만나서 반갑다는 인사를 했다. 마침내 모두 한자리에 모였을 때, 제인이 일어나 토론을 시작하겠다고 말했다. 그녀는 우리가 이제까지 질문을 하고 조사하는 동안 오년이라는 세월이 지났는데, 그 결과에 대해 결론을 내리기가 힘들 것 같다는 말로 이야기를 시작했다. 그때 캐스텔리어가 나를 쿡쿡 찌르면서 자기는 그렇게 생각하지 않는다고 속삭였다. 그리고 제인이 이야기를 하고 있는 도중에 벌떡 일어나 말했다.

"네가 계속해서 더 말하기 전에 알고 싶은 게 있어. 내가 이 방에 있어도 되는 걸까? 왜냐하면 솔직히 내가 순결하지 않은 여자라는 말을 해야 할 것 같아."

모두들 깜짝 놀라 그녀를 쳐다보았다.

"아기를 가졌니?" 제인이 물었다.

캐스텔리어는 고개를 끄덕였다.

사람들의 얼굴에 가지각색의 표정들이 떠오르는 진풍경이 벌어졌다. 방 안 여기저기서 수군거리는 소리가 들려왔다. '불결한', '아기', '캐스텔리어' 등등의 단어들을 들을 수 있었다. 충격을 심하게 받은 듯한 제인이 우리에게 의견을 물었다.

"캐스텔리어를 내보내야 해? 얘가 불결한 거야?"

저 밖 길거리까지 들릴 정도로 엄청난 아우성이 방 안을 가득 채웠다.

"아니! 아니야! 아니야! 그냥 있으라고 해! 불결? 그게 뭐 대수라고!"

하지만 어쩐지 가장 어린 열여덟, 열아홉 소녀들 몇 명은 부끄러워서 아무 말도 하지 않고 있는 것 같았다. 우리는 모두 캐스텔리어 주위에 모여들어 질문을 하기 시작했다. 마침내 뒷전에 물러나 있던 어린 소녀들 가운데 하나가 머뭇거리며 다가와 말을 거는 게 보였다.

"그럼 순결이 뭐예요? 좋은 건가요, 나쁜 건가요, 아니면 완전히 무시해도 되는 건가요?" 캐스텔리어가 너무 작은 소리로 대답해서 나는 무슨 말인지 알아들을 수 없었다.

"난 아까 너무 놀랐어. 적어도 십 분 동안은 말이야." 누군가 말했다.

"내 생각에는," 매일 런던 도서관에 틀어박혀 책을 읽느라 까칠해진 폴이 말문을 열었다. "순결은 무지일 따름이야. 정신적으로 가장 수치스러운 상태지. 우리 모임에는 순결하지 않은 사람만 들어와야 해. 나는 캐스텔리어를 모임의 회장으로 추대할 거야."

이 말은 격렬한 논쟁을 불러일으켰다.

"여자에게 순결하다는 낙인을 찍는 것은 순결하지 않다는 낙인을 찍는 것과 마찬가지로 부당한 일이야." 폴이 말했다. "우리 가운데는 아직 그럴 만한 기회조차 없었던 사람들도 있어. 게다가 나는 캐스텔리어가 순수한 지적 열망 때문에 그렇게 행동했을 거라고 믿지 않아."

"그 사람은 이제 겨우 스물두 살이고, 더할 나위 없이 아름다워." 캐스텔리어는 매혹적인 몸짓을 하면서 말했다.

"제안을 하나 할게." 헬렌이 말했다. "사랑을 하고 있는 사람이 아니면 순결이나 불결에 대해 이야기하지 못하게 하자."

"아, 골치 아프네." 과학적 사실에 대해 조사해 온 주디스가 말했다. "나는 사랑을 하고 있지 않아. 그런데 내가 생각해 낸 방법을 꼭 이야기해 주고 싶거든. 이것을 국회에서 법으로 제정하면 매춘부들은 사라지고 처녀들은 아기를 가질 수 있단 말이야." 그녀는 설명을 계속했다. 지하철역이나 다른 공공장소에 그녀의 발명품을 설치하고 약간의 요금을 받도록 하면, 국민의 보건을 책임지면서 동시에 남자들의 욕구를 배려하고 여자들을 자유롭게 할 수 있다는 것이다. 그리고 그녀는 미래의 대법관이나 '또는 시인, 화가, 음악가들'의 씨앗을 시험관 안에 밀봉시켜 보관할 수 있는 방법도 고안해 냈다고 했다. "물론 이런 훌륭한 혈통들이 사라지지 않았고, 여자들이 여전히 아기를 낳고 싶어 한다는 전제가 있어야 하겠지."

"물론 우리들은 아이를 낳고 싶어 해!" 캐스텔리어가 황급히 소리쳤다. 제인이 탁자를 두드리며 말했다.

"그게 바로 우리가 만나서 깊이 생각해 보기로 한 문제잖아. 오 년 동안 우리는 인류가 존속되어야 마땅한지 알아내기 위해 노력해 왔어. 캐스텔리어는 우리의 결론보다 앞서 갔지. 하지만 우리는 아직도 결론을 내리지 못한 상태야."

이제 조사를 나갔던 사람들이 차례로 일어나 보고를 하기 시작했다.

문명의 놀라운 경지는 우리의 기대를 훨씬 넘어서는 것이었다. 어떻게 처음으로 사람이 하늘을 날게 되었는지, 머나먼 공간을 가로질러 이야기를 나눌 수 있게 되었는지, 원자의 중심을 관통할 수 있게 되고, 우주 전체를 사색의 대상으로 삼을 수 있게 되었는지 알게 되면서, 우리 입에서는 탄성이 터져 나왔다.

"자부심을 가질 만하네." 우리는 외쳤다. "우리 어머니들은 바로 이런 것들 때문에 젊음을 희생했던 거야!" 특히 열심히 귀 기울여 듣고 있던 캐스텔리어는 누구보다도 더 자랑스러워 하는 것 같았다. 그러자 제인이 아직도 우리가 알아야 할 것들이 남아 있다고 일깨워 주었다. 캐스텔리어가 진행을 서두르자고 재촉했다. 이어서 복잡한 통계 자료들을 훑어보았다. 우리는 영국 인구가 수천만 명이라는 것, 그 가운데 몇 퍼센트가 굶주리고 있고, 몇 퍼센트가 감옥에 있는지, 또 노동자 가족의 구성원 수가 평균 몇 명 정도이며, 상당수의 여자들이 출산으로 인한 질병으로 사망한다는 것을 알게 되었다. 공장과 상점, 빈민가와 조선소를 방문했던 결과에 대한 보고가 이어졌다. 증권 거래소, 도시에 있는 거대한 기업 사옥과 정부 청사에 대한 설명도 들었다. 영국 식민지에 대한 토론이 이어졌는데, 우리 정부가 인도와 아프리카, 아일랜드를 지배하는 방식에 대한 구체적인 설명도 들었다. 나는 캐스텔리어 옆에 앉아 있었는데, 그녀가 불편해 하는 것을 알 수 있었다.

"이렇게 하다가는 아무런 결론도 내리지 못할 거야." 그녀가 말했다.

"문명이라는 것은 우리가 생각하는 것보다 훨씬 더 복잡한 것 같아. 우리가 원래 가졌던 의문에 한정해서 생각해 보는 게 좋지 않을까? 우리는 삶의 목적이 좋은 사람들과 좋은 책들을 만들어 내는 것이라는 데 합의했잖아. 그런데 지금까지 우리는 비행기니, 공장이니 돈에 대해서만 이야기하고 있었어. 남자들과 그들이 이룩한 예술에 대해서 이야기해 보자. 그게 문제의 핵심이니까 말이야."

그래서 남자들과 식사를 하며 질문을 했던 사람들이 그 대답을 적은 긴 문서들을 제출했다. 그 질문들은 심사숙고 뒤에 만들어진 것이었다. 우리는, 좋은 남자는 적어도 정직하고, 열정적이며 때 묻지 않은 사람이어야 한다고 의견을 모았다. 그런데 어떤 남자가 그런 자질을 갖고 있는지 아닌지를 알기 위해서는 질문을 해 보는 방법밖에 없었지만, 처음에는 핵심에서 멀리 떨어진 것들을 물어봐야 할 때가 많았다. 켄싱턴은 살기 좋은 곳인가요? 아드님은 어디에서 교육받고 있나요? 따님은요? 담배는 얼마를 주고 사는지 말씀해 주실 수 있나요? 그런데 조지프 경이 준남작인가요, 나이트인가요?[5] 아주 직접적인 질문보다는 이런 사소한 것들을 물어보면서 더 정확한 사실을 알게 되는 경우가 많았다. 벙컴 경은 이렇게 말했다. "내 아내가 원했기 때문에 작위를 받았습니다." 똑같은 이유로 온갖 직함을 받은 사람들이 얼마나 많은지 기억할

---

5) 남작과 나이트 모두 명예 작위로 귀족은 아니다. 준남작이 나이트보다 한 단계 위이다.

수 없을 정도다. "하루 스물네 시간 중에서 열다섯 시간을 일하면서, 나는……." 수많은 노동자들이 그렇게 이야기를 시작했다.

"아니, 아니, 물론 글을 읽거나 쓸 수 없겠지요. 그래도 왜 그렇게 열심히 일을 해야 하지요?" "이봐요, 아가씨. 식구들이 늘어나니까요……." "하지만 왜 식구들이 늘어나는 거지요?" 노동자들의 아내도 아이를 낳고 싶어 했다. 어쩌면 그것을 바라는 건 대영 제국일지도 모르지만. 하지만 무엇보다도 가장 의미 있는 대답은 대답하는 것을 거부하는 것이었다. 도덕이나 종교에 대해 물어보면 대답하려는 사람들이 매우 드물었고, 돌아오는 대답도 진지하지 않은 것이었다. 돈과 권력의 가치에 대한 질문은 거의 대부분 무시되거나, 질문을 던진 사람에게 위협이 가해질 때도 있었다. 질은 이렇게 말했다. "내가 자본주의 체제에 대해 물어봤을 때, 할리 타잇부츠 경이 양고기를 썰고 있지 않았다면, 그 사람은 분명히 내 목을 그어 버렸을 거야. 우리가 여러 번 목숨을 부지할 수 있었던 것은 남자들이 그 순간 매우 배가 고팠고 동시에 기사도 정신이 강하기 때문이었어. 남자들은 우리를 너무 얕보기 때문에 우리가 하는 말이 거슬린다고 생각지도 않거든."

"물론 남자들은 우리를 얕보고 있어." 엘레노어가 말했다. "그럼 너희들, 이건 어떻게 설명할 수 있겠니……. 나는 예술가들을 만나 봤어. 그런데 지금까지 여자 예술가들이 있었던가, 아직 없었지, 폴?"

"제인…… 오스틴…… 샬롯…… 브론테…… 조지…… 엘리엇!" 폴은 마치 뒷골목을 돌아다니는 머핀 장사꾼처럼 소리쳤다.

"그 여자 따위!" 누군가 흥분해서 말했다. "얼마나 지겨운지 몰라!"

"사포 이후로 일류 여자 예술가는 없었다." 엘레노어가 주간지를 인용하면서 말을 시작했다.

"사포는 홉킨 교수가 어느 정도 외설적으로 꾸며 낸 부분이 있다는 건 이제 널리 알려진 사실이야." 루스가 끼어들었다.

"어쨌든 이제까지 글을 쓸 줄 아는 여자는 없었고, 앞으로도 없을 거라고 생각하는 건 분명해." 엘레노어는 말을 이었다. "그런데 내가 작가들을 만나러 가면 그 사람들은 자기 책에 대한 이야기를 끊임없이 계속해. 나는 이렇게 말하지. 대가시군요! 또는 셰익스피어가 돌아온 것 같군요!(무슨 말이든 해야 하니까 말이야.) 그 사람들은 내 말을 곧이곧대로 믿더라고."

"특별히 알아낸 건 아무것도 없네." 제인이 말했다. "남자들은 다 그렇거든. 어쨌든," 제인은 한숨을 쉬었다. "우리가 결론을 내리는 데는 별 도움이 되지 않을 것 같아. 아무래도 현대 문학을 검토해 보는 게 좋겠어. 엘리자베스, 네 차례야."

엘리자베스는 일어나 자기가 맡은 일을 하기 위해 남자로 변장을 하고 평론가 행세를 했다고 말했다.

"지난 오 년 동안 나는 새로 나온 책들을 빼놓지 않고 읽었어. 살아 있는 작가로는 웰즈 씨가 가장 인기가 있고, 그 다음이 아놀드 베넷 씨,

콤프턴 맥켄지 씨야. 맥커너 씨와 월폴 씨는 하나로 묶어서 생각할 수 있겠지." 말을 마치고 그녀는 자리에 앉았다.

"할 말이 그것뿐이야?" 모두들 한마디씩 했다. "아니면 네가 하고 싶은 말은, 그 사람들이 제인—엘리엇 같은 여성 작가들보다 훨씬 훌륭하고, 네가 보고서에 썼듯이……, 오, 그래, 영국 문학을 손쉽게 장악하고 있다는 뜻이야?"

"손쉽게, 아주 손쉽게." 엘리자베스는 불편한 듯 몸을 이쪽저쪽으로 기울여 고쳐 앉으면서 말했다. "그리고 그 사람들은 자기가 받은 것보다 훨씬 더 많은 것을 나눠 주고 있다고 생각해."

우리 모두 그것은 잘 알고 있었다. "하지만 그 사람들이 좋은 책을 쓰고 있어?" 우리는 그녀를 다그쳤다.

"좋은 책?" 그녀는 천장을 바라보며 말했다. "너희가 알아야만 할 게 있어." 그녀는 엄청나게 빠른 속도로 말을 하기 시작했다. "소설은 삶을 비추는 거울이야. 그리고 너희들도 교육이 무엇보다도 가장 중요하다는 건 부인하지 않을 거야. 그런데 이런 상황에 처해 있다고 생각해 봐. 늦은 밤에 브라이튼[6]에 홀로 있게 됐어. 어느 숙소에 머물러야 좋을지 알 수 없고, 비까지 부슬부슬 내리는 일요일 저녁이란 말이야. 정말 난처하겠지……. 그럼 영화를 보러 가는 게 좋지 않을까?"

---

6) 영국 해협을 끼고 있는 해변 휴양 도시.

"그게 지금 우리가 하는 이야기와 무슨 상관이 있어?" 우리가 물었다.

"전혀, 아무 상관도 없지." 그녀가 대답했다.

"그럼, 진실을 말해 봐."

"진실이라고? 그런데 이것 참 멋지지 않니?" 그녀는 잠시 말을 끊었다. "치터 씨는 지난 삼십 년 동안 매주 사랑 아니면 버터 바른 뜨거운 토스트에 대한 칼럼을 썼어. 그리고 아들들을 모두 이튼[7]에 보냈지……."

"진실을 말하라고!"

"오, 진실이라." 그녀는 주저했다. "진실은 문학과는 아무 상관도 없어." 그리고 그녀는 자리에 앉아 더 이상 입을 열려고 하지 않았다.

아무래도 결론이 내려질 것 같지 않았다.

"그럼, 이제까지 보고된 결과들을 종합해야 할 텐데," 제인이 말을 시작하는 순간, 열려 있는 창문으로 아까부터 들려오던 웅성거리는 소리가 갑자기 커졌다.

"전쟁이다! 전쟁! 전쟁! 전쟁이 일어났다!" 창문 아래 거리에서 남자들이 소리치고 있었다.

우리는 겁에 질려 서로를 마주 보았다.

"전쟁이라니?" 우리들은 비명을 질렀다. "무슨 전쟁?" 너무 늦었지

---

7) 런던에 있는 전통적인 명문 사립 고등학교.

만, 우리는 하원에도 누군가를 보내서 조사할 생각을 전혀 하지 못했음을 깨달았다. 하원을 까맣게 잊고 있었던 것이다. 우리는 폴을 바라보았다. 그리고 우리에게 설명을 좀 해 달라고 부탁했다. 그녀는 런던 도서관의 역사책 서가에 꽂힌 책들을 읽고 있었으니까.

"왜 남자들은 전쟁을 하는 거야?"

"이런저런 이유들이 있어." 그녀는 차분하게 대답했다. "예를 들어 1760년에는……" 아래쪽에서 들려오는 고함 소리 때문에 그녀의 말소리가 들리지 않았다. "1797년에 다시 전쟁이 일어났을 때는…… 1804년에는…… 1866년에는 오스트리아에서…… 1870년에는 보불전쟁이…… 반면에 1900년에는……"

"하지만 지금은 1914년이잖아!" 우리는 그녀의 말을 끊었다.

"아, 지금은 왜 전쟁을 하는지 모르겠어." 그녀는 순순히 인정했다.

*

전쟁이 끝나고 평화 조약이 맺어지고 있을 즈음에, 나는 우리의 모임이 열리던 그 방에 다시 캐스텔리어와 함께 앉아 있었다. 우리는 옛날 우리 모임의 내용을 기록한 책을 별 생각 없이 펼쳐 보기 시작했다. "기분이 이상해." 나는 생각에 잠기며 말했다. "오 년 전에 우리가 생각했던 것들을 보니까 말이야." 캐스텔리어가 내 어깨 너머로 그 책을 들여다보며 한 부분을 소리 내어 읽었다. "우리는 좋은 사람들과 좋은 책을 만들어 내는 게 인생의 목적이라는 데 의견의 일치를 보았다." 우리는 이 부분에 대해서는 아무 논평도 하지 않았다. "좋은 남자는 적어도 정직하고, 열정적이며, 때 묻지 않은 사람이어야 한다." "여자들이 할 만한 말이로군!" 내가 말했다. "오, 이런." 캐스텔리어가 책을 멀리 밀어 내면서 말했다. "우리는 정말 바보들이었어! 모두 폴의 아버지 탓이야." 그녀는 씁쓸하게 말을 이었다. "내 생각에는 일부러 그러셨던 것 같아. 폴에게 런던 도서관의 책을 모조리 읽으라고 했던 그 엉뚱한 유언 말이야. 만약 읽는 법을 배우지 않았다면, 여전히 우리는 무지 속에서 아이를 낳으면서 그것이 가장 행복한 삶이라고 믿고 있었을 거야. 물론 난 네가 전쟁에 대해 무슨 말을 하려는지 알아." 그녀는 내 말을 가로막았다. "우리가 낳은 아이들이 죽어 가는 것을 보아야 하는 끔찍함에 대해 말하고 싶겠지. 하지만 우리 어머니는 그것을 겪었어. 어머니의 어머니도, 그 어머니의 어머니도 말이야. 그런데도 그분들은 아무 불평도 하지 않았지. 그분들은 글을 읽을 줄 몰랐거든." 그녀는 한숨을 쉬었다. "나는 내 딸이 글을 읽지 못하게 하려고 최선을 다했어. 하지만 그래 봐야 무슨 소용이 있겠니? 나는 어제 앤이 신문을 손에 들고 있는 것을 봤어. 그리고 그 애가 나에게 그것이 '진실'이냐고 묻기 시작하는 거야. 그러더니 또 로이드 조지 씨가 좋은 사람이냐, 아놀드 베넷 씨는 좋은 작가냐, 나중에는 나에게 신을 믿고 있냐고 묻는 거야. 어떻게 하면 내 딸이 아무것도 믿지 않게 키울 수 있을까?" 그녀가 물었다.

"근본적으로 남자의 지성이 여자의 지성보다 우수하고, 앞으로도 늘 그럴 것이라고 믿도록 가르칠 수 있잖아?" 나의 제안에 그녀의 얼굴이 밝아졌다. 그리고 다시 우리의 옛 모임 기록을 들춰 보기 시작했다. "맞아." 그녀는 말했다. "남자들이 발견한 것, 남자들의 수학과 과학과 철학, 그 학식들을 생각해 보면 말이야⋯⋯." 그러더니 그녀는 웃음을 터뜨렸다. "나는 홉킨 교수와 머리핀을 절대로 잊지 못할 거야." 그녀는 웃으면서 계속 책을 들여다보았다. 그녀가 매우 행복해 보인다고 생각하고 있을 때, 갑자기 그녀가 책을 던지면서 울음을 터뜨렸다. "오, 카산드라. 왜 너는 나를 괴롭히는 거야? 남자의 지성에 대한 우리의 믿음이 그 무엇보다도 가장 큰 오류라는 것을 모르겠어?" "뭐라고?" 나는 소리쳤다. "언론인이나 학교 교사, 정치가 아니면 술집 주인 그 누구라도 붙잡고 물어봐. 그 사람들 모두 남자가 여자보다 훨씬 똑똑하다고 말할걸." "내가 그걸 의심하는 건 아니지." 그녀는 냉소적으로 말했다. "남자들이야 그렇게 말할 수밖에 없지 않아? 태초부터 우리 여자들이 키우고 먹이고 돌봐 주지 않았다면, 아무것도 아닐 수도 있었던 남자들이 똑똑해질 수 있었을까? 모두 우리 여자들 덕분인 거야!" 그녀는 소리쳤다. "우리는 지성을 갖고자 했고, 이제 지성을 갖추었어. 그리고 지성이야말로, 이 모든 상황의 주요 원인이기도 해. 지성을 갈고닦기 시작하기 전의 소년보다 더 매혹적인 존재가 있니? 보기만 해도 아름답지. 잘난 체하는 태도도 없고, 예술과 문학의 의미를 본능적으로 이해

하잖아. 자신의 삶을 즐길 뿐만 아니라 다른 사람들도 삶을 즐길 수 있게 만들지. 그런데 교육을 받고 지성을 발달시키면, 결국 변호사가 되고, 공무원이 되고, 장군이 되고, 작가가 되고, 교수가 되는 거야. 날마다 사무실에 출근하고, 해마다 책을 쓰지. 자신의 두뇌를 이용해서 가족들을 먹여 살려야 하니까. 가엾은 악마들! 곧 우리 앞에 나타날 때마다 우리를 불편하게 만드는 사람이 되어 버려. 만나는 모든 여자들에게 은혜를 베풀 듯 예의 바르게 굴고, 자신의 아내에게조차 진실을 말하지 않지. 그런 남자들을 혹시라도 품에 안아야 한다면 눈으로 보고 즐길 수 있는 게 아니라 눈을 질끈 감아야 할 정도야. 솔직히, 남자들은 온갖 모양의 별들과 비슷비슷한 리본들이 달린 훈장과 많고 적은 수입들로 스스로를 위로하지만……. 우리 여자들은 무엇으로 위로를 받지? 십 년 안에는 라호르[8]에서 주말을 보낼 수 있는 때가 올 거라고? 일본에서 가장 짧은 벌레는 이름의 길이가 제 몸 길이의 두 배나 된다는 것에? 오, 카산드라, 제발 남자들이 아이를 낳을 수 있는 방법을 연구해 보자. 그게 유일한 방법이야. 남자들이 순수한 일에 몰입하도록 만들지 않으면, 좋은 사람들이나 좋은 책들이 나올 수가 없어. 남자들이 제멋대로 저지른 일들의 결과로 우리는 멸망하고 말 거야. 셰익스피어가 이 세상에 존재했다는 것을 아는 사람이 하나도 남아 있지 않을 거라고!"

---

8) 파키스탄의 휴양지.

"너무 늦었어." 나는 대답했다. "우리는 우리가 낳은 아이들조차 어쩌지 못하잖아."

"그런데 나에게 지성을 믿으라고 하다니."

우리가 이야기를 나누는 동안, 거리에서는 남자들이 쉬고 지친 듯한 목소리로 외치고 있었다. 귀 기울여 들어 보니, 평화 조약이 이제 막 체결되었다는 소리였다. 외치는 소리는 점점 잦아들었다. 비가 내리고 있어서 불꽃놀이는 할 수 없었다.

"요리사가 《이브닝 뉴스》 지를 사 갖고 왔을 거야." 캐스텔리어가 말했다. "앤이 차를 마시면서 한 글자 한 글자 읽어 보고 있겠지. 집에 가야겠다."

"소용없어……. 전혀 소용없을 거야." 나는 말했다. "앤이 일단 글을 읽게 되면, 믿으라고 가르칠 건 오직 하나밖에 없어……. 스스로를 믿으라는 것밖에."

"그래, 그러면 좀 달라질 수도 있겠지." 캐스텔리어는 한숨을 쉬었다.

그래서 우리는 우리 모임의 기록들을 모조리 그러모았다. 앤은 인형을 가지고 즐겁게 놀고 있었지만 우리는 엄숙하게 그 애에게 운명의 선물을 주었다. 그리고 이 모임의 미래 회장으로 선택되었다고 말해 주었다. 앤은 그 말을 듣고 울음을 터뜨렸다. 가엾은 어린 소녀여.

1900년대 초, 여자들은 어떤 존재였을까?

여자들은 세상에 사람들을 늘어나게 하고, 남자들은 세상을 문명화시키기 위해 존재하는 것이라고 생각했던 시절이었다. 여성이 세상의 일에 관심을 갖고 질문하는 것은 허용되지 않았다.

폴의 책 읽기로 촉발된 토론에서, 남자들이 주도적으로 해 온 일의 결과로 존재하는 이 세상을 검증하고, 그 결과가 얻어지기 전까지는 아이를 낳지 말자는 데 합의한 용감한 여성들이 있었다.

그녀들은 박물관과 영국 해군, 옥스퍼드대학교와 케임브리지대학교, 고등법원 등으로 찾아가서 질문하고 조사하는 과정에서 남자로 변장까지 해야 하는 위험한 상황도 겪었고, 청소부로 위장해서 대학교에 잠입해 교수들의 생활을 조사하기도 했다.

그 와중에 질문하지 않고, 대답하는 일에 도취돼서 임신까지 하게 된 캐스텔리어를 제외하고 다들 성실히 조사해 온 결과는, 문명은 놀라울 만큼 발전해 있으나 그것을 이룩한 남자들은, 순수하지도 진실하지도 않은 것 같다는 것이었다.

남자들은 경제 활동을 하느라 지쳐 있어서 종교나 도덕 같은 인간 본연의 문제와는 거리가 있는 삶을 사는 것처럼 보인다는 것이다.

　자신들이 생각했던 것과는 너무도 다른 세상의 모습에 혼란스러워, 어떤 결론을 내릴 수 없었다. 그리고 그때 전쟁이 터진다.

　오 년이라는 시간이 흘러 그동안 아이를 낳은 캐스텔리어는 자신들이 가졌던 모임을 떠올리며, 그들 스스로가 지성을 갖게 된 이후 더 많은 혼란에 봉착해 있음을 토로한다. 실제로 여자라는 이유로 케임브리지대학교의 잔디밭에서 쫓겨났던 경험이 있는 버지니아 울프는, 이 글에서 남성들이 만들어 놓은 세상의 종속물로서가 아닌, 여성 스스로의 시각으로 세상 바라보기를 시도해 보았던 것이다.

　백여 년의 시간이 흐른 지금에 이르러, 여성들은 그때와는 완연히 다른 주체적 존재로서의 삶이 가능하게 되었지만, '시대를 의문하는 여성'의 책임은 바뀌지 않았다.

　질문을 한다고 문제가 해결되진 않는다. 어쩌면 질문의 결과로 혼란을 감당해야 하는 어려움이 뒤따를 것이다. 더구나 우리들이 사는 세상 역시, 하나의 생명체와 같아서 그 본질을 파악하는 일이 쉽지 않다. 하지만 질문한 만큼 세상은 조금씩 나은 쪽으로 움직여 가는 것이 아닐까.

　지금 우리는 세상을 향해 무엇을 질문해야 하는 것일까.

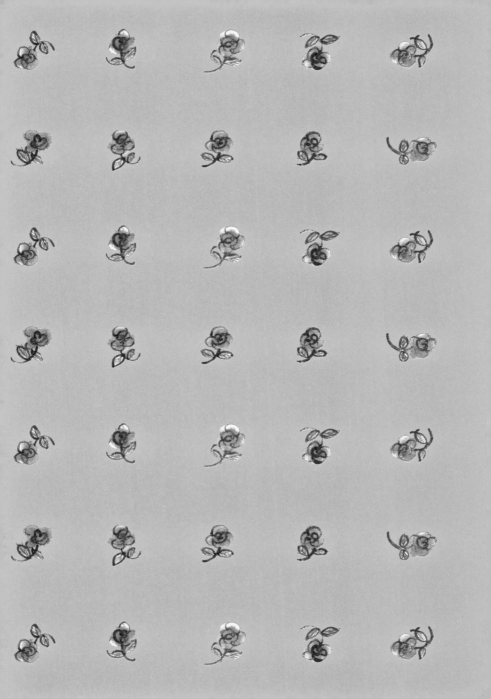

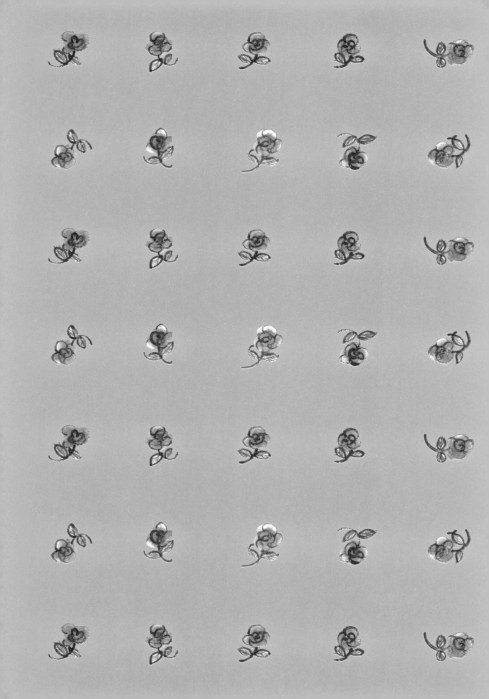

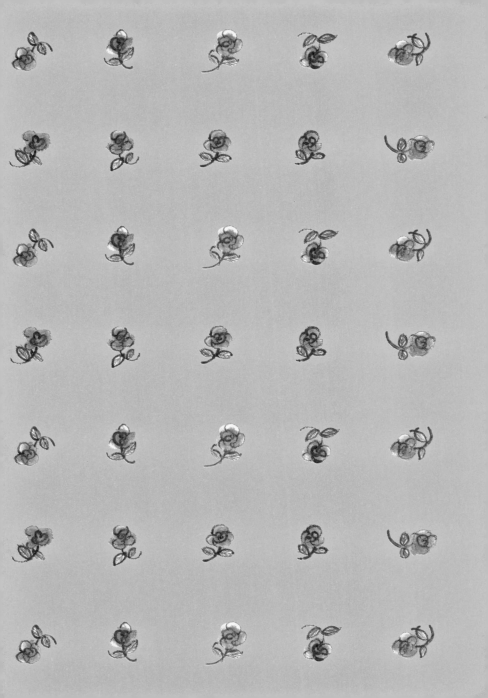

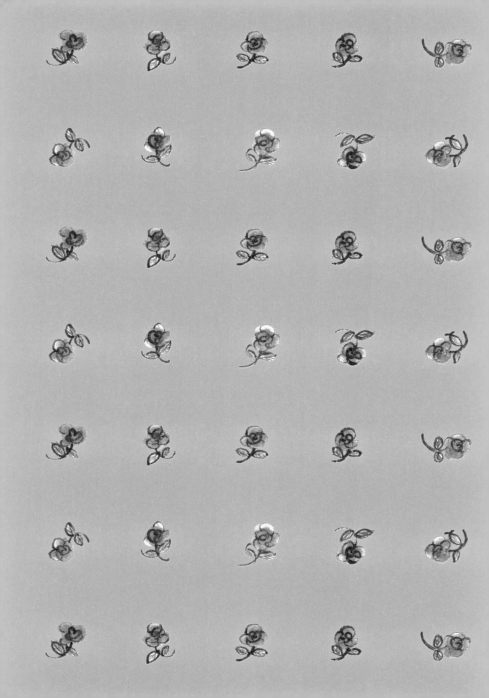